《红楼梦》可以这样读

张晓冰 著

西北大学出版社
·西安·

图书在版编目(CIP)数据

《红楼梦》可以这样读 / 张晓冰著. -- 西安 : 西北大学出版社, 2024. 11. -- ISBN 978-7-5604-5515-0

Ⅰ. I207.411

中国国家版本馆 CIP 数据核字第 20249JN930 号

《红楼梦》可以这样读

HONGLOUMENG KEYI ZHENGYANG DU

张晓冰　著

出版发行　西北大学出版社
（西北大学校内　邮编：710069　电话：029-88303404）
http://nwupress.nwu.edu.cn　　E-mail：xdpress@nwu.edu.cn

经　　销	全国新华书店
印　　刷	西安华新彩印有限责任公司
开　　本	787 毫米×1092 毫米　　1/16
印　　张	13.5
版　　次	2024 年 11 月第 1 版
印　　次	2024 年 11 月第 1 次印刷
字　　数	194 千字
书　　号	ISBN 978-7-5604-5515-0
定　　价	54.00 元

本版图书如有印装质量问题，请拨打 029-88302966 予以调换。

序一

顾之川

"红楼梦"近几年在我国教育界逐渐成为高频词，大概有两个原因：一是人民教育出版社 2019 年版高中语文统编教材将《红楼梦》纳入教学必修内容，要求"整本书阅读"，以落实教育部《普通高中语文课程标准（2017 年版）》的精神。二是 2022 年高考全国甲卷作文题取材于《红楼梦》，以体现教考衔接。教材、教学和高考，无论对学生、教师还是家长，都是热点话题。特别是教材变动和高考命题，政策性强、关注度高、社会影响大，因而常常会溢出教育界，成为一种人们普遍关心的社会文化现象，"红楼梦热"也就不难理解了。大约两年前，作者就送过我他的专著《红楼梦里的教育学》。现在，他的新著《〈红楼梦〉可以这样读》即将由西北大学出版社出版，邀我作序，使我得以先睹为快，自然为他感到高兴；同时也为师生研读《红楼梦》多了一种参考书欣喜无似。

这本《〈红楼梦〉可以这样读》，显然是他在《红楼梦里的教育学》基础上结撰而成的。全书围绕《红楼梦》，继续向左邻右舍进一步延伸拓展，视野更开阔，探讨更深入；内容涉及《红楼梦》的时代、人物、教育、诗词、楹联、书法、神话、戏剧、寺庙、花卉、中医药等。其中有背景分析，有人物考辨，也有文学描写，更多的还是作者自己研读《红楼梦》的心得体会。作为教育出版工作者，我最关注的，当然还是有关"《红楼梦》与教育"的内容。相信能给读者带来多方面启发。这也足以说明：一方面，《红楼梦》蕴含着丰富的思想内容和无穷魅力，确实是一部具有百科全书性质的伟大作品,红学界所谓"说不尽的红楼梦"绝非虚言;另一方面,文学作品具有多解性和"空白点",往往见仁见智。鲁迅当年曾说:"单是命意,就因读者的眼光而有种种:经学家看见《易》,道学家看见淫,才子看见缠绵,革命家看见排满,流言家看见宫闱秘事。"国外也有"一千个读者有一千个哈姆雷特"的说法。

  本书作者张晓冰上过中专,读过电大、研究生班,当过教育局局长。即便退休后也没有离开过教育领域。长期的教育工作实践,滋养了他浓厚的教育情怀;再加上兴趣使然,因而对《红楼梦》情有独钟,潜心钻研,长达40余年。几年前,正当《红楼梦》成为语文教育教学的热点话题时,我读到他的《红楼梦里的教育学》,很受启发,不禁想结合自己的本职工作,从语文学科教育的角度,研读与思考《红楼梦》中的相关问题。适逢北京曹雪芹学会连续两年以《红楼梦》整本书阅读为主题,举办"曹雪芹美学艺术暑期讲习班",邀我与语文教育同人交流阅读心得。这就是我后来发表在《曹雪芹研究》杂志上的《〈红楼梦〉:教材、教学和考试》《〈红楼梦〉对语文教育教学的若干启示》。这是我应该向他表示特别感谢的。

  由此我想到《红楼梦》的整本书阅读问题。整本书阅读究竟怎么读,据我了解,不少一线教师仍感到困惑,很多学生甚至家长也很迷惘。我认为,第一,要坚持实事求是的原则。各地经济文化背景、师资条件不同,一定要立足本地本校的教育教学实际,特别是学生的实际,确定灵活适宜的教学策略。既不宜鹄望过高,也不能强调过头;更不能以整本书阅读的名义,冲击其他单元的单篇教学。课程标准在制定时无疑要面向全国,实际上我国各地教育发展是不平衡的,整本书阅读也要因地制宜,区别对待,不能搞"一刀切""齐步走"。《义务教育语文课程标准(2022年版)》把语文学习任务群分为基础型、发展型和拓展型。教学中,首先应落实基础型,即培养语言运用能力;其次是发展型,即实用类、文学类和思辨类阅读训练;最后才是拓展型,即整本书阅读和跨学科学习。如果不分主次,刻意求新,一上来就搞拓展,显然是本末倒置,也不符合课标精神。现行教材推荐阅读的整本书太多，本意是为了增加选择性，但明显超出了教学实际需要和学生承受能力，根本落实不了，形同虚设。有人说，名著是读不完的，即使读完也没有用。实际上，一个学期能够把一本书真正读好就不错了。第二，精读与略读、浏览相结合。应以略读为主，精读、浏览为辅。"大半由学生自修，一部分在上课时讨论"（叶圣陶语），否则课时肯定不够用。最好能将个人阅读与同伴间的交流讨论相结合，阅读与写作、思考与实践相结合，书本学习与实际运用相结合。不能死读书，读成"书呆子"。独学而无友，则孤陋而寡闻。第三，语文教育改革有"变"的一面，也有"不变"的一面。教育理论、教学理念、教学手段、教学方法，理当与时俱进，随时代发展、社会进步而改变，也必须改变。但是，帮助学生练好语文基本功，掌握交际交流工具，在培养语文能力过程中积累知识、增加学识、增长见识，这一目标不能变，否则就不是语文了。对目前流行的整本书阅读、大单元、大概念等，既要积极试验，勇于探索，大胆实践，同时也要保持清醒，防止走偏。语文四大核心素养不是并列关系。"语言运用"是基本任务，"文化自信"是重要任务，"思维发展""审美创造"是必要任务。教学中，要从语言文字运用出发，相继开展文化自信、思维发展、审美创造教育，到最后还要再回到语言文字运用上来。要立足教育，提高阅读、写作能力；立足语文，着眼于培养语文学科素养和关键能力。教师的生命力在课堂，教师的创造性在教学，关键在于"实"和"活"。既要扎扎实实，又要灵活高效。没有最好，只有更好。适合学生的、学生受益最大的才是最好的。最终目的是让学生在教师的引导下，喜欢上语文课，满怀热爱，充满兴趣，积极主动地学习语文、运用语文。自能读书，不待教师讲；自能作文，不待教师改。《红楼梦》的整本书阅读也是如此，应着重培养语文学科素养和关键能力，特别是阅读、写作及思维能力。

2024 年 5 月 10 日
于京东大运河畔之两不厌居

（作者系人民教育出版社编审、中国教育学会中学语文教学专业委员会原理事长）

序二　漫说红楼话灯谜

卢志文

（一）红楼谜事见承启

在被称作"封建社会大百科全书"的《红楼梦》中，作者曹雪芹以大量笔墨描写了贾府猜制灯谜以资玩乐之事。全书在第二十二回和第五十回先后集中出现两次，共有灯谜二十七则。从这些灯谜的猜射和制作情况可以看出谜学在这一时期的承启关系。

第二十二回"听曲文宝玉悟禅机，制灯谜贾政悲谶语"中，作者写道："忽然人报：'娘娘差人送出一个灯谜儿，命你们大家去猜，猜着了每人也作一个进去。'四人听说忙出去，至贾母上房，只见一个小太监，拿了一盏四角平头白纱灯，专为灯谜而制，上面已有一条，众人都争着乱猜。"

可见贾母的谜条是贴在"灯"上的。这种"灯"和"谜"结合的形式始于宋代，"灯谜"一词也由此而产生。

谜语旧称"隐语""廋词"。经过漫长时期的发展演变，至宋代逐渐走向成熟和完善。宋代被人们公认为谜语发展的第一次高潮期。明代文学家郎瑛有"隐语化而为谜，至苏（东坡）黄（庭坚）而极盛"的说法（《七修类稿》）。南宋迁都临安（今杭州），朝廷偏安一隅，常以元宵张灯粉饰太平，始有谜和灯的结合，也便有了灯谜。

因猜谜活动常在新春、元宵之时举行，所以灯谜又称春灯。《红楼梦》第五十回沿用这一说法，回目即为"芦雪广争联即景诗，暖香坞雅制春灯谜"。

灯谜到了明代更加盛行。明末阮大铖《春灯谜》中有一阕《朝天子》，将张灯悬谜的场景写得颇为生动：

> 打灯谜闹场，拆灯谜搅肠。纸条儿标写停停当。金钱儿小挂，猜着时送将；那不着的受罚还如样。市语儿几行，人名儿紧藏，教你非想非非想。

显然《红楼梦》描写贾府猜谜的体制和方法跟《朝天子》所写几乎没什么两样。贾政猜贾母那条"猴子身轻站树梢"的灯谜"故意乱猜别的"被"罚了许多东西"，"然后方猜着，也得了贾母的东西"。通过奖罚给猜谜活动增添了乐趣。

清初战乱连年，政局不稳，谜事活动一度消沉。到了康熙中期和乾隆年间，社会经济文化已呈繁荣发达景象，谜事活动再度兴起，可谓朝野风行。众所周知，乾隆皇帝就非常喜欢灯谜，而且能猜善制，朝中大学士纪晓岚更是精通此道。灯谜在这一时期形成第二次高潮。谜界有"唐诗，宋词，元曲，清灯谜"之戏称，也从一个侧面反映了这一时期谜风之盛。曹雪芹正生活于乾隆年间，作为一位博学文人，精通谜道当属顺理成章，从《红楼梦》所写的二十七则谜作可以看出其谜艺之精湛。也正因为作者生活于这一年代，所以《红楼梦》所写之谜作便都深深地烙上了这一时代的印记：诗谜居多，文人气息浓厚，谜学的承启关系非常明显。同时贾府上下擅谜者之多，甚至连不学无术的贾环都能制上一条，也就不足为奇了。

（二）谜语灯谜两相异

让我们先看《红楼梦》中的两则谜作。一为贾元春所制："能使妖魔胆尽摧，身如束帛气如雷。一声震得人方恐，回首相看已化灰。"谜底为"爆竹"；另一则为绮儿所作的"萤"字谜，谜底为"花"。

元春的"爆竹"谜通过四句诗描写"爆竹"的特征，句句实写，尤其是后两句"一声震得人方恐，回首相看已化灰"，刻画非常传神。这种创作灯谜的手法跟我们平时见到的儿童谜语非常相似。"麻屋子，红帐子，里面一个白胖子"猜"花生"，就是通过描写"花生"这一物体的性状成谜的。再看绮儿的那则"萤"字谜，谜底为"花"。她并没有从"花"这一物体的性状出发（如色彩、香气、荣谢等），而完全从文义出发，由古语"腐草化为萤"（古人不懂生物，以为萤火虫由腐草所化），将"萤"和"花"（解为"草化"）紧扣在一起。

显然这两种谜作在本质上是有区别的。前人未加以区分，统称谜语或灯谜。今天谜界已有公论：前者为谜语，后者为灯谜。

"谜语"亦称"民间谜语"，谜底大多为具体事物，通过对谜底的特征描写成谜，谜面一般为诗歌，朗朗上口，便于传诵，浅显易猜，尤为儿童所喜爱。上面提到的"爆竹"谜和"花生"谜均属这一类。同一谜材，从不同角度描写可以创作多则谜语。下面两则谜语，谜底亦都是爆竹：

> 小伙穿红袍，生来性情暴。惹他发了火，连喊又带跳。
> 一个小畜牲，头插两根针。一生不说话，临死咕一声。

谜语作品水平之高下主要在谜面的立意和文采。虽同属谜语，曹雪芹的"爆竹"谜显然是大家手笔，与上述两则不可同日而语。

"灯谜"又称文义谜，用"文字的意义"作为扣谜条件，利用汉字一字多义的特点，将谜底原意化作新解，达到"回互其辞"的目的。文义谜的特点是不要诗歌化，谜面简短（甚至只有一个字，如前面的"萤"字谜），而且要字字有着落，更不能在谜面和谜底出现相同的字（这叫面底相犯，为制谜之大忌）。例如，以"冒牌货"射成语"不打自招"，就是将谜底的"招"字，由"招供"之意变成"招牌"。"不打自招"就成了"不打自己的招牌"，从而构成了和谜面"冒牌货"的扣合。文义谜猜射难度大，但谜味更浓。

《红楼梦》中宝钗猜贾母的谜时"……一见就猜着了"；贾政在猜元春

等人的四则谜语时，亦不假思索脱口而出，都因为这些皆是事物谜，比较好猜。而绮儿的"萤"字谜，众人却"猜了半日"，甚至宝琴报出谜底，众人尚且不解："萤与花何干？"幸得黛玉解释，众人才"会意"，"都笑了说好"，这显然符合文义谜的特点。

用事物谜和文义谜的标准判别，《红楼梦》所录二十七则谜作，只有一则是真正的文义谜。但这丝毫不影响《红楼梦》谜作的艺术性，相反，以七言绝句为面的事物谜因创作回旋余地大，更能体现作者以谜写人物性格、以谜隐人物命运的巧妙构思。

（三）谜风人品两相宜

《红楼梦》以浓墨重彩渲染猜制灯谜，绝非偶然。作者之所以大写谜事活动，既是反映封建贵族家庭的实际生活，又是出于全书谋篇设局的需要。灯谜重在"隐"，曹雪芹写《红楼梦》也贵在一个"隐"字。《红楼梦》的谜作不能作为一般的文字游戏看待。诚然，行酒令、猜灯谜是封建贵族家庭生活的闲情逸致，但曹雪芹写的这些灯谜都有其严肃的内涵。他是借用灯谜这一特别的文学形式来表现笔下人物的性格，有些还暗示了人物的遭遇和结局。

如果说《红楼梦》谜作本身较高的艺术性反映了作者精湛的谜艺，那么书中每一则谜作的风格都能和人物的才学、品性相统一，就不能不说是作者的匠心了。

第二十二回有一则贾政所作灯谜："身自端方，体自坚硬。虽不能言，有言必（笔）应。"谜底为"砚台"。这则砚台谜的面句非常切合贾政这一人物形象的身份和品性："身自端方""道貌岸然""顽固不化"。再看他将这则谜语念给贾母猜时，立即"悄悄地说与宝玉。宝玉会意，又悄悄地告诉了贾母"。贾母报出谜底时，他又说："到底是老太太，一猜就是。"虽只小小细节，刻画人物品性却十分传神。贾政这则谜语的谜底选的是砚台，自然跟元春等人的"爆竹""风筝"等物不同，用贾政的话说，那都是些"一响而散""飘飘浮荡"的"不祥之物"。

再看贾环的那则谜——"大哥有角只八个，二哥有角只两根。大哥只在床上坐，二哥爱在房上蹲。"自称谜底是"枕头，兽头"（兽头指屋脊上的两角怪兽），粗俗不堪。书中借太监之口批评道："三爷所作这个不通，娘娘也没猜，叫我带回问三爷是个什么。"贾环的不学无术可见一斑，真是谜如其人。

第二十回还有一则谜语：

朝罢谁携两袖烟？琴边衾里两无缘。
晓筹不用鸡人报，五夜无烦侍女添。
焦首朝朝还暮暮，煎心日日复年年。
光阴荏苒须当惜，风雨阴晴任变迁。

谜底为"更香"（一种盘香，分为一百刻，燃烧一昼夜，用来计时）。此谜戚本标明为宝钗作，今高鹗本标为黛玉所制。从谜语的内容来看，十分切合黛玉的身份和才学。这个谜用更香的缕缕烟散暗示宝黛之间的"木石前盟"将被摧毁，同时隐喻了林黛玉香销魂断的结局。谜面八句诗一方面紧扣着"更香"，另一方面恰如黛玉对自身的悲吟。"琴边衾里两无缘"表现了黛玉的一腔悲怨。"焦首朝朝还暮暮，煎心日日复年年"两句和她的"一年三百六十日，风刀霜剑严相逼"诗句相对照，其孤独、哀怨之情催人泪下。"更香"的孤烟与她郁郁寡欢的性格也颇为相合。

高鹗本《红楼梦》还有一则"镜子谜"为宝玉所制："南面而坐，北面而朝。像忧亦忧，像喜亦喜。"（第二十三回）。试想如果让贾政作一条"镜子"谜，而宝玉作"砚台"谜，那将是多么不协调。宝玉生活在女人堆里，所制灯谜自然也离不开闺房之物，断不会对"砚台"感兴趣的。

《红楼梦》把灯谜与作品情节、人物性格契合得如此密不可分，在古典名著中是绝无仅有的。

（四）妙手借谜巧示隐

灯谜又称"隐语"，通过作者的巧妙构思"遁辞以隐意，谲譬以指事"（《文心雕龙》）。《红楼梦》中的谜作，可谓用足了"隐"，不仅"隐"谜底，"隐"人物品性，还"隐"人物的命运和结局，足见作者匠心。先看二十二回的四则谜语。

贾元春所制（谜底为"爆竹"）：
能使妖魔胆尽摧，身如束帛气如雷。
一声震得人方恐，回首相看已化灰。

贾迎春所制（谜底为"算盘"）：
天运人工理不穷，有功无运也难逢。
因何镇日纷纷乱？只为阴阳数不同。

贾探春所制（谜底为"风筝"）：
阶下儿童仰面时，清明装点最堪宜。
游丝一断浑无力，莫向东风怨别离。

贾惜春所制（谜底为"佛前海灯"）：
前身色相总无成，不听菱歌听佛经。
莫道此生沉黑海，性中自有大光明。

对这四条谜如何理解？曹雪芹在书中已有交代。贾政看了元春姊妹的谜后心内沉思道："娘娘所作爆竹，此乃一响而散之物。迎春所作算盘，是打动乱如麻。探春所作风筝，乃飘飘浮荡之物。惜春所作海灯，一发清净孤独。今乃上元佳节，如何皆作此不祥之物为戏耶？"这段内心独白正是曹雪芹制谜的用意所在。

元春的命运确像爆竹一样，入宫受宠，晋封贵妃，"烈火烹油，鲜花着锦""一声震得人方恐"。可这并没有改变她的悲剧命运：年少夭折，"回首相看已化灰"。同时该谜也点出了贾府的富贵如过眼烟云，繁华瞬息即逝。迎春那条谜的谜底、谜面表现了她的懦弱，任人摆布，预示了她日后受孙绍祖折磨之苦。她出嫁一年便被丈夫"拨弄"死了。探春的风筝谜，象征着她被迫远嫁，似风筝一样飘落天涯。惜春的"佛前海灯"谜，是她日后出家"不听菱歌听佛经"的黄卷青灯生活的图画。

至于黛玉的那则"更香"谜，与黛玉的命运更是相合，前已分析，此不赘述。

作为贾府的老祖宗，贾母也有一条灯谜，她的谜面只有一句话："猴子身轻站树梢"，谜底是"荔枝"。这条谜集灯谜中的象形、谐声与会意手法于一体。以"猴子"比喻荔枝的颜色，"站树梢"即"立枝"，谐音"荔枝"。这条谜为贾府最后"树倒猢狲散"的衰败结局埋下了伏笔。

薛宝钗的一条谜语："有眼无珠腹内空，荷花出水喜相逢。梧桐叶落分离别，恩爱夫妻不到冬。"好些版本上没有。谜底为"竹夫人"（用竹篾编成，圆柱形，中空，长三四尺，有许多透风孔，夏天用来抱着取凉）。此谜直陈了宝钗和宝玉"恩爱夫妻不到冬"的一场爱情误会。

（五）十四图咏藏玄机

> 满纸荒唐言，一把辛酸泪！
> 都云作者痴，谁解其中味？

这是曹雪芹作《红楼梦》的点题名句。芹翁为了抒发自己的情感，刻画人物性格，影射人物命运的创作需要，除用书中人物所作的灯谜深藏玄机，进行明喻暗示外，在第五回贾宝玉梦游太虚幻境，翻看金陵十二钗名册及其中的十四图咏时，也多以谜的形式展示大观园里女儿们的悲惨命运。请看：

林黛玉和薛宝钗——"取那'正册'看时,只见头一页上画着是两株枯木,木上悬着一围玉带;地下又有一堆雪,雪中一股金簪"。此处是幅地道的画谜,文中有画、画中有谜:两株枯木恰隐一"林"字,一围玉带暗藏"黛玉"之名;一堆雪用谐音巧隐"薛"字,而"金簪"不就是"宝钗"吗?"可叹停机德,堪怜咏絮才。玉带林中挂,金簪雪里埋。"

《后汉书·列女传·乐羊子妻》载,乐羊子远出寻师求学,因想家便中断学业。妻子拿刀割断织布机上的绢,以此喻学业中断之害,规劝他继续求学,谋取功名,不要半途而废。

"可叹停机德",说的是薛宝钗虽然有着合乎封建妇道规范的贤妻良母型品德,但可惜徒劳无功。"堪怜咏絮才",则是说林黛玉虽然聪慧出众,但命运可悲,值得同情。语出《世说新语》,谢道韫有"未若柳絮因风起"的咏雪佳句。

"玉带林中挂",前三字谐音倒读即林黛玉。"金簪雪里埋",金簪即宝钗。本是光耀头面的首饰,竟埋没在寒冷的雪地里,这是薛宝钗婚后独守空闺的冷落处境的写照。

黛玉和宝钗,身世悬殊,个人性情迥异,然"千红一哭""万艳同悲"的凄苦命运恰是相同的。

妙玉——"后面又画着一块美玉,落在泥污之中"。这里巧妙点出"妙玉"之名,不遮不掩,道出了妙玉生就"金玉质",结果还是"终陷泥淖中",做了不"洁净"的人。

贾迎春——"后面忽画一恶狼,追扑一美女欲啖之意。其下书云:子系中山狼……"。"子系"合成"孙",点出迎春丈夫孙绍祖之姓,这里暗喻孙的险恶凶狠如狼似虎。

王熙凤——"其判云:凡鸟偏从末世来……"。"凡鸟"二字合成"凤",点明王熙凤的名字。此谜同上面"孙"谜一样,都运用了灯谜创作中的常用技法——字形离合。

李纨——"也有判云：桃李春风结子完……"。此处："李""完"正点出李纨的姓和名，暗示她的青春就像春风中的桃花、李花一样，结了果实，也就凋谢了。

晴雯——"写的是，霁月难逢，彩云易散……"。此处未用谐音和离合的手法，而用灯谜正宗会意的法门隐喻人名。霁，雨雪之后放晴，暗寓"晴"；云呈花纹为"雯"。

香菱——"后面书云：自从两地生孤木，致使香魂返故乡。"两个"土"（"地"）加一个"木"字，金桂的"桂"字顿出。这两句显然暗示了薛蟠娶夏金桂为妻后，香菱便魂归故土了。

可以看出，芹翁的这番描写，虽未直接以谜的形式出现，所用的隐喻手法却完全是灯谜创作的法门，从谜艺角度看，扣合也非常准确。芹翁如椽巨笔，写尽人间悲欢凉热。虽只小小灯谜，到了曹雪芹手里，也都写得有声有色，并能为刻画人物性格、隐喻人物命运、昭示贵族之家的归宿和揭示作品主题服务，使我们不得不佩服这位大师驾驭语言的高超本领。

都云作者痴，谁解其中味？

（六）怀古绝句费疑猜

《红楼梦》作者在第五十回和第五十一回里给后人留下了十三则绝底诗谜。二百多年来，绝底诗谜一直为人们所关注，至今仍然是红学家和灯谜爱好者争相猜射的目标。尤其是薛小妹的十首怀古绝句，"自然新巧""内隐十物"，原书故意不揭谜底，引得后人费尽心神，虽经几代文人竞猜，可至今并无被人们普遍接受的谜底，可谓众说纷纭，莫衷一是。以跟咱家乡历史有点关系的《淮阴怀古》为例：

壮士须防恶犬欺，三齐位定盖棺时。
寄言世俗休轻鄙，一饭之恩死也知。

此诗所怀的是淮阴侯韩信。诗意亦较明了。韩信少时曾受胯下之辱，后被封为"三齐王"，"千金酬漂母"传为美谈。周春《阅红楼梦随笔》猜作"兔子"，徐凤仪《红楼梦偶得》猜作"马桶"，赵曾望《寎言》猜作冥器"纳宝瓶"，《中华谜报》又有人猜作"打狗干粮"。仔细想来，这些谜底在一定程度上都能和谜面诗意相吻合，但也并非无懈可击。我想芹翁已经不在人世，怕这段公案永远不能了结了。不过，如果谁试猜的谜底能让绝大多数人接受，这于红学研究也算是功不可没的。上述诸底中，一些谜人倾向于"打狗干粮"一底。"打狗干粮"是在死人入棺时在其手腕上套上一串用线穿起来的十数个烧熟的面团。也有用圆形饼干或点心代替的，用于死者赴阴曹地府的路上遇到恶狗追咬时，逐个取下打狗，以缓其追咬。这是一种带迷信色彩的习俗。记得小时候看人家办丧事时尚有这么回事，只是现在推行火葬，见不到这一习俗了。想来，在曹雪芹生活的那个时代，此风俗必很盛行。

"壮士须防恶犬欺"指出了"打狗干粮"的作用。"三齐位定盖棺时"显然是指入棺时带上的。"寄言世俗休轻鄙""一饭之恩死也知"，是告诉人们莫要轻视这一习俗，一饭之恩死人也是知道的。此底扣面算是句句有着落，不知读者然否？

怀古绝句第一首《赤壁怀古》：

赤壁沉埋水不流，徒留名姓载空舟。
喧阗一炬悲风冷，无限英魂在内游。

近来亦有人提出新底："墓碑。"此较之周春、赵曾望等人的"走马灯""蚊子灯"等似乎更合情理些。"墓碑"一底除了和原诗扣合较为紧密，本身和书名《石头记》也能暗合。作为怀古绝句的第一首诗，谁知道曹雪芹是不是有意作这样的安排呢？

《钟山怀古》一诗：

名利何曾伴汝身，无端被诏出凡尘。

牵连大抵难休绝，莫怨他人嘲笑频。

赵曾望《窕言》猜作耍的猴儿，已被大多数读者接受。联系第五十回湘云的那条猴子谜"溪壑分离，红尘游戏，真何趣？名利犹虚，后事终难继"，确有同工之妙。湘云用"后事终难继"暗示耍的猴子都是"剁了尾巴去的"，而这首诗中"牵连大抵难休绝"则又是从耍的猴儿必被牵着这一特征着笔的。其他如"名利犹虚""红尘游戏"的描写，两谜可谓一脉相承。因此，我说此谜别无他底，您不会觉得武断吧？

每一首怀古诗都有很多不同的解读。谜之妙处，在于谜底和题面扣合，虽于意料之外，却在情理之中。谜味，多在揭底之后，才会体味出来。其实，谜之所以为"谜"，更在于其谜底的隐藏。千古之谜，费尽疑猜，见仁见智，各得其趣，岂不更妙？

（七）不尽谜材滚滚来

《红楼梦》与灯谜的缘分不仅局限于书中关于灯谜的描写。该书问世以来，大批与《红楼梦》人事有关的谜作相继涌现，可以说《红楼梦》成了谜人们取之不尽的创作源泉。

人名谜中有一类谜目为"红人"或"石人"的，实际上就是猜《红楼梦》人物名。如"将在谋而不在勇"猜"红人二"，谜底为"智能，袭人"；"太后，皇后"猜"石人二"，谜底为"王妈妈，王夫人"；等等。这类灯谜不仅数量众多，而且不乏佳作。

有一则《红楼梦》人名谜，谜面为"曹操书'活'意若何"，要求猜人名二，此谜颇有妙趣。据《世说新语》载，有一次工匠们为曹操造宅院，完工后曹操去一看，什么也没说，提笔在门上写了个"活"字便扬长而去。人们不解，后说与杨修，被杨修解开此谜。原来"门"里书"活"正是"阔"字，曹操是嫌门太大了。

知道这段典故，猜《红楼梦》人名就容易了，谜底正是"舍儿，门子，大了"。此谜谜中有谜，连环套射，妙趣无穷。另有一则《红楼梦》人名谜亦颇富巧思，谜面为"共君今夜不须睡"，谜底为"贾惜春"。此谜"惜春"二字易解，谜面是写珍惜春光的名句，"共君今夜不须睡，未到晓钟犹是春。"谜底中之"贾"字似无从着落。原来谜的作者巧妙地联系上了诗的作者，此"贾"乃指"贾岛"，真可谓构思奇巧。

至于运用《红楼梦》故事情节、诗词成句制作的灯谜，那就更加可观了。

清代谜家张起南有二则灯谜："含玉而生"，猜俗语一句，谜底是"一块石头落了地"；"贾宝玉初试云雨情"，猜《西厢记》一句，谜底是"成了偷花汉"。这些都涉及《红楼梦》的人和事。前者诙谐幽默，妙趣横生；后者谜底的"花"字，踏实"花袭人"，令人想起《红楼梦》第六回贾宝玉强与袭人同领警幻训事的情节。

山西杨耀学曾制一谜："一把辛酸泪，写成《红楼梦》。"猜成语"水落石出"，是一则难得的好谜。曹雪芹经历了家族由盛入衰的过程，在贫困中回想着"身前身后事"，禁不住感慨万千，悲从中来，将自己一腔心事写进了《红楼梦》（又称《石头记》）。作者自称写成此书有"一把辛酸泪"，他最后也在极度悲痛中"泪尽而逝"。眼泪表现着情感，显示着艺术家的真诚。"一把辛酸泪，写成《红楼梦》"，泪水落下，《石头记》始出。如此"水落石出"不禁使人转悲为喜了。此谜用曹雪芹著书故事，将一条旧成语翻出新意，可谓善于点铁成金。"水落石出"，写出了谜作者与曹雪芹同样的感喟之情，芹翁地下有知，必不再担忧"谁解其中味"了。

记得越剧《红楼梦》走红时，人们以宝玉的一句唱词"妹妹的诗稿今何在"作出了许多好谜，有的射离合字"林火焚"；有的射摄影名词"自然光"（自——自己，"然"通"燃"，光——精光）；笔者也曾以此句唱词为面，创作一探骊谜，谜底为"早点，火烧"（探骊格，是将谜目隐在谜底，一同扣合谜面的一种特殊格式的灯谜。"火烧"是一种早点。此谜入选《新时期灯谜佳作集》)。

一句唱词都给作出多则谜来，可见一部《红楼梦》提供给人们的谜材那真是永无穷尽了。

2024 年 4 月于温州

（作者系新教育研究院名誉院长、中国陶行知研究会副会长、中国灯谜学术委员会副主任、翔宇教育集团总校长）

目录

一、为什么要读《红楼梦》　　/ 1
（一）人类精神价值创造的最高层面　　/ 1
（二）语文学习的优秀范本　　/ 2
（三）透视中国历史的微观窗口　　/ 4
（四）观察社会生活，了解人情世态　　/ 4
（五）明辨真善美的"风月鉴"　　/ 6
（六）丰富文学鉴赏，提高审美品位　　/ 7

二、鲁迅与曹雪芹
　　——穿越时空的对话　　/ 9
（一）相遇太虚幻境　　/ 9
（二）十三岁，变故的节点　　/ 11
（三）小说史的划时代　　/ 13
（四）"奴才"两个字怎么写？　　/ 15
（五）余音　　/ 17

三、《红楼梦》的两个时代　　/ 18
（一）赖嬷嬷说"奴才"　　/ 19
（二）"暂时做稳"的与"想做稳"的奴隶　　/ 23
（三）奴才们的"奴隶性"人格　　/ 26

四、贾宝玉的爱洛斯人格　　/ 32
（一）"本我"四处"泛滥"　　/ 32
（二）"自我"与"超我"　　/ 34
（三）从"滥淫"到"意淫"　　/ 37

五、《红楼梦》的"潇湘"情结　　/ 40
（一）人名　　/ 41
（二）大观园中与"潇湘"有关的建筑名　　/ 42
（三）花名芙蓉　　/ 43
（四）与潇湘有关的诗词、对联　　/ 43
（五）"南省"与"辣子"　　/ 44
（六）老君眉　　/ 45

六、《红楼梦》与教育　　/ 46
（一）关于《红楼梦》与教育的研究　　/ 46
（二）《红楼梦》成书时代的教育问题　　/ 49
（三）《红楼梦》里的教育　　/ 52
（四）曹雪芹：对教育目标的迷惘　　/ 60

七、学习红楼诗词，提升人文素质　　/ 67
（一）旧体诗词创作的范本　　/ 67
（二）《红楼梦》诗词的艺术特点　　/ 69
（三）《红楼梦》诗词的创作思想　　/ 72

八、品读红楼楹联，承继文化传统　　/ 76
（一）回末联和感叹联　　/ 77
（二）实用类联　　/ 78

九、红楼书法，书以载道 / 85
- （一）浓厚的书法氛围 / 85
- （二）牌匾楹联里的文化元素 / 88
- （三）颜鲁公墨迹的深刻寓意 / 90

十、《红楼梦》演绎的中国神话 / 94
- （一）神圣女娲的补天遗石 / 95
- （二）"木石前盟"是爱恨之源 / 99
- （三）太虚幻境揭秘人物命运 / 101
- （四）一僧一道：人神之间的纽带 / 104

十一、《红楼梦》里的戏剧 / 107
- （一）《红楼梦》中的家庭戏班 / 107
- （二）《红楼梦》戏剧的寓意 / 111
- （三）《西厢记》与《牡丹亭》 / 114

十二、《红楼梦》的释道空间 / 119
- （一）贾府与僧道联系多 / 119
- （二）形形色色僧道尼 / 121
- （三）宗祠与家庙 / 123
- （四）神圣非凡与邪恶肮脏 / 124
- （五）书里书外的寺庙宫观 / 127

十三、阆苑仙葩，花气袭人 / 129
- （一）品种繁多，千姿百态 / 130
- （二）馆舍配花，主题庭院 / 131
- （三）鲜花有情，以花喻人 / 132
- （四）文化品格，诗情画意 / 133

（五）以花言志，以花抒情　　/ 134

十四、红楼中医，末世人参（生）　　/ 137

（一）看医生如何诊断　　/ 138
（二）金陵十二钗的体质特征　　/ 142
（三）三个人三服药　　/ 144
（四）懂一点中医很重要　　/ 147
（五）常备药与西洋药　　/ 149
（六）"末世""人参（生）"　　/ 152

十五、漫读红楼梦，陆羽教烹茶　　/ 155

（一）品茶栊翠庵　　/ 156
（二）吃茶做媳妇　　/ 159
（三）茶名千红一窟（哭）　　/ 162

十六、从婚丧礼俗看贾府的衰落　　/ 165

（一）写日常礼仪，不写婚礼　　/ 165
（二）写死亡不写出生　　/ 170

十七、最新红学（相声）　　/ 174

十八、我读《红楼梦》四十年　　/ 185

（一）初读《红楼梦》淡然无味　　/ 185
（二）再读《红楼梦》兴趣陡增　　/ 186
（三）反复品读，常读常新　　/ 188

后　记　　/ 191

一、为什么要读《红楼梦》

2013 年,广西师范大学出版社在网上对三千多位读者进行了一项名为"死活读不下去的图书"的调查,结果令人瞠目:《红楼梦》居然高居榜首,成为"最难读"之书。①在今天这个充满焦虑的快节奏时代,人们不读"难读"的《红楼梦》是可以理解的,但是这么难读的书,我们为什么要强调去读呢?换句话说,读《红楼梦》有什么用呢?

(一)人类精神价值创造的最高层面

如果要把约三千年的中国文学史用一条曲线来表示,应该有三座高峰:一是先秦时期以屈原为代表的《楚辞》;二是以李白、杜甫为代表的唐诗;三是明清时期曹雪芹的小说《红楼梦》。清代乾隆时期,《红楼梦》刚一问世,其手抄本就广为流传。"开谈不说《红楼梦》,读尽诗书亦枉然。"②当时阅读《红楼梦》已经成为一种时尚。两百多年来,《红楼梦》

---

① 见新华网,2013-08-24。
② [清]得舆:《京都竹枝词》,见一粟编《红楼梦资料汇编·下册》,中华书局,1964:354。

在老百姓中广为传播，已经成为一种文化标志。毛主席在《论十大关系》中说：我们"除了地大物博，人口众多，历史悠久，以及在文学上有部《红楼梦》等等以外，很多地方不如人家，骄傲不起来"[①]。《红楼梦》以其独特的艺术魔力和深刻的思想内涵，在世界文学史上占有重要的地位。她不仅展现了中国封建社会的社会风貌和文化传统，也反映了人性的复杂和社会的黑暗。与世界上其他著名作家的作品相比，《红楼梦》的独特之处在于其叙事风格和人物创造的思想深度。例如，与莎士比亚的作品相比，《红楼梦》具有更加复杂的人物关系和深刻的人性洞察力，她的叙事方式更加细腻、委婉，更注重细节和情感的描写；与托尔斯泰的作品相比，《红楼梦》同样关注社会问题和人性探索，但她的文化背景和思想内涵更加丰富。所以刘再复先生说，《红楼梦》的精神水准和文学水准可以和人类文明史上标志人类精神高度的经典作品相比肩。《红楼梦》"属于人类精神价值创造的最高层面"[②]，不可不读。

（二）语文学习的优秀范本

从教育的角度来看，《红楼梦》是学习语文的优秀范本。首先，读整本书。2019年秋季开始使用的国家统编高中《语文》课本一年级（下），把《红楼梦》整本书列入必读书目，正是体现了阅读《红楼梦》能够发展语文核心素养的价值。读整本书可以使学生对于各种文体都了解一二，都尝到一点味道，遇见其他的书，也就不望而却步了。所谓"各种文体"，是指诗、词、歌、赋、文等各种文体的形式，这在《红楼梦》一书中都有呈现。全书收录有213条诗词韵文，其中包括五言律诗、七言律诗、歌行、对联、灯谜、匾额、词、曲、赋等；收录有238条名句俗谚，包括名

---

① 毛泽东：《毛泽东选集（第五卷）》，人民出版社，1977：287。
② 刘再复：《永远的红楼梦》，见《红楼梦十五讲》，北京大学出版社，2007：341。

句警句、俗语谚语、民谣等，①书中的新编神话、梦幻志怪、隐喻谶语等，读来趣味无穷。其中《葬花吟》《咏白海棠》等诗词作品，成为两百多年来人们传诵的经典。其次，《红楼梦》结构雄大，布局巧妙。曹雪芹按照贾宝玉与林黛玉爱情悲剧主线和封建贵族家庭走向崩溃瓦解的副线这两条骨干线索，构成了《红楼梦》气势恢宏、纵横捭阖的叙事结构。对大观园的奇妙设计，不仅呈现出作者对园林建筑艺术的造诣，而且巧妙地布局了主要人物的活动场景和故事情节，精彩绝伦，叹为观止。最后，《红楼梦》人物语言高度个性化、口语化和生活化。从官场的套话到市民的直白，从姑娘小姐的庄重雅致到丫鬟仆人的粗俗快语，都显现出《红楼梦》语言的丰富性和独特性。"什么欢声笑语、闲言碎语、快人快语、淫言浪语、酸言酸语、唇枪舌剑、情话痴话及官方语言（元妃省亲、宝玉见北静王）、带威胁性的管理者语言（王熙凤协理宁国府）、'群众场面'语言（如宝玉挨打一场）、粗村语言（刘姥姥乃至王熙凤都爱说这种话）……都写了个绘声绘韵、淋漓尽致。读书时一片吱喳喧哗，掩卷后余音在耳，拂之不去。"②总之，《红楼梦》全书结构恢宏，行云流水；语言精彩，荡气回肠；写景抒情，诗情画意。我们读《红楼梦》，可以从中学习写作技巧，练习语言表达，品赏文化意蕴，提升思维品质。脂砚斋对《红楼梦》的写作手法有一段批语提示："事则实事，然亦叙得有间架、有曲折、有顺逆、有映带、有隐有见、有正有闰，以致草蛇灰线、空谷传声、一击两鸣、明修栈道、暗度陈仓、云龙雾雨、两山对峙、烘云托月、背面敷粉、千皴万染，诸奇书中之秘法，亦不复少。"③爱语文的老师和学生，你会陶醉其中，其乐无穷！

---

① 根据《红楼梦鉴赏词典》（上海古籍出版社1988年5月第1版）统计。
② 王蒙：《红楼启示录》，生活·读书·新知三联书店，1991：103。
③ 曹雪芹：《脂砚斋重评石头记（甲戌本）》，人民文学出版社，2010：13-14。

（三）透视中国历史的微观窗口

《红楼梦》通过贾府这个家族的没落反映了封建社会末期的社会历史。毛主席说："要读《红楼梦》，要把它当历史读。我是读了五遍才能开讲的。""你们都要看看《红楼梦》。不读《红楼梦》，就不知道什么是封建社会。"[1]红学家李希凡、蓝翎认为：《红楼梦》真实地反映了封建社会即将崩溃的历史发展趋势，把高度发展了的封建社会现实生活中的复杂矛盾完整而深刻地揭露出来。可以毫不夸大地说，《红楼梦》是中国封建社会走向崩溃时期历史性的记录与总结。"[2]教育史家周洪宇教授指出："文学作品中所蕴含的丰富资料可以弥补官修史籍'事多隐晦'的不足，在生活与平民化的生活圈中寻找历史与教育的契合点。"[3]从贾府奢华腐朽的生活之中，可以看到封建王朝没落的端倪。从凤姐房里吓得刘姥姥不住"展眼儿"的"自鸣钟"（第六回），到贾宝玉"西洋珐琅的黄发赤身女子"的鼻烟壶（第五十二回）等，都可见资本主义在中国的萌芽。在封建社会行将崩溃的大历史中，我们还可以读到一段明清之际的教育史。比如贾府的义学、家塾课堂、学习内容、课本教材、打架斗殴、教师形象、女子教育问题、家庭教育问题，等等。《红楼梦》是透视中国历史的微观窗口，读《红楼梦》，可以认知历史，把握时代，提高我们改革社会的责任感和民族复兴的使命感。

（四）观察社会生活，了解人情世态

《红楼梦》描写的是整个社会，从上流社会、王公贵族，到底层社会，

---

[1] 董志新：《毛泽东读红楼梦》，万卷出版公司，2011：15，25。
[2] 李希凡，蓝翎：《论红楼梦的人民性》，见伏漫戈《〈红楼梦〉研究述论》，中国社会科学出版社，2015：74。
[3] 周洪宇：《学术新域与范式转换——教育活动史研究引论》，华中科技大学出版社，2011：10-11。

奴才佣人、丫鬟婢女、市井小民、农民地主等，无所不包。"《红楼梦》以前所未有的广度和深度真实地反映了清代前期的社会面貌和人情世态。"①《红楼梦》中的人物按照阶级、阶层的划分，各有各的社会圈子，各类人物在各自的社会圈子里才有相同的话说，才能"玩"到一起。比如贾宝玉的圈子有蒋玉函、柳湘莲、冯子英、秦钟等。贾府大丫头的圈子有袭人、平儿、鸳鸯、司棋等。另外，贾府从苏州买来的十二个唱戏的女孩子，她们这个圈子更加典型。

最吸引人的一场戏是社会底层小人物兴起的一场"厨房政变"：柳嫂子和秦显家的争夺厨房管理权。作者将众多的社会底层人物和纷繁的生活现象组成的生动的图画——贾府日常生活中的小事引发的种种矛盾展示出来，真实地反映了错综复杂的人际关系，同时也说明在贾府的内部，不仅上层人物明争暗斗、腐朽堕落，底层社会也同样充满了钩心斗角和你争我夺。

少男少女的恋爱，是《红楼梦》的中心主题。刘梦溪先生说"《红楼梦》称得上中国的爱情宝典"②。我们在书中看到了不同阶层的青年谈恋爱的不同表现：上层社会贾宝玉与林黛玉的恋爱，是一种缠绵悱恻，诗情画意；底层社会司棋与潘又安的恋爱则是偷情幽会，胆战心惊。

《红楼梦》中的主要人物有贾宝玉、林黛玉、薛宝钗、王熙凤、贾母、贾政、王夫人、薛姨妈、元春、迎春、探春、惜春、贾珍、贾琏、贾蓉等。在这些人物之间，有着复杂的社会关系，同时每个人都呈现出鲜明的个性风格。读《红楼梦》不能戴着有色眼镜判断谁是好人谁是坏人。就说王熙凤吧，在她的身上体现着智慧、机智、才能，同时又显现出人性的贪婪、险恶。贾琏是一个"成日家偷鸡摸狗，腥的臭的，都拉了你屋

---

① 刘梦溪：《红楼梦十五讲》，北京大学出版社，2007：115。
② 刘梦溪：《情问红楼：贾宝玉林黛玉爱情故事的心理过程》，广西师范大学出版社，2007：9。

里去"(贾母语,第四十四回)的"色鬼",但是却良心未泯,其父贾赦伙同贾雨村强占石呆子的古扇,他却能说公道话,"为这点子小事弄得人家倾家败产,也不算什么能为"(第四十八回)。贾母在《红楼梦》中是一个有权威、有文化、慈祥善良的老祖母,但是她对儿子、孙子们的胡作非为、腐化堕落不仅不批评制止,还默许纵容。这些就是性格复杂的红楼人物。徐恭时先生统计《红楼梦》中的人物共有975人,其中有名有姓或有姓氏称谓的732人,有称谓阙名或姓的243人。①《红楼梦》是一幅社会生活的画卷,阅读《红楼梦》,也是阅读生活,了解这些社会生活中的人,了解人性!

(五)明辨真善美的"风月鉴"

读《红楼梦》,可以让我们认识是与非,明辨美与丑。美是什么?美学家们解释起来很复杂。我是这么理解的:美是人的一种赏心悦目的感觉。"美之中要有人情也要有物理,二者缺一都不能出现美。"②那么什么能够让人们赏心悦目呢?答案是真实的、善良的,这就是我们通常所说的真善美。曹雪芹说他写的就是"我这半世亲见亲闻的几个女子""其间离合悲欢,兴衰际遇,俱是按迹循踪,不敢稍加穿凿,至失其真"(第一回)。《红楼梦》一方面歌颂了年轻女性的青春美丽,另一方面揭露了封建末世贾府子孙们的荒淫无耻和腐化堕落以及封建官场的丑恶。最典型的就是贾雨村这个人物,《红楼梦》把贾雨村丑陋的灵魂晒到了光天化日之下。贾雨村是一个落魄的书生,在甄士隐的资助之下,考中了进士。他掌握权力之后完全可以报恩,特别是解救甄士隐被拐卖多年的女儿。但是,当他在应天府上接到薛蟠强买香菱一案,原可以出手搭救香菱时,却

---

① 徐恭时:《红楼梦究竟写了多少人物》,上海师范大学学报(哲学社会科学版),1982(2)。
② 朱光潜:《谈美》,华东师范大学出版社,2012:166-167。

为了自己的利益而丧尽良心，放走凶手，任香菱遭受蹂躏。王蒙先生说："看完了《红楼梦》，好处是让你能洞察邪恶，同时让你仍然欣赏真情，欣赏贾宝玉、林黛玉、史湘云、晴雯等，你仍然能够欣赏世界的另一面，即青春的、光明的、美丽的那一面……"①《红楼梦》是一面"风月宝鉴"，它可以看清楚人性中的真实、善良、美丽和丑恶。

（六）丰富文学鉴赏，提高审美品位

读《红楼梦》，我们还可以换一种心情，轻松阅读，怡情养性。这就进入了另外的层面，即对《红楼梦》的鉴赏品读。从广义上说，上述"学习语文""阅读历史""观察社会""认识人物""明辨美丑"都属于文学鉴赏的范畴，但是从读书的目的性来看，显然不是。只有把读书的目的放到轻松愉快、陶冶情操、提高审美品位的时候，才是真正的鉴赏、理性的品读。只有在这个时候，阅读者才能够根据自己的思想感情、生活经验、艺术观点和审美情趣，对书中的人物形象加以补充和丰富，并且对文学作品进行感受、体验、联想、分析和判断，从而获得美的享受。

《红楼梦》里的男主人公贾宝玉，是一个众星捧月式的人物，生得一表人才，面若中秋之月，色如春晓之花，鬓若刀裁，眉如墨画，目若秋波。但是他却是一个不被主流社会所认同，所谓"纵然生得好皮囊，腹内原来草莽""行为偏僻性乖张，那管世人诽谤"的人。对贾宝玉这个人物的认识，则要从读者自己的思想感情、生活经验、艺术观点和审美情趣来作出评价。

林黛玉和薛宝钗，是《红楼梦》中两个并驾齐驱的主人公，所谓二美合一。但是这两个人的性格却截然不同。自《红楼梦》问世以来，读者就为对这两个人物的喜爱与憎恶争论不已，甚至有为两个人争论得几挥

---

① 王蒙：《王蒙的红楼梦（讲说版）》，北京联合出版社，2017：273。

老拳的故事。还有一个读者又恨又爱的人物是王熙凤。红学前辈王昆仑有一句话成为名言:"恨凤姐,骂凤姐,不见凤姐想凤姐。"[①]这说明,人们对《红楼梦》一书的鉴赏是丰富多彩的。

阅读《红楼梦》,研究《红楼梦》,即所谓的"红学",是文学的鉴赏行为。人们在阅读之余议论和回味红楼人物的命运与结局,讨论红楼诗词歌赋的创作与欣赏,识别大观园里的花木虫草,喝几口"同杯(悲)酒",品一杯"老君眉",可供"喷饭供酒",不是也其乐融融吗?

《红楼梦》不仅包含中国文学的各种形式,还包含中国文化的各种元素,比如园林设计、建筑艺术、礼仪风俗、医药养生、茶酒膳食、衣食住行,等等,这些都可以让我们在其中品尝陶醉!至于什么"索隐"啊,"考证"啊,"探佚"啊,扒故纸堆,翻历史案,已经超出了文学鉴赏的范围,太烦琐,我辈普通读者就不"涉足"了罢!

[①] 王昆仑:《红楼梦人物论》,北京出版社,2009:127。

二、鲁迅与曹雪芹
——穿越时空的对话

（一）相遇太虚幻境

1936年10月19日凌晨，鲁迅先生离开了他所热爱的人世，被他最愿意看到的、活泼而诙谐的，戴着白顶高帽，手拿芭蕉破扇的活无常带到了阴间。阎罗大王慌忙走出鬼门迎接。阎王因为事前没有考虑到鲁迅先生到得如此仓促，为先生所住馆舍的装修尚未完毕，便吩咐无常：请带先生的魂灵暂时在天庭游览几日，待馆舍装饰完毕之后再请先生。于是，鲁迅先生便在无常的引导下开始了西天之游。

一日，鲁迅先生来到烟雾缥缈的太虚幻境，只见朱木白石，绿树清溪；鸟惊庭树，影度回廊。当先生越过灌愁海，来到离恨天，正在踌躇之际，忽见一人摇摇而来，仙风道骨，丰神迥异，好不眼熟，这不是大名鼎鼎的曹雪芹，曹霑，芹溪先生吗？鲁迅急忙迎上前去，打了一个拱手，说道："曹先生久仰！未曾想到与您相隔一百七十三年，竟能在此仙境相遇，真乃天意！"

曹雪芹先是一愣，然后似乎醒悟过来，也向鲁迅拱手道："先生莫不就是二十世纪的文学大师鲁迅？"

鲁迅道："晚学正是！"

雪芹道："久仰久仰！我自从《红楼梦》后四十回丢失之后，每每寻觅，毫无着落，痛苦不已，以至在阳世惶惶终日，生活窘迫，后又有小儿夭折，伤感成疾！阎王爷不忍心我痛不欲生，便早早叫我离开人世，于是年除夕卒于北京西郊，至今正好一百七十三年！"曹先生停顿一下后接着说，"老夫离开人世之时，正是国朝鼎盛之期。此前曾算过一卦，在我国朝没落之际，文坛必有一颗巨星诞生，为我国人之命运鸣钟呐喊。老夫从《狂人日记》《阿Q正传》中看到的这位巨人，应该就是您，鲁迅先生！今日能在太虚幻境与先生相见，真是有幸，有幸啊！"

鲁迅道："先生过奖了。阎王爷让我在阳世间比曹先生多活八年，想必这也是一种恩惠。中国几千年以来，人世实在不堪苟活，所以在无可奈何之际，也命无常把我拉拽过来。"

雪芹道："是啊，我写《红楼梦》也不过是让人看清楚这个世道。但我自从来到这太虚幻境之后，再也无心关注人间之事了。老夫在阳间并没有先生您这么走红，写了《红楼梦》之后只能隐姓埋名。而先生名气如雷贯耳，普天之下无不知晓鲁迅先生的大名。"

"我想，那可能是我的敌人把我带出来的！"鲁迅说，"因为那时我被四面围攻，不得不挺身而战，所以总是枪声迭起。"

雪芹道："不，不，不，不完全如此！您看我死的时候穷困潦倒，默默无闻，世人都不知我是怎么死的。而您，死的时候轰轰烈烈，上海城儿十万人为您送行，国母宋庆龄、文豪蔡元培等都为您扶柩送灵，这足以说明，国人已经开始觉醒。而在这个觉醒的过程中，您的呐喊厥功至伟啊！"

鲁迅道："如果就此而言，和您比较起来，的确是我的幸运。但是如果说唤醒国人，我相信，曹先生您的一部《红楼梦》，早已经开始了呐喊！"

雪芹道："也许吧。不过，您对国民本性的认识无比深刻，已经超出了与您同时代的其他一些人。正因如此，我才这样敬仰您！我也希望后世能够记住您。今天先生既然来到这太虚幻境，咱们何不坐下来痛快一聊？"

鲁迅道："太好了！那么，我们就借西天灵河之水，泡两杯老君眉，一边品茶，一边漫谈吧！"

（二）十三岁，变故的节点

鲁迅：曹先生，自从大学者胡适之先生考证出《红楼梦》是您所著，而且考证到您的祖上曾经是康熙皇帝钦定的江宁织造以来，我才知道，您的家族如此显赫：康熙六次南巡，就有四次驻跸您家。您的儿童时代很幸福，所谓"花柳繁华地，温柔富贵乡"，在美丽的园林里赏雪，在祖父的怀抱中读诗，生活可谓锦衣玉食。您的祖父曹寅先生藏书丰富，让您从小就能够汲取文化养料；叔父曹𫖯和英国商人有直接往来，打开了您的视野。加上您聪明颖慧，广见博识，富有文学气质，为后来的《红楼梦》创作打下了良好的基础。可是好景不长，在您十三岁那年，雍正皇帝查抄了您的家，没收了您家的财产，您随着祖母回到北京，您的叔父曹𫖯也被枷示众。可以说，您是生于荣华，终于零落，半生经历，绝似"石头"。所以，胡适之、周汝昌等学者坚定地认为《红楼梦》一书就是您的自叙传。

曹雪芹：我承认，所谓新红学家们考证的也是事实，只不过把《红楼梦》一书完全说成我们曹家的事情，把书中的人物和历史上的真实人物一一进行对照就过了！我写的书不过是小说，供人"消愁破闷""喷饭供酒"而已。至于什么是小说，鲁迅先生您是中国小说研究的权威，在您的著作中已经为后人解释了。

鲁迅：您的一生经历了如此巨大的变故，晚学可谓感同身受啊！就文学创作而言，作家在自己的作品中写一些自己所经历的事情应该是常事，这也是我的写作风格。倘有读者只执滞于体裁，只求没有破绽，那就以看新闻记事为宜，对于文艺，活该幻灭。而其幻灭，也不足惜，因为这不是真的幻灭，正如检不出大观园的遗迹，而不满于《红楼梦》者相同。

曹雪芹：您在《呐喊》的自序中说"有谁从小康人家而坠入困顿的么，我以为在这途路中，大概可以看见世人的真面目……"，真是一语中的！

鲁迅：不瞒您说，我家祖上虽然没有像曹家那样立功受封，但曾经也经历过良田万亩的宏盛时期，后来到祖父时期便败落下来。在我十三岁那年，祖父因科举弊案下狱"斩监候"，"监候"八年，使周家元气尽丧。接着父亲病故，家庭生活面临艰难。可以说，我在十三岁以前，也曾在温暖与欢乐中过着士大夫家庭里的少爷生活，而并不知道在窗明几净、丰衣足食的天堂之外，还有一个黑暗如漆的人间地狱！

曹雪芹：啊！十三岁！十三岁！那时我也十三岁！刻在我脑海中的恐怖之像总是时时再现！《红楼梦》写完之后，老夫挥笔写下这首诗：

浮生着甚苦奔忙，盛席华筵终散场。
悲喜千般同幻渺，古今一梦尽荒唐。
漫言红袖啼痕重，更有情痴抱恨长。
字字看来皆是血，十年辛苦不寻常。

鲁迅："字字看来皆是血"啊！十三岁，按后世二十一世纪中国教育法的规定，十三岁正是小学毕业之后进入初中的年龄。难道说，十三岁真的是人生的一个节点？我们周家当初家境艰难，为了给母亲减轻压力，我毅然到南京去读免费的洋学堂，被人耻笑，心境也像先生一样沉重：

灵台无计逃神矢，风雨如磐暗故园。
寄意寒星荃不察，我以我血荐轩辕！

曹雪芹：好一个"血荐轩辕"！正是十三岁时候的大变故，才使您，才使我能够"看见世人的真面目"；才使您，才使我拿起笔来记录那个时代的黑暗和丑恶。让我感到惊讶的是，后世一些研究《红楼梦》的文人们，连我的署名权都剥夺了，说《红楼梦》不是我写的，我只是做了"披阅十载，增删五次"的工作。

鲁迅：先生请别烦恼，您应该知道，在中国，小说是向来不算文学的，即便您写出了伟大的作品，也还是处在被轻视的眼光之下。这对您来说已经太不公平，而且作者还要避免敏感文字所带来的麻烦，甚至可能是杀身之祸。写出来的作品连真实的姓名都不敢署，这实在是作者的悲哀，是时代的悲哀，更是文学的悲哀！既然《红楼梦》没有明确署上您的大名，后人否定您的署名权也属正常，只要拿出的证据比胡适之先生们的证据更加翔实可靠，并无不可。不过，您不必担心的是，直到现在，研究者们罗列了上百个作者名，什么纳兰性德、洪昇、冒辟疆、李渔、顾景星，等等，还没有一个能够拿出直接的证据，可以推翻胡先生确定的署名权。

曹雪芹：不过，我要说的是，《红楼梦》是我写的也好，不是我写的也好，当初写她的时候就没有指望她给我带来什么名什么利，她甚至把我的生活带到了"举家食粥酒常赊"的境地。我在《石头记》前言中就已经声明过：只要"可使闺阁昭传，复可悦世之目，破人愁闷，不亦宜乎"！几百年过去了，我更加不会在乎这些了。

（三）小说史的划时代

鲁迅：1924年7月，我在西安讲学的时候，曾经讲到，《红楼梦》的价值在中国的小说中实在是不可多得的。其要点在敢于如实描写，并无讳饰，和从前的小说叙好人完全是好的，坏人完全是坏的，大不相同，所以其中所叙的人物，都是真的人物。总之，自有《红楼梦》以来，传统的思想和写法都被打破了。从此，中国的小说创作进入了一个划时代的历史时期。

曹雪芹：您的《中国小说史略》填补了中国小说发展研究历史的空白。的确，我当时构思《红楼梦》的时候，想到的是怎样不步前人的套路，因此在书中写有一段说明："历来野史，或讪谤君相，或贬人妻女，奸淫凶恶，不可胜数。更有一种风月笔墨，其淫秽污臭，屠毒笔墨，坏人子弟，又不可胜数。至若佳人才子等书，则又千部共出一套，且其中终不能不涉于淫滥，以致满纸潘安子建西子文君，不过作者要写出自己的那两首情诗艳赋来，故假拟出男女二人名姓，又必旁出一小人其间拨乱，亦如剧中之小丑。且鬟婢开口即者也之乎，非文即理。故逐一看去，悉皆自相矛盾，大不近情理之话。竟不如我半世亲睹亲闻的这几个女子，虽不敢说强似前代书中所有之人，但事迹原委，亦可以消愁破闷，也有几首歪诗熟话，可以喷饭供酒。至若离合悲欢，兴衰际遇，则又追踪蹑迹，不敢稍加穿凿，徒为供人之目而反失其真传者。"

鲁迅：您说得太好了！别的读书人，则早在书里一一注定，末路不过是一个归结：是问题的结束，不是问题的开头。读者即小有不安，也终于奈何不得。然而后来或续或改，非借尸还魂，即冥中另配，必令"生旦当场团圆"，才肯放手者，乃是自欺欺人的瘾太大，所以看了小小骗局，还不甘心，定须闭眼胡说一通而后快。赫克尔说过："人和人之差，有时比类人猿和原人之差还远。"我将《红楼梦》的续作者和您的原作一比较，就会承认赫克尔说得非常正确。

曹雪芹：您把《红楼梦》放到中国小说发展的历史长河中来考察，灼见真知，贡献重大。至于说到小说的划时代，您的小说《狂人日记》也是一个具有划时代意义的伟大作品。因为在此之前还没有哪个作家用白话文创作小说。

鲁迅：白话文是新文化运动的主要内容，也是当初一批启蒙者的共同任务。要说白话文创作，《红楼梦》应该是首开先河。乾隆中叶《红楼梦》刚一问世，其手抄本就广泛流行，"开谈不说红楼梦，读尽诗书亦枉然"。如果小说采用的是文言文，《红楼梦》也不会如此普及开来！

曹雪芹：《红楼梦》只是运用平民喜爱的说话方式，但不是完全的白话文。在我们那个时代还没有所谓"白话文"一词，因此，您的小说才是中国历史上真正的第一篇白话文作品。

鲁迅：我的《狂人日记》尽管能够说是一篇具有开创意义的白话文小说，包括后来的《阿Q正传》，等等，但都无法和《红楼梦》这样的鸿篇巨制相比较。我曾对我的朋友许寿裳先生谈过创作长篇小说的考虑，但因为事情太多而没有实现。事实上，您的《红楼梦》一书不仅突破了过去的小说传统，而且在立意上超出了时代。因读者的眼光而有种种：经学家看见《易》，道学家看见淫，才子看见缠绵，革命家看见排满，流言家看见宫闱秘事……

曹雪芹：我十分赞同您的判断。人们对欧洲文艺复兴时期莎士比亚的作品不也是有这样的说法吗："一千个人的眼中就有一千个哈姆雷特。"这也许是对一部好的文学作品的要求吧。不过，从《红楼梦》的立意来说，我还是建议后人回到我的创作初衷："字字看来皆是血，十年辛苦不寻常"！十年辛苦，满纸血泪，难道就是为了才子缠绵，宫闱秘事？

鲁迅：是啊！这正是我还想继续深入和您讨论的问题。自从十八世纪末您的《红楼梦》问世以后，实在没有产生什么比较伟大的作品。胡适之、俞平伯等对于确定您是《红楼梦》的作者，对于《红楼梦》后四十回不是出于您的手笔，而是高鹗续作的考证立下了汗马功劳，但是胡适之却认为《红楼梦》算不得上佳作品，认为您的思想很平凡，这就另当别论了。胡适之是学者，对于科学考证是严谨的，但是他不是艺术家，更不是小说家，他不具备批评文学艺术作品的素养和眼光，在此就没有必要唠叨了。

（四）"奴才"两个字怎么写？

鲁迅：雪芹先生，我读《红楼梦》，感慨尤其深刻的是书中反复出现的"奴才"两个字。其中在第四十五回，赖嬷嬷对已经做了县官的孙子赖尚荣的反问："你那里知道那'奴才'两字是怎么写的？"这句话仿佛一把尖刀刺在我的胸膛！

曹雪芹："子之心与吾同"，您真是我的知音啊！只有像先生您这样对国民生活现状考察得如此深刻的人才能理解"奴才"的含义！曹家在当时看起来家世显赫，大人们在家里威风凛凛充当着"主子"，使唤着"奴才"，但终究不过也是人家的"包衣"，皇室的家奴啊！曹家的"主子"们不过是一群忠于更大"主子"的"奴隶"。鲁迅先生，您的两句话概括得真好："想做奴隶而不得的时代；暂时做稳了奴隶的时代。"对于曹家来说，只是一个"暂时做稳了奴隶的时代"，《红楼梦》所写的贾家也就处于这样的时代。

鲁迅：我从《红楼梦》中，感受到我的心和先生的心是相通的。但是国人只知道"奴隶"，而不知道"奴才"！"奴才"是奴隶的递进心态：其一，即便做了奴隶也很高兴；其二，不知道或者否认自己就是奴隶；其三，自己是一个奴隶，已经被人欺负，可是当碰到比自己弱小的人时却去欺负更弱者；第四，不仅自己要做奴隶，还要别人做自己的奴隶。《阿 Q 正传》里的阿 Q 就是这样的奴才！

曹雪芹：《阿 Q 正传》刻画的这种奴性入木三分。不说《红楼梦》中贾政、贾赦这样的大奴才，就说那些大丫鬟吧。比如晴雯，她是一个被主子折磨冤屈致死的小奴隶，可是在怡红院，她凭着小主子贾宝玉和自己亲近的一点感觉，就无情地欺负比自己还弱小的丫鬟。坠儿因偷了虾须镯被发现，管事的平儿有心放她一马，但处在病中的晴雯就是不能放过，用簪子把坠儿戳得乱哭乱喊，最后还是背着主子把坠儿撵出了怡红院。怡红院里的其他大丫鬟也是一样。小丫鬟小红因为进入主子宝玉的内室（只有大丫鬟才能进入），给宝玉倒了一杯水，就被大丫鬟秋纹和碧痕骂得狗血喷头。还有更典型的人物，就是被探春抽了一记耳光的王善保家的。

鲁迅：是啊是啊，很多人在关注晴雯这些被压迫的小人物时，只是欣赏晴雯桀骜不驯的性格，同情晴雯抱屈而死的遭遇，有谁注意到小人物的那种得意忘形、欺负弱者的场景？自己被人欺虐，但也可以欺虐别人；自己被别人吃，但也可以吃别人。不仅如此，在《红楼梦》中的那一群人，也像是一群正在没有窗户的铁屋子里熟睡的人。尽管宝玉和黛玉的爱情给这个铁屋子打开了一扇窗户，但是也没惊醒她们，这是多么可悲啊！对于贾宝玉而言，则是爱博而心劳，而忧患亦甚矣。

曹雪芹：所谓"哀其不幸，怒其不争"啊！不过您对未来还是充满了信心的，您说"几个人既然起来，你不能说决没有毁坏这铁屋的希望"。这应该是您创作《呐喊》的初衷！

鲁迅：正是这样。扫荡这些食人者，掀掉食人的筵席，毁坏这做食人筵席的厨房，则是青年的使命。我和曹先生您的心是相通的，《红楼梦》给我的创作提供了太多的养分。我从《红楼梦》"女娲补天"神话的改编中得到启示，写成了一组神话改编的《故事新编》。我的小说中的一些人物，包括《狂人日记》中的狂人，《阿Q正传》中的阿Q，《祝福》中的祥林嫂、《故乡》里的闰土，等等，都有《红楼梦》中人物的影子，都想去冲毁这个铁屋子！

曹雪芹：鲁迅先生，您太过谦虚了！您的《阿Q正传》应该成为不朽的作品。阿Q的"精神胜利法"，不仅仅体现了国人的民族性，还体现了全世界范围内人的劣根性！这是您的发现！

（五）余音

中国文学史上的两位巨匠在天庭对话，不知过了多少时辰，无常慢慢走过来说道："两位先生，时间已经不早，阎罗大王已经催促多次，请鲁迅先生魂归冥位。"

两位大师虽然谈兴正浓，意犹未尽，但也无可奈何，只得彼此分手，互道告别。鲁迅说：《红楼梦》出世已经前无古人了，我相信五百年之后人们仍然会记得《红楼梦》。"

曹雪芹道："但愿如此。相信百年之内，人间也会掀起一股'鲁学'热！"

"哈哈哈哈！哈哈哈哈！"两位大师的笑声在天庭久久回响。

三、《红楼梦》的两个时代

《红楼梦》产生的时代是清代所谓的"康乾盛世",也是中国封建社会由盛转衰的时期。由此我想到曾经读过的鲁迅先生的杂文《灯下漫笔》[1],其中有一段人们耳熟能详的论断:

> 任凭你爱排场的学者们怎样铺张,修史时候设些什么"汉族发祥时代""汉族发达时代""汉族中兴时代"的好题目,好意诚然是可感的,但措辞太绕湾子了。有更其直捷了当的说法在这里——
> 一,想做奴隶而不得的时代;
> 二,暂时做稳了奴隶的时代。

已故旅美学者余英时先生说《红楼梦》里有两个世界,大观园是"乌托邦的世界",大观园之外是"现实的世界"。[2]我从余先生阅读《红楼梦》

---

[1] 鲁迅:《鲁迅全集·〈坟·灯下漫笔〉》(第1卷),人民文学出版社,2005:225。
[2] 余英时:《红楼梦的两个世界》,上海社会科学院出版社,2002:36。

的方法中得到启发，再读鲁迅文章时，想到康乾盛世所产生的《红楼梦》，恰恰处在鲁迅所说的两个时代：大观园之外是"想做奴隶而不得的时代"，大观园之内则是"暂时做稳了奴隶的时代"。

（一）赖嬷嬷说"奴才"

《红楼梦》第四十五回有一段篇幅写到赖嬷嬷，因为孙子赖尚荣外放当了县官，抱着一种喜悦的心情来到贾府，和李纨、凤姐等聊了一大段关于奴才感谢主子的话。随后赖嬷嬷自述她对孙子说的这么一段话：

> 哥哥儿，你别说你是官儿了，横行霸道的！你今年活了三十岁，虽然是人家的奴才，一落娘胎胞，主子恩典，放你出来，上托着主子的洪福，下托着你老子娘，也是公子哥儿似的读书认字，也是丫头、老婆、奶子捧凤凰似的。长了这么大，你那里知道那"奴才"两字是怎么写的！①

赖大是荣国府的大管家，是贾府的"奴才"，而且，赖家的奴才身份是世袭的。赖嬷嬷说"你那里知道那'奴才'两字是怎么写的"一句，可谓振聋发聩，发人深省，这两个字里饱含着几代人的血泪！

这里涉及"奴隶"和"奴才"两个概念。根据《辞源》的解释，"奴隶"有两个义项，一是指在奴隶社会里，被奴隶主所占有的没有任何人身自由，从事无偿劳动的人，与奴隶主相对应。第二个义项是"奴仆"。而《辞源》对"奴才"解释的第一个义项也是"奴仆"，所以"奴隶"和"奴才"这两个概念是同一个意义。鲁迅先生所指的奴隶，是广义的定义，即生活在一个被剥夺自由和权利的时代的人，与奴隶相对应的不是一个具体的"奴隶主"，而是一个一个分成等级的统治者。生活在这个时代，如果没有办法反

---

① 本书所引用《红楼梦》一书原文，均为中国艺术研究院红楼梦研究所标注《红楼梦》，人民文学出版社，2008年7月第3版。

抗，只能忍受，那么这是"奴隶"；"如果从奴隶生活中寻出'美'来，赞叹、抚摩，陶醉，那可简直是万劫不复的奴才了，他使自己和别人永远安住于这生活"①。在鲁迅先生的定义中，"奴才"和"奴隶"是有区别的。《红楼梦》中没有出现"奴隶"的概念，都是"奴才"，相对于鲁迅先生所指的"奴才"，在于有一个具体的有目标指向的奴隶主——贾府的"主子"。这些奴才都是贾府的奴仆，属于清代法律明确规定的贱民，没有独立的人格，没有婚配自主权，其主仆名分、等级关系延及妻子、后代。所以赖嬷嬷才有刻骨铭心的做"奴才"的体会。清人入关的时候，满族刚刚进入封建社会，带有许多游牧民族以及奴隶制度的残余。他们在东北地区对明朝统治者的战争中，得到了相当数量的俘虏，并把这些俘虏分配给各旗官兵作为奴仆，满语译为"包衣"。所以殷格兰姆在写《奴隶制度史》的时候，在附录中把清代的贱民、包衣等划在奴隶之列。②值得注意的是，《红楼梦》作者曹雪芹的祖上就是明朝地方官吏被俘后成为的清朝皇室的包衣。③

整个《红楼梦》一部书，真实地描写了在清朝残余奴隶制度统治的时代皇室宗亲官僚大家庭里奴才们的生活现状。第六回说，荣国府从上至下有三百余口人，贾母以下的主子仅有二十余人，包括贾氏主子与客居主子薛姨妈、林黛玉、薛宝钗等。大多数都是没有人身自由的奴才。贾府的奴才按其来源分，有花钱从市场上买来的，比如袭人、晴雯和唱戏的十二个女孩子等；有跟随主子取得战功的仆人，如焦大；有主子招募的随从，如贾政手下的清客等；而更多的是"家生子"，即府内奴才所繁衍的子女。这些都是写实，可从《大清律例》等清代的法律规定中去搜寻。"家生子"世代为奴，但第四十五回写的却是一个特例：赖大的儿子赖尚荣由于主子的恩典，被允许脱籍成为自由人，"捐了前程"，现在又被推选当了县官。所以赖嬷嬷才说："你今年活了三十岁，虽然是人家的奴才，一落娘胎胞，主

---

① 鲁迅：《鲁迅全集·〈南腔北调集·漫与〉》（第4卷），人民文学出版社，2005：604。
② ［英］殷格兰姆著，唐道海译：《奴隶制度史》，河南人民出版社，2016：275-276。
③ 周汝昌：《红楼梦新证（增订本）》，中华书局，2016：95。

子恩典，放你出来。""也不知你爷爷和你老子受的那苦恼，熬了两三辈子，好容易挣出你这么个东西来。"

"熬了两三辈子"，可见，"奴才"两个字写满了血泪！

贾府的奴才有很多等级。被陈大康先生称为"半奴半主"的奴才，有上等管家、大丫鬟、姨娘和奶妈，"他们可以调度及至责罚一般的奴才，颇有些主子架势，但这并没有改变他们是奴才的实质，其人身自由仍握掌在主子手里"①。赖大是荣国府的大总管，是府内各类事务的总调度、重要事务的直接操盘者。林之孝夫妇是仅次于赖大夫妇的第二号管家，是账房的主管。对于大观园的建设，赖大是主要策划者，林之孝则是建设事务的总负责。在赖大、林之孝之后还有单大良和吴新登两位管家。宁国府中都总管则是赖升。

贾府的丫鬟婢女也等级森严。一等丫鬟有鸳鸯、袭人、平儿；二等丫鬟有晴雯、紫鹃、司棋等；其他为三等丫鬟和等级更低的丫鬟。王夫人的陪房周瑞家的，在迎春的大丫鬟司棋被赶出大观园的时候训斥说："你如今不是副小姐了！"（第七十七回）把年轻主子的贴身丫鬟讽刺为"副小姐"。在清代的法律中，男奴为奴，女奴为婢。奴婢的婚配由主子决定，而且奴隶不能娶良人为妻。但是婢女却常常受到主子的性侵犯。在贾府中，这种情况屡见不鲜。宁国府主子贾蓉在调戏小丫鬟遭到反抗时，竟然恬不知耻地说："从古至今，连汉朝和唐朝，人还说'脏唐臭汉'，何况咱们这宗人家？"（第六十三回）

清代规定贱民不得娶良人为妻，但是主子就不同了，主子既可以娶良家女子为妾，也可纳婢为妾。显然，赵姨娘就是在做婢女时被贾政纳而为妾的，而且赵姨娘的娘家也属于贾府的"家生子"。尽管赵姨娘从婢女转而为妾，也拥有了自己可以使唤的奴婢，而且还生了探春和贾环两个小主子，但是仍然改变不了她个人与生而来的奴才地位，处处都受到凤姐的打压和

---

① 陈大康：《荣国府的经济账》，人民文学出版社，2019：199。

众人的轻视。芳官一个小戏子竟然也敢当面羞辱她:"梅香拜把子——都是奴儿。"(第六十回)同样处于姨娘或妾地位的还有贾政的另一个姨娘——周姨娘。荣国府大老爷贾赦有多个妾,贾母说他"如今上了年纪,作什么左一个小老婆右一个小老婆的放屋里"(第四十六回),甚至还把小妾秋桐玩腻了赏给儿子贾琏。宁国府贾珍也有佩凤、偕鸾两个妾。前面已经说过,年轻主子宝玉、凤姐的贴身丫鬟袭人和平儿已经属于"准姨娘"了,只是还没有履行正式的纳妾手续。

荣国府还有一个地位较高的奴才群体,那就是奶妈。小主子在出生之后有若干个保姆或奶妈。尽管她们地位卑微,但是在年轻主子成人之后还能倚老卖老,倚势说话。最有名的是宝玉的奶妈李嬷嬷,经常到宝玉的住处"闹事":不是拿东西回去给自己的孙子吃,就是骂丫头。贾琏的奶妈赵嬷嬷,为了自己的儿子找工作,去给贾琏夫妇说情(第十六回)。但是迎春的奶妈就一点也不知趣了,"仗着奶过哥儿姐儿",竟然充当聚众赌博的为首者,被贾母处罚:"将骰子牌一并烧毁,所有的钱入官分散与众人,将为首者每人打四十大板,撵出,总不许再入。"(第七十三回)打了四十大板,还要撵出去,永不录用。

《红楼梦》是写女儿的书,所谓"千红一窟(哭)""万艳同杯(悲)"(第五回),对男性奴才的结局着笔较少。比如贾宝玉的小厮茗烟、仆从李贵,贾琏的奴仆兴儿、旺儿等。《红楼梦》还写了贾府的农业庄园。清朝统治者入关之前在东北大地上实行庄园式生产,入关之后又用暴力强行圈占农民大量的土地,建成了一大批旗籍地主庄园。乌进孝就是管理宁国府土地的庄头。第五十三回写乌进孝在年底大雪之天来宁国府送年货缴贡赋。庄头是奴才,只不过庄头具有负责管理的职责而已。被强制圈进庄园种地的农民,也被强迫成为主子劳役的奴隶。

经君健教授把清代社会结构分为五个等级:①皇室、宗室贵族等级;②官僚缙绅等级;③绅衿等级;④凡人等级(无特殊身份的平民);⑤贱民等级。这里需要说明的是,在凡人等级之后有一个特定的等级——

"雇工人等级",与雇主的关系可随雇约解除而终止。所以没有雇约关系的可以归于凡人等级,有雇约关系则归于贱民等级。贱民也分为四类:①隶卒,包括公差隶卒、长随;②佃仆,包括各地佃仆、孔府钦拨佃户等;③堕民,包括堕民、疍户等;④奴婢,包括奴婢、奴仆壮丁、投充人、家人、乐户、娼优等。[①]尽管清代贱民的法律地位不尽相同,但却有其共同点:一是与主家有主仆之分;二是不得与良民共居处、同坐同食;三是从事服役劳动;四是不得与良民通婚;五是不得应考;六是所穿服饰有限制。

我们可以从《红楼梦》中找到与上述贱民分类相对应的人物。不难看出,贾府的奴才,不论等级如何,他们只能是那个时代"暂时做稳了"的奴隶!

(二)"暂时做稳"的与"想做稳"的奴隶

大观园的奴隶看上去,其奴隶的地位似乎已经做稳,而实际上总是摇摇晃晃"做不稳";有的想进大观园,即便做一个"不稳"的奴隶也不得!奴才们的命运,如果能够在被暂时留在大观园内的时代,就算"幸运"了,一旦被"撵出去",就到了另一个时代,会大难临头。

大观园中最典型的"暂时做稳"的奴才是袭人。袭人原是良家女儿,并非贾府的"家生子",五六岁时被卖到贾府,而且"是卖倒的死契"(第十九回)。到荣国府之后,先是做贾母的侍女,后来贾母见她不同于其他女孩,"心地纯良,克尽职责",是一个"竭力尽忠之人",便将她给了宝贝孙子贾宝玉做贴身丫鬟。袭人"伏侍贾母时,心中只有贾母;如今跟了宝玉,心中又只有宝玉了"(第三回)。后来袭人的母亲、兄长要赎她出去时,她"至死也不回去",她对母亲说:"当日原是你们没饭吃,就剩我还值几两银子,要不叫你们卖,没有个看着老子娘饿死的理;如今幸而卖到这个地方,吃穿和主子一样,又不朝打暮骂。""权当我死了,再不必起赎我的念头。"并

---

① 经君健:《清代社会的贱民等级》,四川人民出版社,2021:53。

且向主子宝玉表态："你果然依了我，就是你真心留我了，刀搁在脖子上，我也是不出去的了。"（第十九回）从袭人对她母亲说的这番话中可以判断，她被卖到贾府，"吃穿和主子一样，又不朝打暮骂"，纯粹是一种难得的偶然。如果被卖给像迎春婆家孙绍祖那样的主子，可能早就没有命了。《红楼梦》第五回透露了袭人后来离开宝玉而嫁了人，但其结局究竟如何，因后四十回丢失，程高本写袭人嫁给了蒋玉菡。在那么一个想"做稳奴隶而不得的时代"，其结局恐怕也好不到哪里去。

金钏是大主子王夫人的贴身丫鬟，本来是已经做"稳"了的奴隶。只因为和小主子贾宝玉有了一点儿暧昧关系，就被王夫人打了一个大嘴巴不说，还要被撵出去。"金钏儿半边脸火热"，一听见说要被撵出去，便如五雷轰顶，忙跪下哭道："我再不敢了。太太要打要骂，只管发落，别叫我出去，就是天恩了。我跟了太太十来年，这会子撵出去，我还见人不见人呢？"（第三十回）可见外面的世界多么可怕，待在贾府又是多么"有幸"。想做长期而稳定的奴隶太难了，稍越雷池便遭到灭顶之灾！

晴雯是怡红院里的大丫鬟，十岁时被赖大家的用银子买来，作为礼物送给贾母。因为长得伶俐标致，深得贾母喜爱，后来贾母把她给了孙子宝玉。当她在主子宝玉面前耍娇闹事，惹怒宝玉要把她撵出去的时候，晴雯痛哭流涕："我多早晚闹着要去了？饶生了气，还拿话压派我。只管去回，我一头碰死了也不出这门儿。"（第三十一回）后来抄检大观园，晴雯还是被王夫人撵出了大观园，病死在大观园后角门外的破房子里。（第七十七回）

周瑞家的是大主子王夫人从娘家带过来的陪房，两口子应该是王夫人的心腹。但是他们的儿子因为得罪了主子王熙凤，凤姐非要把他"撵出去"不可，最后是赖嬷嬷说情才免于被撵，但还是被打了四十棍子。（第四十五回）

为迎接元妃省亲，贾府从苏州买来十二个唱戏的女孩子，到第五十八回，在官宦之家"凡养优伶男女者，一概蠲免遣发"的大形势下，贾府开始遣散优伶，当征求女孩子们的意见时，"当面细问，倒有一多半不愿意回家的：也有说父母虽有，他只以卖我们姊妹为事，这一去，还被他卖了；也有说父母已亡，或被伯叔、兄弟所卖的；也有说无人可投的；也有说恋恩不舍的。所愿去者止四五人"。后来芳官、藕官、蕊官被"恩典"放出去，但三个人却不怕打骂，寻死觅活，不肯出去，最后铰了头发去做尼姑（第七十七回）。这些在市场上被当作商品买来的孩子，即便出去做一个"自由人"，其生活没有任何保障，还不如在大观园内做奴才。可见当时买卖儿女是一个普遍现象，在这样的时代，做一个父母又是多么艰难！

在大观园小食堂负责的柳嫂子，一心想把自己的宝贝女儿五儿送到怡红院做丫鬟，竟然托小戏子芳官"走后门"找宝玉，因为得了芳官私赠的"玫瑰露"，引出回赠"茯苓霜"，被误作窃贼，经过了不少曲折，还是没有跨进怡红院（第六十回、六十一回）。后来从王夫人嘴里得知："幸而那丫头短命死了。"（第七十七回）真是"想做奴隶而不得"，何等悲惨！尤氏姐妹本是大观园之外的"自由人"，尤二姐为了成为一个"做稳的"奴隶，走进大观园没有几天便被折磨致死（第六十九回）。

另外，值得关注的是，怡红院的小丫鬟春燕告诉她妈妈："宝玉常说，这屋里的人，无论家里外头的，一应我们这些人，他都要回太太，全放出去，与本人父母自便呢。"（第六十回）可惜春燕和她妈高兴得太早了。一是春燕和她妈可能并不知道"外面"的时代比里面更不堪忍受，要不然，为什么袭人、金钏、晴雯以及芳官等宁死都不愿出去呢？二是宝玉说把这些人"全放出去"是靠不住的，因为他要回太太，即便宝玉有放奴才出去的想法，但却没有这样的权力。所以"放出去"的愿望是不能实现的。荣国府二号管家林之孝曾向主子贾琏建议，为了减轻主子家的经济负担，把一些出过力的老家人用不着的"开恩放几家出去"（第七十二回），贾琏却表不了态，后来被王夫人拒绝了。

当然，大观园里也有像鲁迅先生说到的："自己明知道是奴隶，打熬着，并且不平着，挣扎着，一面'意图'挣脱以至实行挣脱的，即使暂时失败，还是套上了镣铐罢,他却不过是单单的奴隶。"①这个奴隶是金鸳鸯。荣国府的大老爷贾赦,左一个右一个小老婆放在家里,还要强娶贾母的婢女鸳鸯为妾,鸳鸯拼命反抗才算作罢。但是,一旦贾母去世失去保护人之后,鸳鸯也只能含恨自尽了!

(三)奴才们的"奴隶性"人格

香港岭南大学许子东教授是中国现代文学研究的大家,他有一篇长文《奴隶、奴才与奴隶性——重读〈阿 Q 正传〉》②,详细分析了阿 Q 这个人物所体现出来的"奴隶""奴才"和"奴隶性"之间的关系,读了之后对于理解鲁迅小说表达的深刻思想具有很大的帮助。联想到《红楼梦》,我感到曹雪芹也在一个一个奴才人物的身上展现了那"两个时代"人的劣根性——"奴隶性"人格。

阿 Q 是江南农村小镇未庄的一个无业农民,一贫如洗,无家无业,甚至连名字也没有,住在未庄的破庙土谷祠,靠打短工为生,只要有几文钱,便神气活现地喝酒赌博,调笑打闹,生活太容易满足。从他的身上体现着旧中国国民的劣根性,也就是"奴隶性"。"奴隶性"是长衫人物给阿 Q 贴的标签:赵太爷家遭到抢劫,因为怀疑阿 Q 参与了作案,便在半夜里将阿 Q 抓进了县城,押到大堂受审:

> 他看见下面站着一排兵,两旁又站着十几个长衫人物,也有满头剃得精光像这老头子的,也有将一尺来长的头发披在背后像那假洋鬼子的,那是一脸横肉,怒目而视的看他;他便知道这人一定有些来历,膝关节立刻自然而然的宽松,便跪了下去了。
>
> "站着说!不要跪!"长衫人物都吆喝说。

---

① 鲁迅:《鲁迅全集·〈南腔北调集·漫与〉》(第 4 卷),人民文学出版社,2005:604。
② 许子东:《奴隶、奴才与奴隶性——重读〈阿 Q 正传〉》,见《现代中文学刊》,2019 (5)。

>阿Q虽然似乎懂得，但总觉得站不住，身不由自己的蹲了下去，而且终于趁势改为跪下了。
>
>"奴隶性……"长衫人物又鄙夷似的说，但也没有叫他起来。①

见了"穿长衫"的"有些来历"的人物，阿Q两腿就不能直立而不自觉地跪下了。第二天上午，"大堂的情形都照旧。上面仍然坐着光头的老头子，阿Q也仍然下了跪"。第三次"也照例的下了跪"。对"奴隶性"人格的诠释，这里以"下跪"为标志。《说文解字》："跪，拜也。"段玉裁注："跪，危也，两膝隐地，体危陧也。"②古时候，当人的生命被外部强大的力量威胁时，会感到巨大的恐惧，便站立不稳而双膝跪地，甚至以头磕地，乞求解除危险。③久而久之便形成了一种特殊的自我保护性文化——下跪。这种乞求文化在长期的压抑中深入骨髓，一旦出现类似危机的时候便产生恐惧，用心理学家的说法，就是人的"本能冲动经过压抑后的变化"④，会在无意识中下跪，以缓解环境给自己带来的巨大危险。当阿Q看到这些有来头穿长衫（过去长期压迫自己并给自己带来危险）的人物时，便立刻在他的大脑中产生了条件反射：长衫人物可能是自己最大的危险，因而不由自主地跪下了！

对照清代贱民的特点，阿Q其实并不属于"贱民"一类，而应该处于"凡人"等级中最下等的雇用劳动者或乞丐，看起来比贾府的奴才有更多的"自由"。但是，阿Q生活的时代和贾府的奴才们一样，是大观园里奴才们十分恐惧的"撵出去"的时代，是"想做奴隶而不得的时代"，因而阿Q的生活比大观园中奴才们的生活更加艰难！"奴隶性"是对阿Q人物性格的

---

① 鲁迅：《鲁迅全集·〈阿Q正传〉》（第1卷），人民文学出版社，2005：548。
② [清]段玉裁：《说文解字注》，上海古籍出版社，1981：81。
③ 谭春虹主编的《中华文化常识全典》（中国纺织出版社，2009：59）认为，"跪"是从"坐"演变而形成的一种跪后俯身向下的"跪拜礼"。
④ [奥]西格蒙德·弗洛伊德：《弗洛伊德自述》，天津人民出版社，2010：70。

高度概括，也是奴才所具有的品格：①用"精神胜利法"，对受尽欺压凌辱的心灵进行自我安慰。"我总算被儿子打了！"②自轻自贱，自我保护。"打虫豸，好不好？我是虫豸——还不放么？"③自尊自大，虚荣比阔。"我的儿子会阔得多啦！""他们没有见过城里的煎鱼！"④欺软怕硬，妒忌报复。欺负静修庵里的小尼姑，怒目而骂小D；幻想在革命之后进行报复，假洋鬼子不准我造反，我就告你的状，把你抓起来杀头，"满门抄斩——嚓！嚓！"

阿Q还在土谷祠做着主子梦：未庄的一伙鸟男女跪下向他央求"阿Q，饶命"！把那些元宝、洋钱、洋纱衫以及秀才娘子的宁式床搬到土谷祠来。而且"自己是不动手了，叫小D去搬，要搬得快，搬得不快打嘴巴"。阿Q还做着占别人家女人的美梦："赵司晨的妹子真丑。邹七嫂的女儿过几年再说。假洋鬼子的老婆和没有辫子的男人睡觉，吓，不是好东西！秀才的老婆是眼胞上有疤的。……吴妈长久不见了，不知道在哪里，——可惜脚太大。"阿Q在街上看到了小D也是愤愤不平："小D也将辫子盘在头顶上了，而且也居然用一支竹筷。阿Q万料不到他也敢这样做，自己也决不准他这样做！小D是什么东西呢？他很想即刻揪住他，拗断他的竹筷，放下他的辫子，并且批他几个嘴巴，聊且惩罚他忘了生辰八字，也敢来做革命党的罪。"

读了《阿Q正传》，再来读《红楼梦》，我们发现，贾府的奴才们也具有和阿Q一样的"奴隶性"。

王善保家的是邢夫人的陪房，经常调唆主子生事。因为素日进大观园去，那些丫鬟们不大趋奉她，心里便不自在，一心要找机会整治。机会终于来了，在大观园里发现了绣春囊，她便向王夫人进谗言："不是奴才多话，论理，这事该早严紧些的。太太也不大往园里去，这些女孩子们，一个个倒像受了诰封似的，他们就成了千金小姐了，闹下天来，谁敢哼一声儿？"又指名道姓诬陷晴雯："别的还罢了，太太不知，头一个是宝玉屋里的晴雯那丫头，仗着他的模样儿比别人标致些，又长了一张巧嘴，天天打扮的像个西施样子，在人跟前能说惯道，抓尖要强。一句话不投机，他就立起两只眼睛来骂人。妖妖调调，大不成个体统。"于是怂恿起王夫人查抄大观园。不料查抄到探春这里的时候，却挨了探春一个大耳光，火辣辣的痛，讨了个没脸，赶忙躲出窗外，只说："罢了，罢了！这也是头一遭挨打。我明儿回了太太，仍回老娘家去罢。这个老命还要他做什么？"（第七十四回）

怡红院的丫鬟等级森严。大丫鬟有袭人、晴雯、麝月、秋纹。这四个丫鬟以下有碧痕、檀云、媚人、绮霞。再下一等的有小红、春燕、坠儿、四儿（蕙香）、良儿、茜雪、佳慧、紫绡、篆儿，以及后来分配过来的小戏子芳官等。在怡红院，小丫鬟一言不合便被大丫鬟欺负是常态。小红原是荣国府二管家林之孝的女儿，属于家生子。原名红玉，因"玉"字犯了宝玉、黛玉的名，便改为小红，有几分容貌，心内便想向上攀高，总想在宝玉面前显弄显弄。这一天趁大丫鬟们不在的时候，有机会接近宝玉为他倒茶，不料被大丫鬟秋纹、碧痕发现：

> 二人便带上门出来，走到那边房内便找小红，问他方才在屋里说什么。小红道："我何曾在屋里的？只因我的手帕子不见了，往后头找手帕子去。不想二爷要茶吃，叫姐姐们一个没有，是我进去了，才倒了茶，姐姐们便来了。"
>
> 秋纹听了，兜脸啐了一口，骂道："没脸的下流东西！正经叫你催水去，你说有事，倒叫我们去，你可等着做这个巧宗儿。一里一里的，这不上来了。难道我们倒跟不上你了？你也拿镜子照照，配递茶递水不配！"碧痕道："明儿我说给他们，凡要茶要水送东送西的事，咱们都别动，只叫他去便是了。"秋纹道："这么说，不如我们散了，单让他在这屋里呢。"（第二十四回）

再看晴雯，她和秋纹、碧痕一起嘲笑小红，对袭人和宝玉的关系讥讽吃醋，等等，此不赘述。第五十二回，小丫鬟坠儿偷了凤姐的虾须镯。晴雯知道之后，请看晴雯表现出怎样一副凶狠的奴才相：

只见坠儿也蹭进来了。晴雯道："你瞧瞧这小蹄子，不问他还不来呢。这里又放月钱了，又散果子了，你该跑在头里了。你往前些，我不是老虎吃了你！"坠儿只得前凑。晴雯便冷不防欠身一把将他的手抓住，向枕边取了一丈青，向他手上乱戳，口内骂道："要这爪子做什么？拈不动针，拿不动线，只会偷嘴吃！眼皮子又浅，爪子又轻，打嘴现世的，不如戳烂了。"坠儿疼的乱哭乱喊。

再看迎春的大丫鬟司棋。第六十一回，小丫鬟莲花儿到大观园小食堂找柳家的，说："司棋姐姐说要碗鸡蛋，炖的嫩嫩的。"结果没成。后来司棋打发人来催莲花儿："死在这里了，怎么就不回去？"莲花儿赌气回来，便添油加醋告诉了司棋。司棋听了，不免心头起火，便带了小丫头们来到小厨房。许多人正在吃饭，见他来势不好，都忙起身赔笑让座。司棋便喝命小丫头们动手："凡箱柜所有的菜蔬，只管扔出去喂狗，大家赚不成！"小丫头们巴不得，七手八脚抢上去，一顿乱翻乱掷，慌得众人一面拉劝，一面央告司棋说："姑娘别误听了小孩子的话。柳嫂子有八个脑袋，也不敢得罪姑娘。说鸡蛋难买是真。我们才也说他不知好歹，凭是什么东西，也少不得变法儿去。他已经悟过来了，连忙蒸上了。姑娘不信，瞧那火上。"司棋被众人一顿好言语，方将气劝得渐平了。小丫头们也没得摔完东西，便拉开了。司棋连说带骂闹了一会儿，柳家的只好摔碗丢盘，自己咕叽了一会，蒸了一碗鸡蛋，令人送去。司棋全泼了地下。这边人去劝，那人回来也不敢说，恐又生事。

袭人是贾府人人都羡慕的大丫鬟，为了巩固"做稳了"的奴才地位，一方面在贾宝玉挨打之后，趁机向王夫人讨好献策，暗陷林黛玉（第三十四回）；另一方面竟然向王夫人告阴状，导致怡红院几个漂亮婢女如晴雯、四儿、芳官等被撵出大观园（第七十七回）。袭人的行为跟阿Q"我就要告你的状，把你抓起来杀头"简直没有两样了！

做了奴隶还要喜欢，不知道或否认自己是奴隶；被人欺负，又欺负别人；不仅要做奴隶，还要别人做你的奴隶。这应该是《红楼梦》展示出来的那个时代贾府奴才们的奴隶性人格！

四、贾宝玉的爱洛斯人格

读了李建中和尹玉敏所著《弗洛伊德：爱欲与升华》[①]一书，我对《红楼梦》贾宝玉的人格形象有了一种对号入座的新认识。尽管弗洛伊德把人格的形成都归结于"性"，受到不少后来学者的批评，比如朱光潜先生曾经就说，弗洛伊德的毛病"是把快感和美感混淆，把艺术的需要和实际人生的需要混淆"[②]。但是，用弗洛伊德人格理论来分析贾宝玉这个形象，我觉得有趣有味，还富有教育意义。作家王蒙先生也说，《红楼梦》由于对生活的忠实、对生活的敏感，你可以到处都看到弗洛伊德的影子。[③]如果弗洛伊德早出生两百年，人们也许会怀疑《红楼梦》是曹雪芹对弗洛伊德人格理论的小说式解读。

（一）"本我"四处"泛滥"

人格是一个人所具有的气质、性情和能力的总称。19世纪末20世纪初

[①] 李建中，尹玉敏：《弗洛伊德：爱欲与升华》，东方出版社，2013。
[②] 朱光潜：《谈美》，华东师范大学出版社，2012：28。
[③] 王蒙：《讲说红楼梦》，人民文学出版社，2014：184。

期，奥地利著名心理学家弗洛伊德的精神分析中有两个基本的命题，就是"潜意识"和"性冲动"。前者被视为"爱洛斯本能"，后者为"爱洛斯冲动"。"爱洛斯"即"eros"的音译，意为"爱欲"或"爱本能"。"爱洛斯本能"是人格构成的要素，"爱洛斯冲动"是人格流变的动力。爱洛斯人格由"本我""自我"和"超我"组成。"本我"是人格中最原始的部分，是构成生命的核心，是爱洛斯冲动的贮藏库。"本我"坚持"唯乐原则"，无所顾忌地寻求满足与快感。"本我"处于一种完全的无意识状态，是人一出生就固有的心理积淀，是被压抑的人的无意识的生命力。人格结构的第二要素是"自我"。"自我"在人格结构中处于调停或执行外界、"本我"和"超我"指令的角色。人格结构中的第三要素是"超我"，代表理想和道德，是人格的象征，是人格的最后形式。"超我"是从"自我"中分化出来的一部分，它反过来监督"自我"的活动，观察和批评"自我"，为"自我"提供行为规范，"自我"若不遵从，"超我"便惩罚"自我"，使"自我"产生自卑感或罪恶感。"自我"只好服从"超我"的命令来获得自尊感和自豪感。

根据爱洛斯人格模型，回到《红楼梦》中贾宝玉的人格上来。第三回的词《西江月》：

> 无故寻愁觅恨，有时似傻如狂。纵然生得好皮囊，腹内原来草莽。潦倒不通世务，愚顽怕读文章。行为偏僻性乖张，那管世人诽谤！

> 富贵不知乐业，贫穷难耐凄凉。可怜辜负好韶光，于国于家无望。天下无能第一，古今不肖无双。寄言纨绔与膏粱，莫效此儿形状。

"似傻如狂""行为偏僻性乖张，那管世人诽谤！"这一阕词把贾宝玉爱洛斯人格中的"本我"基本上都概括了。

在第二回，冷子兴介绍贾宝玉："那年周岁，政老爹便要试他将来的志向，便将那世上所有之物摆了无数，与他抓取。谁知他一概不取，伸手便只把那些脂粉抓来。"他说:"女儿是水作的骨肉,男人是泥作的骨肉。我见了女儿,我便清爽,见了男子,便觉浊臭逼人。"

这些恰恰是弗洛伊德所指的"本我"在幼儿时期和儿童时期表现出来的爱洛斯冲动。

稍微长大,贾宝玉"本我"中的爱洛斯便四处泛滥。李建中、尹玉敏在解读爱洛斯人格时说:"本我"或"潜意识"在爱洛斯人格结构中是受"超我"和"意识"压抑的。或者说,当个体处于"醒"的状态时,其种种愿望是被压抑在意识之下的,只有在"梦"的状态中,在"超我"或"意识"暂时地放弃了它的职责时,受压抑的愿望便会趁机溜出来,或直接或间接,或原形毕露或乔装打扮地获得替代性满足。所以弗洛伊德将梦定义为:"梦是愿望的达成""梦是主观心灵的动作"。[①]在第五回,贾宝玉梦游太虚幻境,与秦可卿"柔情缱绻,软语温存,难解难分"。这个梦恰恰说明在现实中贾宝玉对秦可卿这个侄儿媳妇是有非分之想的,在现实中无法实现,这个愿望只能在梦中满足。在第十三回,秦可卿重病时,凤姐和宝玉去看病中的秦氏,宝玉正瞅着那《海棠春睡图》并那秦太虚写的"嫩寒锁梦因春冷,芳气袭人是酒香"的对联,不觉想起在这里睡晌午觉梦到"太虚幻境"的事。正自出神,听得秦氏说了这些话,如万箭攒心,那眼泪不知不觉就流了下来。秦氏去世后,宝玉"听见说秦氏死了,连忙翻身爬起来,只觉心中似戳了一刀的,忍不住哇的一声,直喷出一口血来"。这痛心的状况和贾珍也差不了多少,这下正好说明,宝玉对秦氏是有过非分之想的。

(二)"自我"与"超我"

贾宝玉人格流变中的"本我"经常"出轨"。在现实中无法与秦可卿实现爱的愿望,则与大丫鬟袭人实现了。第六回的回目便是"贾宝玉初试云

[①] [奥]西格蒙德·弗洛伊德著,叶凡编译:《梦的解析》,北京联合出版公司,2015:72。

雨情"。因为袭人是婢女，也没有产生不良后果，所以宝玉对袭人并无愧意。但是宝玉与金钏的打情骂俏却酿成了严重的后果：金钏被王夫人撵出贾府之后跳井自杀。这时候，宝玉人格中的"超我"则出来谴责了，让宝玉产生道德性焦虑。这就是第七十七回的描写，凤姐生日的早晨，宝玉"遍体纯素，从角门出来，一语不发跨上马，一弯腰，顺着街就颠下去了"。他是要找一个地方去祭奠因和他调情而致死的金钏。"宝玉掏出香来焚上，含泪施了半礼"，然后由"焙茗代祀，磕了几个头才爬起来"。只有这样，宝玉爱洛斯人格中的"超我"才算心安，那种羞耻感和罪恶感才得以解脱——这是爱洛斯人格中"心理防御机制"的反应。

在贾宝玉的爱洛斯人格中，尽管"本我"经常四处泛滥，但是"自我"仍然不折不扣地履行着调节的职责，以保证"超我"始终占据着主导地位。比如：

> 第二十四回：宝玉坐在床沿上，褪了鞋等靴子穿的工夫，回头见鸳鸯穿着水红绫子袄儿，青缎子背心，束着白绉绸汗巾儿，脸向那边低着头看针线，脖子上戴着花领子。宝玉便把脸凑在他脖项上，闻那香油气，不住用手摩挲，其白腻不在袭人之下，便猴上身去涎皮笑道："好姐姐，把你嘴上的胭脂赏我吃了罢。"

> 第二十八回：宝钗原生的肌肤丰泽，一时褪不下来，宝玉在旁边看着雪白的胳膊，不觉动了羡慕之心。暗暗想道："这个膀子若长在林姑娘身上，或者还得摸一摸；偏长在他身上，正是恨我没福。"

贾宝玉爱洛斯人格中的"本我"虽然对美女的肉体有着胡思乱想，甚至"把脸凑在他脖项上，闻那香油气，不住用手摩挲"，但是"超我"随时都起着监督的作用，阻止"本我"的泛滥，以保证人格的理性和符合道德的要求。

不仅如此，爱洛斯冲动在"超我"的引导下，朝着美的意境而不是纯粹的性向往的时候，爱洛斯人格便得到了升华。这主要体现在贾宝玉和林黛玉的恋爱过程中。宝玉可以和袭人上床，可以和金钏调情，但是在林黛玉面前，有的只是爱慕、尊重、向往，不敢有半点轻薄，唯恐玷污自己所爱的人。有时虽然也想向黛玉暗示爱的要求，但被黛玉拒绝时则痛悔不已。这就像我们面对着一颗晶莹剔透、光彩夺目的宝石一样，虽然爱不释手，但却小心翼翼，生怕其为一星半点污渍所染。宝玉和黛玉从小就吃在一起，睡在一张床，青梅竹马，两小无猜，尽管常常互相生气，吵吵闹闹，但那不过是爱情信息的试探和传递。纵观《红楼梦》全书，贾宝玉对林黛玉从来没有过性方面的胡思乱想，即便是对美丽庄重的薛宝钗也曾有过"摸一摸"一闪之间的邪念（第二十八回）。可以这样说，贾宝玉和林黛玉的爱情发展到魂牵梦萦、至高无上的程度，是典型的爱洛斯人格的升华，以至于紫鹃开了一个玩笑，说黛玉要回苏州，就让贾宝玉急痛迷心，神志不清，差一点丢了性命（第五十七回）。

同时，贾宝玉的爱洛斯人格也升华到对众多女性不幸命运的同情和悲悯。

第四十四回，凤姐过生日，贾琏却在家偷情被凤姐抓着，可是他们两口子都把气撒在平儿身上。看到平儿受到委屈，宝玉便给平儿赔不是，又要平儿换袭人的衣服，"把头也另梳一梳"，并劝平儿擦了粉脂，还把一枝并蒂秋蕙也簪在她的鬓上，让平儿"自觉面上有了光辉"。宝玉想到"贾琏惟知淫乐悦己，并不知作养脂粉。又思平儿并无父母兄妹，独自一人，供应贾琏夫妇二人。贾琏之俗，凤姐之威，他竟能周全妥贴，今儿还遭屠毒，也就薄命的很了。想到此间，便又伤感起来"。

第六十二回，香菱在和芳官、蕊官等人玩的时候，不小心把裙子污湿了，宝玉发现后跌脚道："你们家一日糟踏这一件也不值什么。"只是担心姨妈说不会过日子，只会糟蹋东西，解释不清楚，于是就叫袭人把一件同样的裙子拿来给香菱换上。宝玉低头心下暗想："可惜这么一个人，没父母，连自己本姓都忘了，被人拐出来，偏又卖给这个霸王。"

第七十七回，王夫人抄检大观园之后，开始撵这些女儿。周瑞家的催着司棋快走的时候，正好碰到宝玉从外而入。一看见司棋要被撵走，不觉如"丧魂魄一般"，便拉着不让走。把四儿、芳官和晴雯都撵出去了，宝玉"心下恨不能一死"！他对袭人说：只是芳官年龄太小，出去以后怎么办？四儿只是和自己同一天的生日，也是自己连累了他。特别是晴雯，原本是赖大家的买来孝敬贾母的，贾母见其模样言谈、针线女红均人所不及，便给了宝玉使唤。只因模样儿好，性格刚烈，便遭忌被逐，抱屈而亡。宝玉为祭奠其英名，作长篇《芙蓉女儿诔》，赞颂她资质纯洁高尚如"金玉""冰雪""星日""花月"；形容她与污浊的社会格格不入，如"鹰鸷"遭"罦罬"、"茝兰"被"芟鉏"。

贾宝玉爱洛斯人格中的"超我"是"自我"发展的高级阶段，"超我"是孤独的"自我"，"超我"是博爱的"自我"，"超我"是完善的"自我"。

（三）从"滥淫"到"意淫"

贾宝玉爱洛斯人格的升华还体现在曹雪芹对"淫"的全新解读，即从"皮肤滥淫"到精神"意淫"的升华。什么是"意淫"？请看曹雪芹在第五回借警幻仙姑之口的解释：

> 警幻道："尘世中多少富贵之家，那些绿窗风月，绣阁烟霞，皆被淫污纨绔与那些流荡女子悉皆玷辱。更可恨者，自古来多少轻薄浪子，皆以好色不淫为饰，又以情而不淫作案，此皆饰非掩丑之语也。好色即淫，知情更淫。是以巫山之会，云雨之欢，皆由既悦其色，复恋其情所致也。吾所爱汝者，乃天下古今第一淫人也。"宝玉听了，唬的忙答道："仙姑差了。我因懒于读书，家父母尚每垂训饬，岂敢再冒'淫'字？况且年纪尚小，不知'淫'字为何物。警幻道："非也。淫虽一理，意则有别。如世之好淫者，不过悦其容貌，喜歌舞，调笑无厌，云雨无时，恨不能尽天下之美女供我片时之趣兴，此皆皮肤淫滥之蠢物耳。如尔则天分中生

成一段痴情，吾辈推之为'意淫'。'意淫'二字，惟心会而不可口传，可神通而不可语达。汝今独得此二字，在闺阁中，固可为良友，然于世道中未免迂阔怪诡，百口嘲谤，万目睚眦。"

从"皮肤滥淫"到"意淫"，是贾宝玉这个艺术形象的升华。人物形象的升华，其实也是作家人格的升华。脂砚斋在批书中曾多次提到宝玉"情不情"的性格，也在"意淫"的范围："按警幻情榜，宝玉系情不情。凡世间无知无识，彼俱有一痴情去体贴……"①他自己烫了手，倒问人家疼不疼。大雨淋得水鸡似的，他反告诉别人"下雨了，快避雨去罢"。看见燕子，就和燕子说话；看见河里的鱼，就和鱼说话；见了星星月亮，不是长吁短叹，就是咕咕哝哝的。且是连一点刚性也没有，连那些毛丫头的气都受的。爱惜东西，连个线头儿都是好的；糟蹋起来，哪怕值千值万的都不管了（第三十五回）。天津大学周义教授说："意淫"是一个艺术地对待由性别携带而来的全部诗意之美的概念。它超越了"沉重的肉身"，超越了"视觉霸权"。而最终从嗅觉达至心灵契合的惊喜、羞怯与战栗，这是一种"人迹罕至"之美，"因此，每一位鼎礼者当从自身的修习与妙悟中抵达"。②

再来看爱洛斯人格，弗洛伊德的性欲论超越了那种言性必指肉体之结合的狭窄的性论。只有在超越之后，性欲论才能进入"爱洛斯模式"，"性本能"才得以与"爱洛斯"画等号。当弗洛伊德谈"性"的时候，它实际上是在谈"爱"；而且他所指的"爱"，不仅仅是以性结合为目的的性爱，还应包括自爱、友爱、对双亲的爱、对子女的爱、对具体对象的爱，对抽象观念的爱。这不就是贾宝玉的人格形象吗？

人格中"本我"的泛滥是爱洛斯冲动的结果，是人先天所固有的本能。但是，人格中"自我"和"超我"则是可以在后天获得的，这就是教育。贾

---

① 曹雪芹：《脂砚斋重评石头记》，线装书局，2013：248。
② 周义：《红楼梦中的"意淫"解》，见《红楼梦学刊》，2001（3）。

宝玉见到林黛玉时，之所以其人格能够得到升华，是因为林黛玉的美丽与高雅。从对象客体来说，美丽高雅也会使对方的爱洛斯人格得到升华。当贾宝玉碰到袭人、金钏时，其人格中的"本我"便开始泛滥，其行为便出现轻薄。这是因为，袭人、金钏她们虽然也美，但是她们只是一种满足快感的美，而没有到达黛玉那样的艺术美的高度。所以，爱洛斯人格在现实中便具有重要的教育意义：只有在"自身的修习与妙悟"达到美丽高雅的时候，无论是本体或是客体，其人格才会移位升华！

五、《红楼梦》的"潇湘"情结

我读《红楼梦》,总是感觉作者曹雪芹有一种潇湘情结,全书从人名到建筑名再到诗文,处处都充满了南省潇湘的意韵。作者为什么如此钟情于"潇湘",实在是一个谜。

"潇湘"一词,源于《山海经·中山经》:"澧沅之风,交潇湘之渊。"潇和湘是湖南南部的两条水系。潇水发源于湖南永州境内的九嶷山,湘水发源于广西兴安县,两条水系在湖南的零陵相汇合流,人们称之为湘江。湘江浩浩荡荡向北奔流,贯穿湖南全境,注入烟波浩渺的洞庭湖,然后汇入波涛滚滚的长江。后来人们用"潇湘"一词泛指整个湖南。另据《词源》解释:潇湘指清深的湘水,旧诗多称湘水为潇湘。郦道元《水经注·湘水》说:"神游洞庭之渊,出入潇湘之浦。潇湘者,水清深也。"所以古人也把潇湘作为湘江的别称。另外,"潇湘"一词还特指湖南省的永州市——潇湘二水合流的地方。

"潇湘"既为古老的地名,在这块土地上就流传着很多神话传说和人文历史故事。最有影响的是娥皇女英的故事。屈原《九歌·湘夫人》中说:"帝子降兮北渚,目眇眇兮愁予。"《山海经·海内经》记载:"南方苍梧之丘、苍梧之渊,其中有九嶷山,舜之所葬。"传说远古帝舜在位时,到长江流域巡视,不幸死在苍梧之野,葬在九嶷山上。舜的两位夫人娥皇与女英闻此噩耗,便一起去南方寻找夫君。二女来到湘江边上,望着九嶷山白云飞渡,洞庭湖烟波浩渺,于是号啕痛哭!她们的涟涟泪水,洒落在江边郁郁青青的翠竹之上,竹节上便钤印上斑斑的泪痕,人们称这种竹子为"斑竹",也将"斑竹"称为湘妃竹。娥皇、女英寻夫不得而痛不欲生,泪尽而死,她们被安葬在洞庭湖中的小岛之上,和舜一起化为湘江之神,因而屈原在《九歌》中称之为湘君和湘夫人,后人也因此将这个湖中小岛命名为君山。

那么,我们来看看《红楼梦》中与"潇湘"有关的内容。

(一)人名

(1)林黛玉,《红楼梦》主人翁之一,在大观园成立海棠诗社时,贾探春给她取的艺名叫"潇湘妃子",显然是把林黛玉比着娥皇女英,黛玉欣然接受。

(2)史湘云,她的名字最值得回味。曹公擅用谐音为人物命名。这里的"史"即"是"。史湘云,即"是湘江上空漂泊的云"。第五回"金陵十二钗"正册对史湘云的判词说"湘江水逝楚云飞"。在红楼梦曲中又说她"终久是云散高唐,水涸湘江"。高唐原是战国时楚国在洞庭湖区云梦泽中的观礼台,宋玉曾和楚襄王游历云梦,奉王命作《高唐赋》,后又作《神女赋》。此处用高唐比喻夫妻恩断情绝。"云散高唐,水涸湘江",难道湘云在云梦泽,在湘江畔产生了无以言说的悲剧?我想,曹公给史湘云取这么个名字,其背后应该有故事。

(3)柳湘莲,一个侠客式人物。第四十七回,赖大请客,柳湘莲在座。我国南方普遍生长一种水生植物——莲,其中湖南湘潭的湘莲、福建建宁的建莲、浙江宣平的宣莲并称为中国三大莲子。湘莲是潇湘湖区的特产。潇湘之地民间喜用"莲"字为女孩子取名,如"爱莲""秋莲"等,"湘莲"显然也是一个女子的名,曹公以"湘莲"为男性命名也不知是何用意。

(4)香菱。香菱在"金陵十二钗"副册中列为榜首。书中明确交代,香菱的老家在苏州,属于我国南方盛产菱、莲的地区。香菱的名字虽然没有用"湘",但是"香"却与"湘"同音。用谐音喻人是《红楼梦》的常用手法。同时"菱""莲"也是潇湘湖区特有的水生植物。香菱最初的名字叫英莲,虽然是谐音"应怜",但是她并没有叫英蓬、英嫩等其他同音字,而是叫"英莲"。而"莲"也只能在南方,特别是潇湘湖区是湘莲的主产区。后来金桂将香菱的名字改为秋菱,也并没有改变南方水生植物"菱"的特点。

(二)大观园中与"潇湘"有关的建筑名

(1)潇湘馆。林黛玉在大观园所住馆舍之名。宝玉为大观园题匾时命为"有凤来仪",后由元春审定改为潇湘馆。元妃为什么要将此处改名为潇湘馆,也令人回味。林黛玉的艺名潇湘妃子是探春根据她的馆舍名确定的。潇湘馆内的装饰也是"湘帘垂地";第十七回,大观园即将竣工,贾琏给贾政回报:购置了"湘妃竹帘一百挂",都是湖南的用品。其实,林黛玉的老家维扬盛产丝织品,曹家主管的"江宁织造"就是生产和管理丝织品的机构。这里的窗帘不用扬州、苏州的产品而用"湘帘",也是值得深思的。

(2)稻香村、藕香榭、紫菱洲。这几处地方都应该与南方洞庭湖区的自然地理相关。潇湘是水乡,是我国水"稻"的主要产地。莲"藕"则更是荷塘、湖泊里的特产。"洲"是水中的陆地,长江流域一般把江中河沙壅起的陆地称为"洲",如长沙湘江中的天心洲、武汉长江中的鹦鹉洲。曹雪芹把与潇湘有关的这些以"稻""藕""洲"等命名的院落馆舍放进大观园,是否也有所寓意呢?

再如:蓼汀花溆。"蓼"是生长在水边和水中的多年生草本植物。"汀"是水边的滩地。"溆",也是指水边。

又如:荇叶渚。荇,水生植物;渚,水中的小块陆地。

（3）湘妃竹墩。第七十六回，黛玉和湘云到凹晶溪馆近水赏月，二人在两个湘妃竹墩上坐下。一个竹墩也要用"湘"命名，难道这凹晶溪馆也与潇湘有关？

不论研究者们说大观园的原形是在南方还是在北方，曹雪芹把大观园设计得如同南方水乡园林一样，并把大观园里这么多建筑物以南方尤其是以潇湘特色命名，这背后应该有我们没有探讨清楚的原因。

（三）花名芙蓉

芙蓉花有两种，一是水芙蓉，又指荷花；二是木芙蓉，又名木莲。因湖南水乡的河源池塘普遍种植水芙蓉，湘江流域又广泛生长木芙蓉，所以，不论是水芙蓉还是木芙蓉，都是湖南地区潇湘的代称。唐代诗人谭用之《秋宿湘江遇雨》中有诗句"秋风万里芙蓉国，暮雨千家薜荔村"。毛主席《答友人》中有诗句"我欲因之梦寥廓，芙蓉国里尽朝晖"。所以芙蓉国指代湖南，可谓家喻户晓，广为流传。

在《红楼梦》中，用花卉指喻人物是一特色，比如重要的人物薛宝钗为牡丹花，林黛玉则是芙蓉花（第六十三回）。

另外，晴雯屈死之后成为专管芙蓉花的花王。为此，贾宝玉专门为晴雯写了一篇祭文《芙蓉女儿诔》，直接把芙蓉花指向了人物。

（四）与潇湘有关的诗词、对联

第五回"金陵十二钗"副册香菱的判词："根并荷花一茎香，平生遭际实堪伤。自从两地生孤木，致使香魂返故乡。"荷花产地在南方，魂返故乡，香菱的故乡是哪里？是姑苏还是潇湘？

第五回史湘云的判词："富贵又何为？襁褓之间父母违。展眼吊斜晖，湘江水逝楚云飞。"这里不仅有湘江，还有楚云。这里也应该指潇湘湖南。

第五回红楼梦曲《乐中悲》："襁褓中，父母叹双亡。纵居那绮罗丛，谁知娇养？幸生来，英豪阔大宽宏量，从未将儿女私情略萦心上。好一似，霁月光风耀玉堂。厮配得才貌仙郎,博得个地久天长,准折得幼年时坎坷形状。终久是云散高唐,水涸湘江。这是尘寰中消长数应当,何必枉悲伤?"这是说史湘云的曲子,为什么是"水涸湘江"?

史湘云的名字、判词和红楼梦曲,一再出现湘江、楚云,这里究竟与"潇湘"有什么关系?

第十八回探春诗:"秀水明山抱复回,风流文采胜蓬莱。绿裁歌扇迷芳草,红衬湘裙舞落梅。珠玉自应传盛世,神仙何幸下瑶台!名园一自邀游赏,未许凡人到此来。"这里的"湘裙",应指湘绣丝织的裙子,是湖南的产品。照理说,曹家乃江宁织造,丝织产品不用江宁著名的"云锦",而用湘绣丝裙,让人深思。

第三十四回黛玉诗:"彩线难收面上珠,湘江旧迹已模糊。窗前亦有千竿竹,不识香痕渍也无?"这是黛玉在宝玉挨打之后送来的旧手帕上写的三首诗中的一首。这里又出现了湘江!"湘江旧迹"是指什么呢?在大观园看到了"湘江"什么样的"旧迹"呢?

潇湘之地的日用品在黛玉诗中频繁出现,第三十七回《咏白海棠》:"半卷湘帘半掩门,碾冰为土玉为盆。偷来梨蕊三分白,借得梅花一缕魂。月窟仙人缝缟袂,秋闺怨女拭啼痕。娇羞默默同谁诉,倦倚西风夜已昏。"第七十回《桃花行》:"风透湘帘花满庭,庭前春色倍伤情。"

第三十八回藕香榭对联:"芙蓉影破归兰桨,菱藕香深泻竹桥。""芙蓉影""菱藕香",一幅湖光水色、丰腴潇湘的写照。

(五)"南省"与"辣子"

第三回,贾母向黛玉介绍王熙凤:"你不认得他:他是我们这里有名的一个辣货。南省所谓'辣子',你只叫他'凤辣子'就是了。"这里有的版本作"南京",有的版本作"南省",南省应该是准确的,因为南京人不吃辣椒,自然没有"辣子"一说。"辣子"应为"南省"的潇湘地区所独有,比如"辣妹子"。那么,贾母为什么提潇湘独有的"辣子"而叫王熙凤为

"凤辣子"呢?

（六）老君眉

第四十一回，贾母一行到栊翠庵，妙玉用茶招待。贾母说我不吃六安茶。妙玉说知道，给贾母端出来的茶是"老君眉"。查资料，老君眉是八百里洞庭湖中的小岛，也就是安葬娥皇、女英的地方——君山所产的白毫银针，其汤深色鲜亮，香馥味浓，能消食解腻，历代都作贡品。当地有一首现代民歌《挑担茶叶上北京》，唱的就是这种茶。这里的问题是：贾母为什么喜爱喝洞庭湖区生产的茶呢？难道贾母住的地方就在湖南或者离君山较近的地方，经常饮老君眉这种茶？或者这君山所产之茶与湘君、湘夫人有什么关联？

综上所述，《红楼梦》中的这种"潇湘"情结，应是作者有意为之！但是，究竟是与作者出生地有关呢？还是在纪念什么人物？或者《红楼梦》原本就是写湖南的一大封建家族呢？究竟有什么其他用意，笔者不得而知。我把这个现象罗列出来，希望引起"红迷"们的关注。

六、《红楼梦》与教育

《红楼梦》走进学校的课堂,从民国时期已经开始,一直到当前,都有片段节选。但是在汗牛充栋的红学研究著作中,涉及《红楼梦》书中所展现的教育活动和作者的教育思想的却少得可怜。近年来笔者一直都在思考,作家在创作的过程中,其主观上也许并没有要写教育问题,但是他写了那么多少男少女,那就一定回避不了教育,因而也就在他所创造的人物身上不自觉地体现着作者的教育情怀、对教育的理解,以及对封建教育的批判与期待。

(一)关于《红楼梦》与教育的研究

自《红楼梦》问世,到 20 世纪改革开放的 200 多年间,人们对《红楼梦》中教育问题的研究是不够的。尽管从语文与写作等方面,有不少的《红楼梦》研究可以归于教育的大类,但是直接论述《红楼梦》教育思想的并不多。也许是本人阅读范围狭窄所致,笔者搜集中华人民共和国成立以前这一方面的文章,仅仅看到发表在 1935 年 2 月 16 日《华北日报》上、署名纯朴的一篇文章《红楼梦的教育观》①。从笔者搜索我国改革开放以后的资料的结果来看，论述《红楼梦》与教育关系的著作亦并不多见，有张毕来著《贾府书声》②、郑万钟著《漫说红楼话教育》③、温宝麟著《〈红楼梦〉的教育反思与心理阐释》④、于洋著《人性的复归——〈红楼梦〉的教育世界》⑤。应该说，这与浩如烟海的红学研究是不相称的。

张毕来先生的《贾府书声》虽然具有教育方面的意义，但是这本小册子更多是讨论《红楼梦》所表达的思想倾向，研究儒学与《红楼梦》的关系，这与教育学和教育方法似乎尚有一定的距离。郑万钟先生的《漫说红楼话教育》，虽然是只是一本10万字的小书，但却是一本真正写《红楼梦》与教育问题的书。全书由51篇小文章组成，如《棍棒教育纵横谈》，从教育方法上论述当时教育的简单粗暴；《各自有各自的眼泪》，写贾府各个人物"哭"的异同，因而教育工作者则应因人而异、对症下药，正确引导青少年度过青春期；《说歪才》从贾宝玉不读"正书"而杂学旁收的角度，谈今天人才观念的转变。郑先生结合自身教育的经验和体会来谈《红楼梦》中的教育，可读性很强，真实亲切。但是郑先生的"话红楼"只是局限在"说语文"的范围，更多是用红楼人物及其事件来比附现实，对教师或青少年有一种启发作用，仍然停留在"心灵鸡汤"的阶段。温宝麟教授的《〈红楼梦〉的教育反思与心理阐释》则进了一步，把《红楼梦》里的教育放在明末清初这个时代的生活画卷之中，找出"贾氏之弊，总在富而不教"⑥的结

---

① 中国艺术研究院红楼梦研究所，人民文学出版社编辑部：《红楼梦研究稀缺资料汇编》，人民文学出版社，2001。
② 张毕来：《贾府书声》，上海文艺出版社，1983。
③ 郑万钟：《漫说红楼话教育》，四川教育出版社，1994。
④ 温宝麟：《〈红楼梦〉的教育反思与心理阐释》，中国社会科学出版社，2011。
⑤ 于洋：《人性的复归——〈红楼梦〉的教育世界》》，华中科技大学出版社，2016。
⑥ [清]周春：《红楼梦约评》，见朱一玄编《红楼梦资料汇编》，南开大学出版社，2012：569。

论。温教授在这本书的下编则运用心理学原理对《红楼梦》人物的心理进行了阐释,针对贾宝玉、北静王、贾元春等人的行为,探究其作为个体"人"的心灵隐秘,剖析他们真实的心理倾向,"努力还原红楼人物画廊中一个个'真实的我',以求更准确地把握其不为人知的精神内质"。《人性的复归——〈红楼梦〉的教育世界》是于洋女士的博士论文。全书 30 余万字,是近年来《红楼梦》教育研究中不可多得的一部力作。作者在前言中说:"本书运用马克思关于人的发展理论和文化层次理论,试图走出单纯文本解读的学院楼阁,抖落遮盖在文学作品上的历史尘土,揭开创世奇作《红楼梦》教育世界的面纱。"全书从"《红楼梦》与明清社会教育形态""贾府的家庭教育""科举下的义塾教育""贵族男子的社交路线与交往活动""贾府的女子教育""人的自由与个性解放"等多个方面进行了广泛深入的研究。于洋博士认为,《红楼梦》一书反映了明清社会主流的意识形态、教育的目标与内容,以及学校教育的一套完整的理念、思想和方法,这些为我们深入了解和研究《红楼梦》中的教育问题提供了很大帮助。

在《红楼梦》与教育的研究方面,我在"中国知网""国家哲学社会科学学术期刊数据库"和《红楼梦学刊》搜索了最近 40 年来的研究论文,因无法统计和下载,便在线阅读了近百篇论文,感觉大多数研究过于浅近,局限于人物分析和"教"与"学"的技术层面,只有约 20 余篇论文,真正关系到了教育问题。这些论文有刊于《文史哲》(1980 年第 5 期)的张毕来的《略论贾氏家塾中的师友之道——贾宝玉在科举问题上的思想局限性》、刊于《社会科学论坛》(2005 年第 9 期)的聂聪的《试从〈红楼梦〉前八十回观曹雪芹之教育思想》、刊于《红楼梦学刊》(2011 年第 5 期)的金中的《规训互助点化——〈红楼梦〉的三种教育模式及其意义》、刊于《红楼梦学刊》(2000 年第 4 辑)的陈家生的《〈红楼梦〉体现的进步教育观》、刊于《中国文化研究》(1995 年春之卷)的广业高、宁耘的《〈红楼梦〉教育思想揆探——兼析曹雪芹创作构想与主题倾向》、刊于《文学教育》(2007 年第 4 期)的王世海的《从教育的角度看〈红楼梦〉》、刊于《西北师大学报（社会科学版）》（1993年第1期）的温宝麟的《从大观园题咏看贾政对宝玉的教育方式》，等等。总的来看，这些论文的质量较高，尤其是宁业高、宁耘的论文《〈红楼梦〉教育思想揆探——兼析曹雪芹创作构想与主题倾向》。宁文认为，《红楼梦》的主旨就是教育问题。反映这个主旨的主线是"培养接班人"，贾宝玉的教育成长过程是构成《红楼梦》培养接班人主线的"中心筋骨"，而贾府之败、宝黛悲剧都是随接班人主线起伏蔓延的副线。而曹雪芹创作《红楼梦》的主要目的是醒人喻世以"补天"，即以贾府不重教育、不善教育而导致家势衰落以醒同人、警家人、喻世人。

本人于2020年出版了《红楼梦里的教育学》（华中师范大学出版社），对上述教育问题作了一些肤浅的思考，本文拟在此基础上再作管窥，乞望批评。

（二）《红楼梦》成书时代的教育问题

《红楼梦》在开篇中说，这本书是作者亲历的一段陈迹故事，"然朝代年纪，地舆邦国，却反失落无考"（第一回）。实际上，《红楼梦》的成书时代正是清初所谓康乾盛世，也正是《红楼梦》中描写的贾府"烈火喷油，鲜花着锦"（第十三回）之时。这一时代的特征是社会经济繁荣发展的背后，潜藏着进一步激化的社会矛盾。在城市繁盛的掩盖下，农村日益贫困；富人们包括官僚和知识分子追求奢侈糜烂的生活，倡优与"男风"流行，社会走向腐朽没落；八股科举制度下弥漫着虚伪的学风，官场腐败，贪官污吏横行；在程朱理学的毒害之下妇女的命运悲惨，等等。①这些社会现象在《红楼梦》全书中都有体现。

自明朝以来，中国传统教育的发展由盛到衰，到了清朝的康乾时期才是一个重振期。在此前的后金时期，努尔哈赤一向重武轻文。1625年定都沈阳之后，仍然对知识分子进行镇压。一直到皇太极继位之后，才开始重

---

① 冯其庸：《论红楼梦思想》，商务印书馆，2014：69-102。

视文人，设立文馆，发展教育。①清朝立国之后，其政治制度包括教育制度体系基本上沿用明制，《红楼梦》描写的正是这一个时期。这一时期的教育制度，主要体现在三个方面：其一，崇尚儒家经术，提倡程朱理学。清朝定都北京之后，实施了一系列尊孔措施。顺治元年（1644），袭封孔子第六十五世孙孔允植为"衍圣公"；顺治二年（1645），封孔子为"大成至圣文宣先师"；顺治十四年（1657），改封为"至圣先师"。康熙二十二年（1683），康熙亲书"万世师表"匾额，悬挂于全国各地孔庙，并亲自祭孔。康熙曾九次赴曲阜朝拜。与此同时，朝廷大力推崇程朱理学，程朱理学成为清朝办学育才的指导思想和科举考试的主要内容。其二，广泛设立学校，制定学规。顺治元年设国子监，祭酒、司业为国子监的正副首长，另有监丞、博士、助教、学正、学录、典籍、典簿等学官。设立率性、修道、诚心、正义、崇志、广业为六堂讲学肄业之所。顺治十年（1653），为清宗室子弟设立学校——宗学。在地方设立府、州、县、卫儒学，府设教授1人，州设正学1人，县设教谕1人，各学均另设训导佐之。乡镇最基层地区设置社学。随着教育的发展，各地纷纷设立义学，为孤贫生童和少数民族、边疆地区学生提供上学机会。同时在各省设置教育行政长官，称都学道。与此同时，还颁布了一系列严格的学规。顺治九年（1652），颁布《训士卧碑文》八条；雍正二年（1724），颁布《圣谕广训》十六条等。其三，加强对汉族知识分子的控制。一是开科取士，建立完备的考试制度，吸收士人参政。二是设科制，"天子亲诏发待异等人才"，有博学鸿词科、经济特科、孝廉方正科等。其中博学鸿词科影响最大。康熙十八年（1679），一科即取50人，俱授翰林官，其中朱彝尊等5人以底层社会平民入选。三是编辑书籍。康乾时期编纂有《明史》《康熙字典》《佩文韵府》《古今图书集成》《四库全书》等。②

---

① 秦国强：《中国教育史话》，复旦大学出版社，2014：140。
② 孙培清：《中国教育史》，华东师范大学出版社，2000：252。

这一时期教育存在的主要问题：其一，在思想上严格控制。对于封建国家而言，教育的目的是要保证统治的稳固；作为个人（家族或家庭）而言，教育的目的就是当官，掌握权力，继承家业，光宗耀祖。这两个主体的教育目的虽然不同，但实现这个目的的手段却是一致的——科举考试。皇帝通过科举取士控制考试的内容和方法，对那些希望进入官僚体制的个人的思想进行钳制。这个武器就是程朱理学。儒家学说经过汉代董仲舒的发挥，继而到宋代程颢、程颐、朱熹等人的阐释成为理学，被明清统治者定为正宗。尤其是朱熹的《四书章句集注》，更成为儒学标准。

其二，采取高压手段，残酷镇压。一是严禁立盟结社。二是销毁书籍，对被认为不利于清朝统治的书籍进行销毁。三是大兴文字狱。康、雍、乾三朝的文字狱多达108起。文字狱株连之广，骇人听闻。

其三，在教育的实践上，清朝教育最大的问题是把科举取士作为教育唯一的价值取向。《红楼梦》中的贾政之所以那么着急、那么严厉地要贾宝玉读书、读《四书》，其目的只有一个，就是应对科举考试实现蟾宫折桂。科举与学校之间的关系极为密切。只有接受学校教育取得出身的学子才有资格参加科举考试。学校教育的直接目的就是为了培养学生参加科举考试。同时，在科举考场上，是以八股文"惟其所取"，因而"士子为应试，贪图近功，企慕速成，置经史实学于不问，竟取近科闱墨，摹拟剽窃，在明清蔚然成风"。[①]教育变成了科举的附庸。曹雪芹对此深恶痛绝，累次借贾宝玉之口表达出来。其实，这个时期的思想家、教育家，如李贽、黄宗羲、顾炎武、颜元、李塨等人，都对程朱理学"存天理，灭人欲"的假道学提出了尖锐的批判，要求个性解放，反对对人性的摧残，并且着力实践新式实用的教育改革，但是终究不能成为时代主流。

---

① 周德昌：《中国教育史研究（明清分卷）》，华东师范大学出版社，1995：58。

（三）《红楼梦》里的教育

1. 贾府浓厚的教育氛围

在全书的开篇，作者就忏悔自己当初没有读好书，"背父兄教育之恩，负师友规训之德，以至今日一事无成，半身潦倒"。在第三回，主人公登场，林黛玉与贾宝玉初次见面，宝玉问的第一句话就是"妹妹可曾读书"。这一问也是贾宝玉在全书出场后说的第三句话。王熙凤见到林黛玉之后，问黛玉的第一句话也是"妹妹几岁了？可也上过学？"。贾母待迎接黛玉的人都走之后和黛玉"正式"说话："让我们自在说说话儿"，首先也是问黛玉念的什么书。从贾府这三个主要人物第一次登场见到黛玉就问读书的情况，可以想象到曹雪芹对当时教育问题关注的程度。在第十三回，秦可卿给凤姐托梦，所担心的事就是两件，一件是祭祖，另一件是办学。祭祖是虚的，办学却是实的。在为秦可聊送葬的路上，北静王首次见到贾宝玉，就担心他受祖母溺爱，荒失学业，邀请宝玉到自己府上去参加"论坛""沙龙"学习（第十四回）。贾府不仅设有男孩子读的家塾，还有专门的女孩子读书的地方。因为书中说，贾府的女孩子们都在贾母这边读书。林黛玉初进贾府时，贾母又叫："请姑娘们。今日远客来了，可以不必上学去。"（第三回）从第九回透露的信息来看，贾府的祖上很有远见，很早就建立了非常正规的家塾，不是在自家的院子里，而是在另外单独的地方，而且把家塾先生的经费来源也安排得很周到。据有关资料反映，曹家被抄家迁回北京之后，曹雪芹曾在满族宗室子弟学校虎门右翼宗学供过职，他对当时的学校教育应该有一定的认识，所以贾府的教育问题应该是作者潜意识里的问题。由此可见，贾府对教育的重视，特别是重视女孩子的读书，这在当时来说是有其进步性的。

2. 贾府教育的失败

尽管我们说，贾府上上下下都弥漫着教育的氛围，但是在这种氛围笼罩下的却是失败的教育。这在第九回"恋风流情友入家塾，起嫌疑顽童闹学堂"中表现得最为明显。这是一个中小学生打架斗殴的真实场面。参与打架的学生有名有姓的有十多个，没名没姓的有一大群，可见贾府家塾的规模并不小。打起来之后，"众顽童也有趁势帮着打太平拳助乐的，也有胆小藏在一边的，也有直立在桌子上拍着手儿乱笑、喝着声儿叫打的，登时间鼎沸起来"。脂砚斋在这一回的后面有一段批语："此篇写贾氏学中，非亲即族，且学乃大众之规范，人伦之根本，首先悖乱，以至于此极，其贾家之气数，即此可知。"其一，学堂里的人员混杂，基本上被权贵和金钱所控制。其二，在教育的目的上，举办者是希望通过办好学校来培养子孙，以此延续富贵，拯救末世，但是学习者主体却各怀心思。贾宝玉完全是来和秦钟一起玩的，并没有想着"读书"；薛蟠则是借读书之名寻找"男风"伴侣；金荣则是借贾府家塾减少家庭生活支出；等等。他们各自都为了自己的目的而扰乱课堂。其三，除了敷衍家长的问题之外，再一个更重要的问题就是学校没有一个好的管理者。贾府家塾的塾掌贾代儒没有在学堂里露面。书中说他今天家里有事，"早已回家去了"，将学校的事交给他的孙子贾瑞暂且管理。可是"这贾瑞最是个图便宜没行止的人，每在学中以公报私，勒索子弟们请他，后又附助着薛蟠，图些银子酒肉，一任薛蟠横行霸道，他不但不去管约，反助纣为虐讨好"。一所学校由这样的人管理，那学校的秩序不混乱才怪！

3. 贾代儒与贾瑞

贾代儒是贾府家塾的塾掌，也就是校长兼老师。贾瑞是贾代儒的孙子。

贾瑞在《红楼梦》中并不是一个主要人物，但是他的死却让人记忆深刻。一般认为，贾瑞的死是凤姐设局而致。但是我不这样认为。凤姐设局只是外因，她在此前说过"几时叫他死在我的手里"（第十一回）的话，平儿也说过"癞蛤蟆想天鹅肉吃，没人伦的混账东西，起这个念头，叫他不得好死"（第十一回）。其实，这些都不过是一时气话，并不表示就要把贾瑞置于死地。王熙凤在这个故事中尽管有请君入瓮、蓄意勾引之嫌，但是矛盾的主要一方还是贾瑞自己。贾瑞第一次去见凤姐，中了圈套之后，并无悔改之意，又往凤姐那里去。书中写道："凤姐因见他自投罗网，少不得再寻别计令他知改。"（第十二回）这才有第二次把贾蓉、贾蔷叫上，一起捉弄贾瑞，让他吃点苦，其目的是"令他知改"。在第二次中了圈套之后，脂砚斋有一段侧批："这也未必不是预为埋伏者。总是慈悲设教，遇难教者，不得不现三头六臂，并吃人心、喝人血之相，以警戒之耳。"由此也可知凤姐并不是真的要他死，而只是"遇难教者""以警戒之耳"。作者固然有写凤姐阴险毒辣的意图，但是那么多可以选择的人物，为什么要单独选择或安排贾瑞这么一个人物去死，而不安排类似贾芸、贾芹之类的人呢？和贾瑞一样是"王"字旁的贾府族人就有贾琮、贾瑞、贾璘、贾琛、贾珩、贾琼、贾珖等，贾氏族中的这一类人多的是啊！据此，只能认为作者"安排"贾瑞之死的真正原因是对封建教育制度和科举考试的深恶痛绝，需要选择贾瑞这么一个有教育家庭背景的人来展示。

其一，贾瑞的祖父贾代儒是贾府家塾的校长兼教师。这样的家庭，本应该有循规蹈矩、认真读书然后博取功名的后人，但是贾校长家的后人却并不争气。贾瑞曾经在学校为祖父代管过学生。真是不幸，被平儿痛骂的那种"没人伦的混账东西"，竟然出现在贾校长的家里，而且是贾校长的嫡亲长孙！这该是多么大的讽刺！你能说曹雪芹不是有意这么安排的吗？

其二，贾瑞原本就是父母早亡，只好由祖父贾代儒教养这么一个缺少父母之爱的孩子。"代儒素日教训最严，不许贾瑞多走一步，生怕他在外面吃酒赌钱，有误学业。"可是，这个当校长兼老师的祖父，却只管学业而不管孙儿的成长发育。贾宝玉十三岁就和丫鬟袭人有了云雨初试，贾蓉十七岁时已经娶了秦可卿。而目前的贾瑞已经是一个大男孩了，"他二十来岁人，尚未娶亲"，看到美貌动人而且还不断挑逗自己的王熙凤，你说他能无动于衷吗？当校长的祖父贾代儒也是过来之人，难道不知道这些？二十来岁的人，按照常理，早应该娶妻生子了，可是书中却没有写祖父为已经发育成熟的孙子张罗对象娶媳成家的事，而一味要求的是孙儿的功课，是今后的功名，是光宗耀祖的梦想。所以，相思病在贾瑞的身上产生是必然的，不足为奇。贾瑞由"单相思"发展而产生了精神异常，成了病态，一种所谓的"钟情妄想"症，坚定不移地相信对方喜欢或者钟情于自己，即便第一次冻了一夜之后也并不认为是凤姐设局，还要再投罗网。

其三，尽管贾瑞最后死亡的直接诱因是因为看了"风月宝鉴"的正面，但我们千万不能被曹雪芹的文笔所迷惑，像贾代儒夫妇那样认为是"风月宝鉴"害死了贾瑞。其实，这时候的贾瑞已经病入膏肓了，"风月宝鉴"在这时出现不过是一个催命鬼，把贾瑞死的日子提前罢了。贾代儒的教育目标和教育方法才是致贾瑞送命的真正原因或者说根本原因。贾代儒是一个不懂得教育方法的教师。贾瑞第一次被凤姐捉弄，一夜折腾没回家之后，贾代儒对他的处罚就非常暴戾：一禁，二打，三饿，四跪，五补（禁止出门，打了三四十板，不许吃早饭，跪在风地里，补读十天的功课）。"贾瑞直冻了一夜，今又遭了苦打，且饿着肚子，跪在风地里读文章，其苦万状。"（第十二回）在祖父的处罚，相思病难禁，贾蓉、贾蔷两个逼索银子，日间功课又紧张，更兼两回冻饿奔波等多重打击下，贾瑞终于扛不住了，"一头睡倒，合上眼还只梦魂颠倒，满口乱说胡话，惊怖异常"，百般请医治疗也不见好转。

曹雪芹把贾瑞之死展示出来，实际上是要展示封建教育的弊端。贾瑞之死，其实是一种象征：贾瑞死了，人性也就没有了，整个贾府的教育也死了。

4. 大观园：对理想教育的向往

大观园写的则是一个类似于现代青少年校外活动中心的学习基地，即贾府少年宫。1938年5月中旬，毛主席到鲁迅艺术学院给学员作报告，就说《红楼梦》里有个大观园，"鲁艺是个小观园"，把大观园和小观园都看作是学习①的地方。旅美学者余英时说，"曹雪芹在《红楼梦》里创造了两

---

① 董志新：《毛泽东读红楼梦》，万卷出版公司，2011：317。

个鲜明对比的世界",一个是"理想的世界",一个是"现实的世界"。[1]尽管余先生的说法过于绝对,但是从教育的视角来看,现实的旧教育课堂如此失败,在课堂之外的大观园的确可以认为是曹雪芹倾注满腔教育之情的理想世界。

大观园原本是为迎接元妃省亲而建造的规模宏大的园林式别墅。元春是那个时代对封建深宅大院的痛苦体会极深的年轻女性,也是大观园理想世界的创造者。第十八回,元春省亲回到娘家,大家都只管呜咽对泣,垂泪无言。过了好久,元春才"忍悲强笑",安慰祖母和母亲:"当日既送我到那见不得人的地方,好容易今日回家,娘儿们不说说笑笑,反倒哭起来。"又隔帘含泪,对父亲贾政说:"田舍之家,虽齑盐布帛,终能聚天伦之乐;今虽富贵已极,骨肉各方,然终无意趣。"元春从内心深处希望她的弟弟妹妹们摆脱这种侯门似海的痛苦。省亲结束,元春在宫中编辑《大观园题咏》之后,想到大观园这么好的景致,贾府肯定要将它封锁起来,不让人进去,这岂不辜负了这么好的园林?娘家这么多姊妹,特别是她的弟弟贾宝玉能诗会赋,老是闲在荣宁两个府里会憋得慌,致使佳人落魄,花柳无颜,便命他们进园中居住,"不可禁约封固"(第二十三回)。

大观园内亭台楼阁,石木桥梁,花柳山水,是蔚然一座"天上人间诸景备"的园林艺术典范。这么大一个园林,虽然是人工建造,但也足以让少男少女们开心地体验赏玩,开阔眼界。当前,我们总是在讨论未来的学校是个什么样子。专家们说,未来学校是以学生为主,学校的教室会淘汰;未来学校学习的场所更广阔,学习的方式更多样,学习的时间更充分,学习的动力会更强,学习的约束会更少,我想,大观园除没有互联网之外,不就是近年来我们倡导的校外研学基地吗?不就是这么一所未来的学校吗?大观园就是一个打开了教室墙壁的学习社区,不仅有学习的空间,更重要的是大家都有学习的体验。

---

[1] 余英时:《红楼梦的两个世界》,上海社会科学出版社,2002:36。

具有浓厚人文气息的大观园，是贾府的一个少年宫，一个青少年校外活动中心，一个青少年的学习乐园，一个研学基地，同时也是一所未来的学校。现代课程标准的重要特征是让学生快乐，让学生在学习中获得快乐，也就是激发学生的学习兴趣。

我们看到，在大观园，生发了宝黛共读西厢的唯美故事（第二十三回）；在大观园，出现了词坛吟社、诗人雅会；在大观园，培育了苦志学诗的香菱；在大观园，创造了"割腥啖膻"的"风流名士"；在大观园，产生了理财除弊的探春；在大观园，李纨走出了"槁木死灰"，激发出新生活力；也是在大观园，萌发了青春爱情！

搬进大观园，在当时贾宝玉这个迫切需要学习《四书》《五经》而去参加科举考试的封建家庭里，是多么难得的一段时光！《四时即事》就是贾宝玉搬进大观园后那种快乐心情的自然写照。

春夜即事

霞绡云幄任铺陈，隔巷蛙更听未真。
枕上轻寒窗外雨，眼前春色梦中人。
盈盈烛泪因谁泣，点点花愁为我嗔。
自是小鬟娇惯懒，拥衾不耐笑言频。

夏夜即事

倦绣佳人幽梦长，金笼鹦鹉唤茶汤。
窗明麝月开宫镜，室霭檀云品御香。
琥珀杯倾荷露滑，玻璃槛纳柳风凉。
水亭处处齐纨动，帘卷朱楼罢晚妆。

秋夜即事

绛云轩里绝喧哗,桂魄流光浸茜纱。
苔锁石纹容睡鹤,井漂桐露湿栖鸦。
抱衾婢至舒金凤,倚槛人归落翠花。
静夜不眠因酒渴,沉烟重拨索烹茶。

冬夜即事

梅魂竹梦巳三更,锦罽鹴衾睡未成。
松影一庭惟见鹤,梨花满地不闻莺。
女儿翠袖诗怀冷,公子金貂酒力轻。
却喜侍儿知试茗,扫将新雪及时烹。

林黛玉原本是一个多愁善感的姑娘,是一个"一言不合"就掉眼泪的病美人,只有在大观园内才会看到她的那种悠然自得的快乐状态。你看,她"肩上担着花锄,锄上挂着花囊,手内拿着花帚",那种闲情逸致、悠然自得的心情溢于言表。她干什么去?葬花!这种浪漫的画面只有曹雪芹才设计得出来。在第五十回,黛玉联诗的时候,"笑得握着胸口";黛玉每每出口的幽默总是把大家逗得开怀大笑。也只有在大观园,才有可能和宝玉一起读西厢妙词,听牡丹艳曲。如果林姑娘心情不好,她会这样悠然自得?

史湘云就更不需说了。她没有住在大观园。她父母俱亡,住在叔叔家里,可以说并不快乐。但是她一到大观园就像到了天堂一般,很远就听得到她的笑声。第四十二回,她笑得连人带椅子都倒在地下了。第四十九回,湘云甚至高兴得在园子里烤鹿肉吃,玩得没有女孩子的界限了。婶婶来接她回去,她恋恋不舍。第三十六回,家里打发人来接,"那湘云眼泪汪汪的",不忍离去。她又叮嘱宝玉:"便是老太太想不起我来,你时常提着,好叫老太太打发人接我去。"

别说姑娘小姐，即便是丫鬟仆人，在大观园里也是快快乐乐的。第六十三回"寿怡红群芳开夜宴"，丫鬟小姐们深更半夜还在一起抽签掷骰，行令饮酒，那种无遮无拦、无拘无束、纵情释放、一醉方休的快乐场景，恐怕只有在大观园里才能生发。

薛宝钗是大观园里最活跃的人物之一，但是我们似乎没有看到她在大观园里像其他姊妹们那样开怀大笑。其实这是我们忘记了宝钗天生的冷面性格。她是正统的代表，她和林黛玉、史湘云不同，是一个有城府，不把喜怒哀乐写到脸上的冷美人，也是最有理想"抱负"的"女夫子"。在大观园，她积极参与各种活动，并且在很多活动中都占主导地位。她在大观园的一段时间也是愉快的，只是这种愉快没有表现得像其他人那么夸张罢了。第七十四回抄检大观园，她似乎也像探春一样看到了贾府的衰落，自然开始忧虑，当这种忧虑胜于愉快的时候，她便从大观园中搬回梨香院去了。

总之，我们看到的是贾府的众女儿在大观园里的欢声笑语。咏诗联句的时候听得到有笑声；喝酒猜谜的时候有笑声；刘姥姥来了，"众人笑弯了腰"（第四十一回）。她们在一起放风筝，在一起猜灯谜，在一起庆生日，在一起结社吟唱，在一起踏雪品梅，等等。在大观园还没有受到外来势力影响和压迫的时候，是青春绽放、理想飞扬的时期，我们听到和看到的是一群快乐活泼、健康向上的少男少女。只有在快乐的时候，她们才有心情和兴趣去读书学习，才有心情和兴趣去吟诗作对，才有心情跟着黛玉学诗、跟着宝钗学画、跟着探春学管理。

红学界有很多关于大观园真实性的讨论，有的说是南京的随园，有的说是北京的恭王府，但是我觉得有没有真实的大观园并不重要，重要的是曹雪芹心中有为这些少男少女们设计的一个梦想！在此，我想起捷克作家米兰·昆德拉的一段话："小说不研究现实，而是研究存在。存在并不是已经发生的，存在是人的可能的场所，是一切人可以成为的，一切人所能够的。""是人的世界的一个极端的未实现的可能。当然这个可能是在我们的真实世界背后隐隐出现的,他好像预兆着我们的未来。"①既然如此,我能不能把大观园比作曹雪芹心中"预兆着"的"未来"呢?

(四)曹雪芹:对教育目标的迷惘

《红楼梦》整本书是围绕贾宝玉的教育问题而展开的。这就涉及为什么而读书,读什么书的问题。贾政要求贾宝玉读《四书》《五经》,通过科举而蟾宫折桂,光宗耀祖。而贾宝玉则是一个反叛者,他对此就不感兴趣。

其一,贾宝玉厌恶封建官场的腐败,所以不愿走科举取士之路,"平素深恶""时文八股"(第七十三回)。他借丫鬟袭人之口说:"凡读书上进的人,你就起个外号儿叫人家'禄蠹';又说只除了什么'明明德'外就没有书了,都是前人自己混编纂出来的。"(第十九回)贾宝玉甚至厌恶和贾雨村这样的官场伪君子交往。第三十二回,贾雨村到荣国府来,要求见宝玉,宝玉十分不悦,一面蹬着靴子,一面抱怨道:"有老爷和他坐着就罢了,回回定要见我!"他说并不想和这些人来往。史湘云则在一旁劝他,你就是不愿意去考举人进士,也该常会会这些为官作宦的,谈谈讲讲些仕途经济。这一下宝玉听了,大觉逆耳,便道:"姑娘请别的屋里坐坐罢,我这里仔细腌臜了你这样知经济的人!"让史湘云下不了台。袭人连忙给湘云打圆场:"上回也是宝姑娘说过一回,他也不管人脸上过不去,搁了一声,拿起脚来就走了。宝姑娘的话也没说完,见他走了,登时羞的脸通红,说不是,不说又不是。"

其二,贾宝玉究竟爱不爱读书?第三回有《西江月》一词:

无故寻愁觅恨,有时似傻如狂。纵然生得好皮囊,腹内原来草莽。潦倒不通庶务,愚顽怕读文章。行为偏僻性乖张,那管世

---

① 米兰·昆德拉著,孟湄译:《小说的艺术》,生活·读书·新知三联书店,1992:42。

人诽谤。

"愚顽怕读文章"是对贾宝玉读书态度的一个总概括。但是曹雪芹说宝玉"怕读文章"也是虚晃一枪,是指"怕"读那些被逼迫而读的"非圣贤之制撰"、被用来"饵名钓禄"的书。邓云乡先生说,贾宝玉不喜欢"读书",但"读书"的含义,在当时有不同的解释。世俗的"读书",是指读为科举考试作准备用的"书",是指《四书》《五经》以及各种"墨卷",即选的有名的八股文、试帖诗等。读的一些书称为"词章",也就是所谓的《选》学。[1]而宝玉读书,薛宝钗甚至说他是"杂学旁收"(第八回),宝玉实际上是读过很多书的,而且博闻强记,黛玉说他是过目成诵(第二十三回)。侯莉女士在《宝玉喊你回家读书》[2]一文中详细列举了贾宝玉所读书目近百种,其中书文类 61 种(部、篇),禁书类若干种(如《西厢记》《牡丹亭》等),诗词类 22 种(人、篇),并且熟读运用。作为一个十三四岁的孩子,书读到这样就难能可贵了!

其三,失败的家教。贾府可以作为家长的人,有没有资格做家长?做得是否称职?首先看宁国府的两个家长。一是贾敬。宁国公孙子,袭了官位。但"如今一味好道,只爱烧丹炼汞,别事一概不管"。"又不肯住在家里,只在都中城外和那些道士们胡羼"。贾敬这么一个老人,一心一意要修道成仙,哪里有心事管家族里的事?这家族教育就不要指望他了。二是其子贾珍。父亲不理家事,官位让他袭了,还推举他担任了贾氏宗族的族长。但是贾珍比他的父亲更不靠谱。冷子兴介绍说:"如今敬老爷不管事了,这珍爷那里干正事?只一味高乐不了,把那宁国府竟翻过来了也没有敢来管他的人。"贾珍在家中也就是一个无法无天的人。什么"爬灰"呀,和儿子

---

[1] 邓云乡:《红楼风俗谭》,中华书局,2015:313。
[2] 《红楼梦学刊》编辑部:《微语红楼:红楼梦学刊微信订阅号选萃(二)》,文化艺术出版社,2018。

贾蓉一起与姨娘鬼混,等等,都能做得出来。可以说,宁国府这边基本上就没有人能够担当起教育后代的责任。贾蓉甚至还恬不知耻地说:"各门另户,谁管谁的事?都够使的了。从古至今,连汉朝和唐朝,人还说脏唐臭汉,何况咱们这种人家!谁家没风流事?"(第六十三回)

　　再看荣国府的家长,大老爷贾赦,袭有荣国公爵位,但他基本上就是一个坏事做尽的人,而且是一个"老色鬼",根本无法承担家庭教育的重任。贾氏家族最有权威的老祖母、老祖宗贾母,她有能力承担家族儿孙的教育责任。第二回冷子兴说:"因史老夫人极爱孙女,都跟在祖母这边一处读书,听得个个不错。"第十八回中说:"只因当日这贾妃未入宫时,自幼系贾母教养。"可见贾母是有一定文化水平的,在家教方面也有一套,最大的成果就是培养出一个皇妃贾元春。但是,贾母对贾府男人们的违法乱纪、胡作非为却毫无是非标准,一味地迁就纵容。贾琏在凤姐生日那天和鲍二家的幽会,被凤姐撞见,告到贾母那里,贾母并没有因此事而指责贾琏,反而却说:"什么要紧的事!小孩子们年轻,馋嘴猫儿似的,那里保的住呢?从小儿人人都打这么过。"(第四十四回)贾赦要娶鸳鸯做小老婆,贾母不同意的原因只是不能娶自己贴身的丫头鸳鸯,其他的要怎么娶也是可以的。贾府的腐朽堕落,与贾母对子孙们的胡作非为完全没有是非标准是分不开的。在对待孙子贾宝玉的态度上,更是溺爱有加,不管是对是错,放任不管就是了。虽然把继承家业的希望寄托在宝玉的身上,但是面对贾宝玉的不堪教育,她也束手无策,拿不出自己的教育方法(第三十三回)。所以,在贾府家族的教育问题上,贾母虽然起到过一定的作用,但这主要是表现在对女孩子的教育上,对男性的教育贾母更多的是起负作用。元春应该是贾府最有思想和方法的教育家。她提出的"不严不能成器,过严恐生不虞"(第十八回)的宽严适度的教育理念到今天也具有指导意义。可惜她过早进宫,除教宝玉读几本书识几千字之外,失去了在贾府施展教育才能的机会。

　　贾政是荣国公之孙,贾代善和贾母的次子。贾府的家庭或家族教育的重任便落到了贾政的头上。在贾府的男人中，真正意义在朝为官的是贾政。以贾政的情况来看，应该是贾府一言九鼎之人，没人能够企及。但是他对子女的教育也是失败的。贾政除对儿子贾宝玉看得紧以外，对家族的其他事情基本上不管。对儿子贾宝玉的教育，时而失去耐心，时而冷嘲热讽，完全是一种无可奈何之状。对儿子不信任，不尊重，呵斥谩骂成常态。突出反映在第十七回"大观园试才题对额"。幸亏宝玉在那个环境下长大，经得起累累打击。最为严重的问题是家庭暴力。下面对此作一点分析：

第三十三回，贾政暴打贾宝玉，把全书的故事推向了高潮。现在我要问一问：宝玉该不该打？从贾宝玉一贯的表现来看，贾政是不满意的。从他一岁"抓周"那天起，贾政就认为这个儿子今后不过是"酒色之徒，因此不甚爱惜"（第二回）。后来贾政更是恨铁不成钢："纵然生得好皮囊，腹内原来草莽。潦倒不通庶务，愚顽怕读文章。"（第三回）从做父亲的角度来看，这样的儿子应该打！到了第三十三回，是一次总爆发，贾政已经忍无可忍了："在外流荡优伶，表赠私物，在家荒疏学业，逼淫母婢。"这是多么严重的问题啊！在家里，公子少爷"逼淫母婢"不成以至其投井自尽，这让贾府这个诗礼簪缨之族哪里还有一点颜面？更为严重的是和优伶蒋玉菡"表赠私物"，宝玉最初还抵赖撒谎，终被腰间的红汗巾坐实。琪官是什么人啊？忠顺王府豢养的优伶，你一个"包衣"出身的官员怎么惹得起？这已经涉及家族的安全了，这些还不值得打吗？我们为人父母者，如果你家的孩子"坏"到了这种程度，你怎么办？是打还是不打？所以贾政要将宝玉"趁今日结果了他的狗命，以绝将来之患"是可以理解的，宝玉的确该打！

但是，挨打对于宝玉来说，也有些冤枉。第一，和琪官往来怎么就错了呢？宝玉的偶像，同时也是贾政非常尊敬的北静王就喜欢琪官，并和琪官有来往哩，那红汗巾子不正是北静王送给琪官的吗！宝玉哪里知道忠顺王爷也豢养着琪官呢！这官场政治上的明争暗斗对于青春期的贾宝玉，哪里搞得懂！第二，挨打的第二个原因"逼淫母婢"更加冤枉。结合接待忠顺王府长官咄咄逼人的场景，贾政已经"气的目瞪口歪"，缺少了理智，以至于贾环在这个时候绘声绘色地进谗言诬陷，火上浇油，贾政也来不及调查分析，立刻就相信贾环说的是真有其事。第三，挨打之后，宝玉对来看他的黛玉说："我便为这些人死了，也是情愿的。"（第三十四回）宝玉当时并没有怀疑引起这次挨打的原因和琪官有关。但是他万万不可能想到的是，这里还有被弟弟贾环构陷"逼淫母婢"的原因。所以宝玉说情愿为那些人死，当然是指琪官这类人，他相信琪官是好人，"为这些人死"，他是"情愿的"。这一点也可以理解为：这正是宝玉处于青春期的叛逆性反应。其实，贾政对宝玉一通暴打之后，也是后悔不迭，几次"泪如雨下""看着宝玉，果然打重了""自悔不该下毒手打到如此地步"。陈鹤琴教授说："做父母的因为逞一时之怒，所以去毒打他们的小孩子，但是究竟骨肉情深，事后追思，没有一个不懊悔的。既要懊悔，何必当初呢？所以做父母的，与其追悔于后，不若慎重于始。"①

写到这里，我想说一句，当我们一时冲动要打孩子的时候，能否做到冷静一下，坐下来听听孩子的诉说呢？封建社会贾政一类的家长恐怕从来就没有倾听的习惯，那么现代社会的父亲们则应吸取教训啊！

其四，教育目标的迷惘。

我们认为，教育是《红楼梦》的一大主题。曹雪芹在书中对封建教育提出了批判，也勾画了大观园一个理想教育的蓝图。但是，作者究竟要把贾宝玉培养成一个什么样的人？既然不赞成贾宝玉走仕途经济之道，那作家心中的教育目标究竟是什么呢？我感觉他是迷惘的，最后只好让他悬崖撒手，去做和尚。在第二回，贾雨村和冷子兴讨论贾宝玉的时候，极为推崇这一类人：

使男女偶秉此气而生者，在上则不能成仁人君子，下亦不能

---

① 陈鹤琴：《家庭教育》，华东师范大学出版社，2013：113。

为大凶大恶。置之于万万人之中，其聪俊灵秀之气，则在万万人之上；其乖僻邪谬不近人情之态，又在万万人之下。若生于公侯富贵之家，则为情痴情种；若生于诗书清贫之族，则为逸士高人；纵再偶生于薄祚寒门，断不能为走卒健仆，遂遭庸人驱制驾驭，必为奇优名倡。

如果按照上述逻辑对号入座，《红楼梦》的主人公贾宝玉则是"生于公侯富贵之家，则为情痴情种"的一类人物。在此后又列举了一系列文学家和艺术家的名字。既如此，那曹雪芹为什么又在书的开头忏悔自己"风尘碌碌，一事无成"呢？忏悔自己当初"背父兄教育之恩，负师友规劝之德，以至今日一技无成，半身潦倒"呢？为什么又惋惜"无才补天"呢？可见作者的心里是非常矛盾的。那么，作者又把贾宝玉引向了何方呢？也就是说，贾宝玉最终的目的在哪里？第五回红楼梦曲《飞鸟各投林》：

为官的家业凋零，富贵的金银散尽。有恩的死里逃生，无情的分明报应。欠命的命已还，欠泪的泪已尽：冤冤相报自非轻，分离聚合皆前定。欲知命短问前生，老来富贵也真侥幸。看破的遁入空门，痴迷的枉送了性命。好一似食尽鸟投林，落了片白茫茫大地真干净！

虽然说《红楼梦》后四十回不是曹雪芹所著，但是高鹗、程伟元所作的结尾，还是体现了曹雪芹的原意，写出了贾宝玉的出走逃亡，非常唯美精彩：

贾政抬头忽见船头上微微的雪影里面一个人，光着头，赤着脚，身上披着一领大红猩猩毡的斗篷，向贾政倒身下拜。贾政尚未认清，急忙出船，欲待扶住问他是谁。那人已拜了四拜，站起来打了个问讯。贾政才要还揖，迎面一看，不是别人，却是宝玉。贾政大吃一惊，忙问道："可是宝玉么？"那人只不言语，似喜似悲。贾政又问道:"你若是宝玉,如何这样打扮,跑到这里?"宝玉未及回言,只见舡头上来了两人,一僧一道,夹住宝玉道:"俗缘已毕,还不快走。"说着,三个人飘然登岸而去。

七、学习红楼诗词,提升人文素质

诗是什么?诗是风雨,诗是雷电;诗是大海的波涛,诗是山涧的溪流;诗是生命的呼喊,诗是文明的灵魂。《红楼梦》的作者曹雪芹不但是一个伟大的小说家,而且是一位伟大的诗人。《红楼梦》自传世以来,人们不但对书中的人物喜爱有加,而且对书中的诗词也行吟坐咏,百诵不厌。《红楼梦》中的诗词韵文有二百多首(篇),除了呈现红楼人物单个创作的诗作之外,还多次写了众多人物一起吟诗创作的宏大场面,全书从头到尾都洋溢着浓郁的诗情画意。自有"红学"以来,《红楼梦》里的诗词不仅被人们反复吟咏,而且出现了一些解读《红楼梦》诗词的大学问家。

(一)旧体诗词创作的范本

我国传统的旧诗分为古诗、律诗和绝句三大类,三类中分别又包括有乐府诗。王力先生在《诗词格律》[①]一书中把律诗分为古体诗和近体诗。前

---

① 王力:《诗词格律》,中华书局,2019:19。

者也称为古诗或古风;后者又称今体诗。从字数上看,有四言、五言和七言,唐以后四言诗很少。汉代产生的歌词,因为配乐而称"乐府",也称"曲""词""歌""行"。唐代出现新配音乐的歌词,就称为"词","词"而盛行于宋代。由此,"词"从歌辞之词发展到诗化之词[①],其表现内容也从悲郁缠绵过渡到慷慨激昂,除了形式的要眇宜修之外,在表现内容、情感抒发上和"诗"并无多大差别,所以陈振寰先生说"词"是一种诗体,是诗的一种,只不过每一首词都属于一定的词调,每个词调都有相对固定的格式而已[②]。如果要学习填词的话,则应多记词牌。

据统计,《红楼梦》中收录有213条诗词韵文,其中包括诗、词、曲、赋、令、对联、灯谜、匾额等;收录有238条名句俗谚,包括名句警句、俗语谚语、民谣等[③]。就其中诗词创作的形式而言,包括古体诗、近体诗、绝句、五言、七言等;从诗的内容看,有咏怀、咏物、怀古、即事、即景、应制、谜语等;就诗的创作方法看,有的限韵,有的限题,有的限时,等等。第三十七回在大观园众人齐作的《咏白海棠》诗六首,具备七言律诗的各种元素和规范,在用韵上,限"十三元"韵,并限"盆""魂""痕""昏"四字作韵脚。后来作菊花诗,虽没限韵,但却限题,共拟题十二首,由作者自选创作。全书中林黛玉作过的三首长诗《葬花吟》《秋窗风雨夕》《桃花行》和贾宝玉作的《姽婳词》都属于七言歌行。第五十回芦雪广即景联诗,为五言排律,限"二萧"韵,对仗工整,自然一气。在大观园中,诗词的学习与创作很自由,很前卫。从第四十八回"慕雅女雅集苦吟诗",可以看出香菱是一个学诗的榜样。当老师的林黛玉指出了写诗的奥秘:有好的立意,什么对仗啊,押韵啊,都可以不管,只要立意好,意趣真,即便词句不加修饰也是可以的。薛宝钗也认为"只要立意清新,自然措词就不

[①] 叶嘉莹:《古诗词课》,生活·读书·新知三联书店,2018:8。
[②] 陈振寰:《读词常识》,上海古籍出版社,1982:1。
[③] 根据《红楼梦鉴赏词典》(上海古籍出版社,1988)统计。

俗了。"也就是说，学写诗词，虽然需要掌握诗词创作的基本规律，但也不必受这些规定的限制，否则就会扼杀创新。这对今天学写旧诗的我们是一个提醒。

（二）《红楼梦》诗词的艺术特点

在小说的行文中插入诗词，是中国古典小说叙事修辞的一大特点，比如《三国演义》，全书插入诗词韵文344首[1]。但古典小说中的诗词除了作者"有诗为证"之类的叙述概括之外，其诗词作品是游离于小说之外的，还有很多属于插入的古人诗词。《红楼梦》则不同。评论家李劼说：如果抽掉《红楼梦》中的所有韵文部分，那么小说的叙事就会变得残破不堪。韵文之于叙事的这种整体性，也许是《红楼梦》的又一独特之处。"这不仅在西方文学史上，即便在中国文学史上也是独一无二的。"[2]《三国演义》中也有曹操横槊赋诗的场景，但曹操是真实的历史人物，所赋《短歌行》也是历史人物本来就有的作品，并非罗贯中创作。《红楼梦》中的诗词不是作家为自己而写，而是作家为小说中性格各异的人物而写。这正是曹雪芹的伟大之处，也是小说家的过人之处。大观园的姐妹们美丽聪明、气质高雅，其诗文素养与个性特质各有不同，她们在小说中呈现出来的诗词就如同小说家为她们量身定制的一样，即便不加署名，也知道是谁的作品。薛宝钗恪守礼教、城府深沉，所以她写的诗含蓄浑厚、积极向上。林黛玉孤高自许、多愁善感，其诗也清逸脱俗、风流别致。史湘云性格大度、潇洒风流，其诗则格调清新、豪放不羁。从海棠诗社与菊花诗社的吟咏中可以读出她们各自的风格。第七十回，林黛玉作了一首《桃花行》，薛宝琴谎称是自己所写，这如何骗得了贾宝玉，他马上掰谎："我不信。这声调口气，迥乎不

---

[1] 见何东《三国演义中诗词运用的艺术》中国知网延边大学硕士学位论文。
[2] 李劼：《历史文化的全息图像——论红楼梦》，广西师范大学出版社，2016：88。

像。"也是第七十回，黛玉和宝钗两个人填写的《咏柳絮》，其词的风格与其人的性格就更加贴切了：

林黛玉：《唐多令》

粉堕百花洲，香残燕子楼。一团团逐队成球。漂泊亦如人命薄，空缱绻，说风流。草木也知愁，韶华竟白头。叹今生谁舍谁收。嫁与东风春不管，凭尔去，忍淹留？

薛宝钗：《临江仙》

白玉堂前春解舞，东风卷得均匀。蜂围蝶阵乱纷纷：几曾随逝水？岂必委芳尘？万缕千丝终不改，任他随聚随分。韶华休笑本无根：好风凭借力，送我上青云。

《红楼梦》中的诗词和故事情节融为一体，把小说语言的表达效果提高到了一个新高度。第二十六回，林黛玉去怡红院，被晴雯无意中关在门外而生误会，便在露冷风寒之中，立于墙角花荫之下，悲悲切切地哭起来。这里有一首回末诗，让读者也强烈地感受到了林黛玉的孤苦伶仃："颦儿才貌世应稀，独抱幽芳出绣闺。呜咽一声犹未了，落花满地鸟惊飞。"林黛玉是诗性人物，她通过诗来宣泄她的情感，支撑她的生命。她不仅在大观园公共场合和姊妹们吟诗联句，也在私人空间通过吟诗抒发感情。第二十七回，芒种节时黛玉感到"众花皆卸，花神退位"，联想到自己的处境，便吟成了长诗《葬花吟》，为已经谢去的飞花惋惜，更为自己的命运悲叹！"一年三百六十日，风刀霜剑严相逼""质本洁来还洁去，强于污淖陷渠沟""一朝春尽红颜老，花落人亡两不知"。第三十四回，贾宝玉挨打之后给黛玉送去两方旧手帕，黛玉满怀激情随即在帕上题下三首七言绝句，把一腔痴情贯注其中：

一

眼空蓄泪泪空垂，暗洒闲抛却为谁？
尽幅鲛绡劳解赠，叫人焉得不伤悲！

二

抛珠滚玉只偷潸，镇日无心镇日闲。
枕上袖边难拂拭，任他点点与斑斑。

三

彩线难收面上珠，湘江旧迹已模糊。
窗前亦有千竿竹，不识香痕渍也无？

按照律诗格式加以铺排而延长创作的联句称为排律，始于《诗经》，盛于中唐[1]。《红楼梦》对排律的运用达到了无与伦比的高度，在中国小说史上独树一帜。第五十回"芦雪广争联即景诗"，大观园众多姊妹与贾宝玉十二人同框出现，争联五言律三十五韵，可谓气势磅礴，精彩纷呈。第七十六回"凹晶馆黛玉和湘云联诗"，也是五言排律，凄凉悲戚，雅趣天成。后来妙玉参与联句，也是三十五韵，其中"寒塘渡鹤影，冷月葬花魂"成为二百多年来的经典名句。如果说第五十回的众人联句反映的是贾府家族鼎盛时期盛况，那么，第七十六回的联句则是映射贾府家族走向没落的衰退景象。

《红楼梦》中暗示人物未来命运的谶语诗是另外一大特点，不胜枚举。第五回太虚幻境的"金陵十二钗"判词和《红楼梦》十二支曲，是理解红楼人物结局的钥匙。灯谜诗充满着眩视惑听、一语成谶的暗示，丰富了小说的趣味性和可读性，是红楼诗词的又一个特点。第二十二回，贾母号召

---

[1] 欧丽娟：《诗论红楼梦》，北京大学出版社，2020：70-71。

姊妹们制作灯谜诗,从元妃开始。大家写出来的诗大都隐含着各人自己后来的遭遇,贾政读这些灯谜诗,知道谜底都是不祥之物之后,忽然心呈悲戚之状,这种情绪也立刻会感染到读者,顿生一种同情。第五十一回,薛宝琴一口气作了十首《怀古诗》,追怀往事,暗隐俗物,书中并没留下谜底,让读者至今都在猜测,不仅增加了阅读的意趣,还影射了红楼人物的命运和结局。

曹雪芹虽然在《红楼梦》的开头就申明,说本书不过是"大旨谈情""实录其事""毫不干涉时事""亦非伤时骂世",但在红楼诗词之中,却仍有借题讽喻之作。第一回就说"无才可去补苍天",那"苍天"不是有"窟窿"才需要去"补"吗?第三十八回,薛宝钗的一首《螃蟹咏》:"桂霭桐阴坐举觞,长安涎口盼重阳。眼前道路无经纬,皮里春秋空黑黄。"众人看了,都认为"是食蟹的绝唱!这些小题目,原要寓大意思,才算是大才。只是讽刺世人太毒了些"。第七十八回,贾宝玉的一首《姽婳词》,表面上是颂扬皇帝,实质上是指桑骂槐:"天子惊慌愁失守,此时文武皆垂首。何事文武立朝纲,不及闺中林四娘?我为四娘长叹息,歌成馀意尚彷徨!"红学家蔡义江先生说:"如果不是借作诗为名,敢于这样直接干涉时世、讥讽朝廷吗?"[①]

(三)《红楼梦》诗词的创作思想

脂砚斋在甲戌本有一夹批:"余谓雪芹撰此书中,亦有传诗之意。"既有传诗之意,就有作诗的指导思想。支撑曹雪芹诗词创作的思想是通过《红楼梦》书中人物来实现的,主要是这三个人:薛宝钗、林黛玉和贾宝玉。

第一,写诗最重要的是立意清新,至于押韵、对仗等都是次要的。反对在写诗过程中卖弄技巧。这个观点,林黛玉在第四十八回教香菱学诗的

---

① 蔡义江:《红楼梦诗词曲赋全解》,复旦大学出版社,2014:2。

时候说过。第三十七回,在拟菊花诗题的时候,薛宝钗对史湘云说:"若题目过于新巧,韵过于险,再不得有好诗,倒是小家子气。诗固然怕说熟话,更不可过于求生,头一件只要立意清新,自然措词就不俗了。"宝钗还说"我平生最不喜限韵,分明有好诗,何苦为韵所缚?咱们别学那小家派,只出题不拘韵。原为大家偶然得了好句取乐,并不为此而难人。"这种创作观点,唐代的大诗人王昌龄也曾说过:"诗意高谓之格高,意下谓之格下。"[①]

第二,薛宝钗在为菊花诗拟定规则的时候,提出了一个新的概念:只有以人为主,才能不落俗套,不拾人牙慧。也是在第三十七回,她说:咏菊花很合景观,就是前人写得太多了。湘云说:"我也这么想,恐怕落套。"宝钗想了一想,说道:"有了,如今以菊花为宾,以人为主,竟拟出几个题目来,都要两个字:一个虚字,一个实字。实字便用菊字,虚字便用人事双关的。如此又是咏菊,又是赋诗,前人虽有这么做的,也不很落套。赋景咏物两关着,也倒新鲜大方。"

第三,发挥想象写诗。诗人在咏物的时候,并非要看到实物之后,或者非要亲历现场后才能写。在第三十七回,探春发起倡议建立海棠诗社。当她们决定以白海棠为题开第一社时,迎春提出异议:"花还未赏,先倒作诗。"薛宝钗说:"不过是白海棠,何必定要见了才作?古人的诗赋,也不过都是寄兴写情;若都要等见了作,如今也没有这些诗了。"第四十八回,宝钗在点评香菱《咏月色》诗时说:"原来诗就从胡说来。"贾政在第七十八回对宝玉有一段评价,实际上是对诗词创作"无风作有""胡板乱扯"的肯定:

> 那宝玉虽不算是个读书人,然亏他天性聪敏,且素喜好些杂书,他自为古人中也有杜撰的,也有误失之处,拘较不得许多;若

[①] 王昌龄:《诗中密旨》,见鲁德俊编著《什么是诗:古今中外诗论集萃》,中国书籍出版社,2014:98。

只管怕前怕后起来，纵堆砌成一篇，也觉得甚无趣味。因心里怀着这个念头，每见一题，不拘难易，他便毫无费力之处，就如世上流嘴滑舌之人，无风作有，信着伶口俐舌，长篇大论，胡扳乱扯，敷演出一篇话来。虽无稽考，却都说得四座春风。虽有正言厉语之人，亦不得压倒这一种风流去。

需要区别的是，虽然写诗可以发挥想象，"从胡说中来"，但是却要求一个"真"字——真实的情感，真实的情景。第二十三回，贾宝玉搬进大观园，心满意足，十分高兴，写了一组《四时即事》诗。作家在叙述中说："虽不算好，却是真情真景。"

第四，对于前人已经写过的题材，只有善翻古意，推陈出新，才能别开生面。第六十四回，黛玉感慨古代才貌双全的女子，其终身遭际令人可羡可悲可叹，因而作了五首诗，从崭新的角度来写这些美人的命运。宝玉命名为《五美吟》。宝钗看了这五首诗后，对黛玉的诗作了一番评论，非常到位："作诗不论何题，只要善翻古人之意。若要随人脚踪走去，纵使字句精工，已落第二义，究竟算不得好诗。即如前人所咏昭君之诗甚多，有悲挽昭君的，有怨恨昭君的，又有讥汉帝不能使画工图貌贤臣而画美人的，纷纷不一。后来王荆公复有'意态由来画不成，当时枉杀毛延寿'；永叔有'耳目所见尚如此，万里安能制夷狄'。二诗俱能各出已见，不与人同。今日林妹妹这五首诗，亦可谓命意新奇，别开生面了。"

第五，作诗要有大量的阅读和积累。第四十八回黛玉教香菱写诗时说：

> 你只听我说，你若真心要学，我这里有《王摩诘全集》，你且把他的五言律读一百首，细心揣摩透熟了，然后再读一二百首老杜的七言律，次之再李青莲的七言绝句读一二百首。肚子里先有了这三个人做底子，然后再把陶渊明、应玚、谢、阮、庾、鲍等人的一看，你又是这样一个极聪明伶俐的人，不用一年工夫，不愁不是诗翁了。

黛玉认为，什么押韵啊格律啊对仗啊都不是重要的，而是要香菱大量地阅读。那么，读哪些人的诗呢？黛玉开了一个名单，有重点，有普及。同时指出读诗要分层次，前人写的诗太多了，初学诗者不可乱读类似"重帘不卷留香久，古砚微凹聚墨多"这样浅近直白的诗。黛玉强调，首先要读三个人的诗打底子，一是王维的五言律诗一百首；二是杜甫的七言律诗一二百首；三是李白的七言绝句一二百首。这三个人的诗加起来，就是三百首以上了。所谓"熟读唐诗三百首，不会作诗也会吟"，然后再读其他人的诗，包括陶渊明、应玚、谢灵运、阮籍、庾信、鲍照等。读前面三个人的诗是打底子，再读陶渊明等人的诗则是开阔视野，熟悉风格，融会贯通，灵活运用。

第六，学诗是业余爱好，用现在的话说，是文化底蕴，而不能作为谋生的职业。第四十九回，香菱满心满意地学诗，却遭到宝钗的批评："我实在聒噪的受不了。一个女孩儿家，只管拿着诗作正经事讲起来，叫有学问的人听了，反笑话说不守本分的。""痴痴颠颠，那里还像个女儿家呢！"在《红楼梦》中，薛宝钗是一个忠实于"正统"思想的代表人物。按照理学家的观点，女孩子本没有必要读书，学诗就是更加不务正业了。宝钗强调说："其余诗词，不过是闺中游戏。"（第六十四回）事实上，我们中国历代有成就的诗人都只是把诗作为业余爱好，很少有以诗为生或以文为生的，即便是诗仙李白也朝思暮想去朝廷谋个一官半职。宝钗论诗的观点，无疑是曹雪芹的观点。但就女孩子作诗"不守本分"这一点而言，当另作别论，应该理解是作者为薛宝钗这个特定人物而设计的语境。

叶嘉莹先生在《中国古诗词的性质》一文中说："我们作为一个现代人，虽然不一定要再学习写作旧诗，但是如果学会欣赏诗歌，则对于提升我们的性情品质，实在可以起到相当的作用。"[1]我们读《红楼梦》里的诗词，无疑也能够起到这种提升我们的人文素养和"性情品质"的作用！

---

[1] 叶嘉莹：《古诗词课》，生活·读书·新知三联书店，2018：8。

八、品读红楼楹联,承继文化传统

楹联产生于五代时期的桃符,自宋代开始悬挂、张贴于建筑物的门楣、楹柱之上或室内堂中壁上,因而称"楹联"。楹联也称对联。楹联和对联的区别在于,对联是书面上的联语,不用书法的形式表现。楹联则是以书法艺术为表现形态。元明时期,虽然创作楹联的作者渐渐增多,但是并没有多少好作品留传下来。至清代康乾时期,由于统治者的大力提倡和身体力行,楹联这一文学形式开始繁荣起来,并一直延续到今天,成为中华传统文化艺术宝库中一颗璀璨的明珠。读《红楼梦》里的诗词,能让我们领略全书洋溢的诗情画意,而读《红楼梦》里的楹联,则可让我们在诗情画意中触摸到与《红楼梦》成书时代共贯同条的文化脉络。

《红楼梦》产生于"烈火烹油,鲜花着锦"的康乾盛世,也是我国封建社会由盛到衰的鼎盛时代。活跃在乾嘉时期的政治家、文学家梁章钜在其著作《楹联丛话》"自序"中说:"我朝圣学相嬗,念典日新,凡殿廷庙宇之间,各有御联悬挂。恭值翠华临莅,辄荷宸题;宠锡臣工,屡承吉语。天章稠叠，不啻云烂星陈。"①可见楹联在当时的确发展到了一个高峰。楹联作为这一时代显性的文化元素，便自然而然地充分反映在曹雪芹的《红楼梦》中。

《红楼梦》楹联一共51幅，前八十回36幅，后四十回15幅。梁先生《楹联丛话》把楹联分为应制、庙祀、廨宇、胜迹、格言、挽词、集句等类型。《红楼梦》中的楹联，按其用途来分，主要是两类：一类是不挂在楹柱或门楣、堂壁上的对联。对联是传统章回体话本小说中常用的形式，如"回末联""回前联"，还有作者在书中直抒胸臆的评论联、感叹联，对阅读者起提示、总结和感叹作用。这类联《红楼梦》全书共有16幅。另一类我称之为实用联或悬挂联，有20幅，即悬挂、镌刻、张贴在建筑物楹柱、门楣、房屋大门两旁和室内堂壁上悬挂的对联，这一类联往往与匾额相配，或称横批。横批有的是建筑物名称，有的则是名家或书法家题写的匾额。梁先生所说的应制联、庙祀联、廨宇联和胜迹联，都属于此。红楼楹联中没有挽联和寿联，也无集句联。需要说明的是，后四十回不是曹雪芹原著，其楹联的思想倾向和艺术水平也不在一个层面上，因而本文不作分析。

（一）回末联和感叹联

这一类联是传统小说常用的形式。很多章回体小说的回目，包括《红楼梦》的回目，就是一副对联。《红楼梦》的回目全部用的是八字联。而《红楼梦》中的这样一类对联，在艺术表现和修辞效果上远胜于其他古代文学作品。这一类联有的是作者为书中人物所撰，如贾雨村苦于生不逢时，抱负难展，仰天长叹而吟诵的一联：

> 玉在椟中求善价，钗于奁内待时飞。（第一回）

有的是作者面对故事情节而发出的感叹，如第六回写凤姐资助刘姥姥

---

① ［清］梁章钜：《楹联丛话》，凤凰出版社，2016：5。

二十两银子，伏线千里，为后来刘姥姥援救巧姐埋下伏笔，所以在这一回的回末，作者直书一联：

　　得意浓时易接济，受恩深处胜亲朋。

第七回写贾宝玉邀秦钟到贾府家塾读书，后来引发顽童大闹学堂，作者也直接撰联，评述贾府的教育已经走向没落：

　　不因俊俏难为友，正为风流始读书。

有的是作者对书中人物赞叹有加，用对联点明主题，如第十三回一联，虽然是赞叹凤姐协理宁国府，但实际上暗示贾府后继无人，走向败落：

　　金紫万千谁治国，裙钗一二可齐家。

有的则是作者被小说的场面气势和情节生动所感动，直接发表自己的评论，如第十八回，元妃命将大观园"天仙宝境"四个大字换成"省亲别墅"四字后，作者感叹大观园的雄伟气势而在回末撰一联：

　　金门玉户神仙府，桂殿兰宫妃子家。

有的是作者对书中故事直接发表评论，第二十一回，贾琏因女儿巧姐出疹子而在外面过了十二天回家，王熙凤检查贾琏行李，平儿则为贾琏在外的风流事进行遮掩。此处回末有一联：

　　淑女从来多抱怨，娇妻自古便含酸。

（二）实用类联

采用梁章钜先生的分法，将 20 幅实用联分为三种类型：

1. 廨宇联

所谓"廨宇"，是指官僚所住舍馆。这类联在内容上多为应制颂圣，或为祖先歌功颂德；也有的联呈现日常生活中的格言警句。我按楹联所挂地方的不同将此分在四个板块：

第一板块，荣宁两府大院中的楹联。共有 5 处，有一种威风凛凛，气势森森之感，让人看到后即对贾府顿生敬意。

（1）第三回，林黛玉初进荣国府，正内室大堂上挂着赤金九龙青地大匾，斗大三个字"荣禧堂"，两边是一副对联，乌木联牌镶着錾金字迹：

座上珠玑昭日月，堂前黼黻焕烟霞。

这一联的意思是，大堂上在座的人所佩戴的珠玉，其光彩与日月争辉。这是对贾府的颂扬：荣国府是如此豪华。堂前人穿戴的服饰，其色泽犹如云霞绚烂，也是颂扬荣国府的地位显贵。"珠玑"是玉石珠宝，又喻诗文精彩。"黼黻"是古代高官礼服上所绣花纹。楹联落款是："同乡世教弟勋袭东安郡王穆莳拜手书"。东安郡王穆莳和贾府有两代以上交谊。教弟是谦称。

（2）第五回，贾宝玉在宁国府上房堂壁看到一联：

世事洞明皆学问，人情练达即文章。

这一联是当时人们日常生活中的格言警句，即便在当代也具有意义。但是贾宝玉是一个反世俗的叛逆形象，一见此联就十分反感。

（3）第五十三回，宁府西边另一个院子，黑油栅栏内五间大门，上面悬一匾，写着"贾氏宗祠"四个字，旁书"衍圣公孔继宗书"。两边有一副长联：

肝脑涂地，兆姓赖保育之恩；
功名贯天，百代仰蒸尝之盛。

"贾氏宗祠"匾额落款中的"衍圣公"，是对孔子后裔所加的封号，从北宋仁宗开始，此后历朝沿袭。清朝定都北京后，采取了一系列尊孔措施。顺治元年，袭封孔子第六十五世孙孔允植为"衍圣公"。此处书者"孔继宗"

是一个虚拟的名字。这一联的意思是感谢皇恩万死不辞而效忠,天下百姓依赖保护养育的恩德;贾氏先祖功名满天下,人们千秋万代都仰慕其祭祀的盛况。"兆姓"指亿万百姓。"蒸尝"指祭祀。落款为:"特晋爵太傅前翰林掌院事王希献书"。

(4)贾府宗祠院内,抱厦前面悬挂一块九龙金匾,书"星辉辅弼",乃先皇御笔。两边一副对联:

勋业有光昭日月,功名无间及儿孙。

"辅弼"意为皇帝股肱大臣。金匾喻宁荣二公如星辰辉耀,拱卫北极,辅佐帝王。这一联赞扬贾氏先祖其功勋业绩使日月增光,功名恩泽延续儿孙。

(5)五间正殿前,悬一块闹龙填青匾,书"慎终追远"四字。两边一副对联:

已后儿孙承福德,至今黎庶念宁荣。

"慎终追远"是指谨慎从事,追念前贤。这一联的意思是:子孙承蒙先祖的福德恩泽,百姓至今还怀念着宁荣二公。

在上述匾、联中,荣国府"荣禧堂",有皇帝题款"某年月日,书赐荣国公贾源",并钤有皇帝的印玺"万几宸翰之宝"。楹联书写者是东安郡王穆莳。第(4)、第(5)匾、联都是先皇御笔亲书。得到皇帝如此重视,可以想象贾氏兄弟的丰功伟绩,充分昭显了贾府这个诗礼簪缨之族的显赫地位。

第二板块,太虚幻境廨宁联(第五回)。太虚幻境是作者虚拟的一处神仙所住的场所,有四副楹联,仿佛把读者也跟宝玉一起带到了太虚幻境虚无缥缈的仙境。

(1)贾宝玉在梦中,忽见前面有一座石牌坊,上书"太虚幻境"四大字,牌坊两边一副对联:

假作真时真亦假,无为有处有还无。

（2）转过牌坊是一座宫门，上面门上横匾书着四个大字，"孽海情天"。宫门两边也有一副对联：

> 厚地高天，堪叹古今情不尽；
> 痴男怨女，可怜风月债难酬。

（3）在"孽海情天"宫内，有一处叫"薄命司"，有一联：

> 春恨秋悲皆自惹，花容月貌为谁妍。

（4）又一处叫仙宫房，房内一联：

> 幽微灵秀地，无可奈何天。

这四副楹联，概括了"太虚幻境"所要表达的主要内容，和后文所写"金陵十二钗"以及《红楼梦》十二支曲相呼应，预示了贾府家族的衰落和众多女子的悲剧结局。

第三板块，元妃为大观园正殿题一联：元妃命笔砚伺候，亲拂罗笺，题大观园正殿匾额"顾恩思义"（第十八回），对联：

> 天地启宏慈，赤子苍头同感戴；
> 古今垂旷典，九州万国被恩荣。

这一匾一联，称颂皇恩浩荡，不忘君臣之义。皇帝慈爱天高地厚，百姓感恩戴德；皇上恩典古今罕有，普天之下都得到了恩惠荣耀。颂圣在大观园正殿一副楹联中得到充分体现。

第四板块，贾府个人房舍楹联两副。看到楹联，你便可以领悟到房子主人的品格。

（1）第五回，秦可卿卧室有唐伯虎画的《海棠春睡图》，两边有宋学士秦太虚写的一副对联：

嫩寒锁梦因春冷，芳气袭人是酒香。

书上说，此联由宋学士秦太虚所写。太虚即北宋词人秦观。但历史上，秦太虚并没有撰过此联，属作者虚构。

（2）大观园内贾探春住处秋爽斋房内，西墙上正中间挂着一大幅米襄阳《烟雨图》。左右挂着一副对联，乃是颜鲁公墨迹。其联云：

烟霞闲骨格，泉石野生涯。

此联大意是：自由自在地生活在天然之境。"闲"即自由，"野"为天然。"烟霞"象征自然，"泉石"象征品格。"颜鲁公墨迹"象征正雅，但此"颜鲁公墨迹"也是虚构的。

2. 胜迹类

胜迹类联即风景名胜联，主要集中在大观园（第十七回、十八回）。大观园是人造园林，如果仅仅只有绿树花影、流水园田和楼宇亭榭，那么，这样的园林就毫无生气，没有灵魂，正如贾政说得那样，"若大景致，若干亭榭，无字标题，任是花柳山水，也断不能生色"。所以，曹雪芹对于大观园匾额与楹联的题撰非常重视，在第十七回、十八回，花了很大的篇幅来描写楹联与匾额的题写。

大观园胜迹类楹联共有 7 处，其中 4 联为贾宝玉撰，藕香榭一联并没说明谁是作者。

（1）沁芳亭：

绕堤柳借三篙翠，隔岸花分一脉香。

贾宝玉为沁芳桥上之沁芳亭所题的楹联。柳堤翠色，隔岸飞花，一脉清流，但闻芳香。

（2）有凤来仪：

宝鼎茶闲烟尚绿，幽窗棋罢指犹凉。

有凤来仪后改作"潇湘馆"。宝玉题联时,看到"前面一带粉垣,里面数楹修舍,有千百竿翠竹遮映",忽然想到炉边烹茶、幽窗弈棋的意境,便有此联。

(3)稻香村:

> 新绿涨添浣葛处,好云香护采芹人。

书上有一段对稻香村的描写:"一带黄泥筑就矮墙,墙头皆用稻茎掩护。有几百株杏花,如喷火蒸霞一般。"篱门路旁有一碣石,供留题之用。对此,宝玉借用《诗经》中的句子:"薄浣我衣"(《周南·葛覃》),"思乐泮水,薄采其芹"(《便颂·泮水》),暗颂元妃妇德,爱护自己。

(4)蘅芷清芬:

> 吟成豆蔻才犹艳,睡足荼蘼梦亦香。

宝玉为蘅芜院题的匾额与楹联。唐代杜牧诗云"娉娉袅袅十三余,豆蔻梢头二月初",此联便是借用此诗,说只有吟成像杜牧的豆蔻诗那样才更优秀,睡在春末的花气中也感觉到梦香。

(5)藕香榭:

> 芙蓉影破归兰桨,菱藕香深泻竹桥。

芙蓉之影,菱藕之香,水动兰桨,深流竹桥,一派水乡秋色,楼台水榭与园林大观浑然一体。

(6)另有跟随贾政一行到大观园的清客,在蘅芷清芬处拟两联,只可惜没有被采纳:

> 麝兰芳霭斜阳院,杜若香飘明月洲。
> 三径香风飘玉蕙,一庭明月照金兰。

学习掌握楹联知识,欣赏与创作楹联,需要掌握基本的格律要求。楹联的格律，有平仄、词性、语法修辞以及书写张贴的格式与规律，其核心是对仗与声律。此外，因为楹联是用毛笔书写的文字艺术品，所以还应该具备欣赏书法艺术的基本素质。贾探春秋爽斋房内的对联就说是唐代书法大家颜真卿的墨迹。《红楼梦》中大量的诗词韵文，对于我们也许并不重要，但是借阅读《红楼梦》的机会，学习掌握一点诗词韵文知识，对提高我们的楹联欣赏与创作水平、提高我们的人文素质是大有裨益的，特别是楹联在当代具有较大的实用价值。比如，旅行浏览已经成为我们当前的一种生活方式。当我们走进一座城市、一所宾馆、一处名胜景点的时候，都能看到装饰精美的楹联与匾额。同时，楹联里面隐含的历史典故、好词好句，楹联创作中的修辞表达、意象情景，都会让我们陶醉其中。再如，今天的楹联文化已经深入平民百姓的生活之中。婚丧喜事、佳节庆典，都离不开楹联营造的文化氛围。在工作中，单位的会议布置、娱乐联欢、开张庆典等活动，也常常会请文化名家题匾撰联，请书法名家挥毫泼墨，以此来彰显企业的繁荣面貌和文化价值。

九、红楼书法，书以载道

《红楼梦》是古典小说，是叙事文学作品，不是书法作品集，不是碑帖，不是呈现出来的、能够让我们直观欣赏到的书法作品。那么，我又为什么要用这个标题，谈论《红楼梦》里的书法呢？这是因为，《红楼梦》在小说的叙事过程中，让传统的书法承载了丰富的文化意义。

（一）浓厚的书法氛围

书法在《红楼梦》中呈现的方式，首先是创造书法的场景和氛围。在第一回，就有落魄书生贾雨村寄居葫芦庙"每日卖字作文为生"的叙述，可知书法自古以来可以作为谋生的手段。在第二十三回，贾宝玉和姑娘小姐们搬进大观园之前，贾政就叮嘱宝玉要坚持读书写字："娘娘吩咐，说你日日外头嬉戏，渐次疏懒，如今叫禁管，同你姊妹在园里读书写字。"这里告诉我们，即便是贾宝玉这样天资聪明的少年，也是要每日练习写字的。第六十五回，贾琏的小厮兴儿告诉尤二姐说，王夫人把在大观园住的宝玉和姑娘们都交给寡嫂李纨，主要是管他们"看书写字，学针线，学道理"。可见写字是宝玉和姑娘们的主要任务。毛笔字是中国古代文人进行交流的工具,也是莘莘学子科举考场上的应试功夫,只有字写得好,才有可能被主考官另眼青睐,否则是要减分的!所以作家在书中多次交代贾宝玉每天都练习写字。第二十五回,宝玉中了马道婆的魇魔法之后,贾母就骂贾政:逼宝玉念书写字,把胆子都唬破了。贾政在检查宝玉功课的同时,必须检查写字,可见读书和写字是一体的,以至于宝钗、探春都为宝玉当枪手,帮他写字应付检查(第七十回)。贾母因为几天没见到宝玉,以为宝玉病了,便派人来问,"宝玉方去请安,便说:'写字之故,因此出来迟了。'贾母听说,十分喜欢,就吩咐他:'以后只管写字,念书,不用出来也使得。你去回你太太知道。'"(第七十回)那么,贾宝玉的字写得怎么样呢?看第八回的叙述,宝玉从薛宝钗那边喝了酒回来:

> 一面说,一面来到自己的卧室。只见笔墨在案,晴雯先接出来,笑说道:"好,好,要我研了那些墨,早起高兴,只写了三个字,丢下笔就走了,哄的我们等了一日。快来与我写完这些墨罢!"宝玉忽然想起早上的事来,因笑道:"我写的那三个字在那里呢?"晴雯笑道:"这个人可醉了。你头里过那府里去,嘱咐贴在这门斗上。这会子又这么问。我生怕别人贴坏了,我亲自爬高上梯的贴上,这会子还冻的手僵冷的呢!"宝玉笑道:"我忘了。你的手冷,我替你渥着。"说着便携了晴雯的手,同仰首看门斗上新书的三个字。一时黛玉来了,宝玉笑道:"好妹妹,你别撒谎,你看这三个字那一个好?"黛玉仰头看里间门斗上,新贴了三个字,写着"绛芸轩"。黛玉笑道:"个个都好,怎么写的这么好了?明儿也与我写一个匾。"

不仅黛玉说宝玉的字写得好,贾府以外的人也认为一个十三岁孩子的诗和字都写得好,居然还有"寻诗觅字,倩画求题"的(第二十三回)。贾府一些管事的人也找宝玉要字:"前儿在一处看见二爷写的斗方儿,字法越发好了,多早晚儿赏我们几张贴贴。"宝玉笑道:"在那里看见了?"众人

道："好几处都有，都称赞的了不得，还和我们寻呢！"宝玉笑道："不值什么，你们说与我的小么儿们就是了。"（第八回）

贾宝玉的字写得好，我们已经知道，宝玉的姐姐贾元春则是贾府众多女子中的第一人，她的字也写得最好。从第十八回省亲描述的情节来看，元春可以称得上是书法家了：

> 元妃乃命传笔砚伺候，亲搦湘管，择几处最喜者赐名。

既题撰匾名，又亲自书写；先题写"大观园"名，又题写正殿匾额"顾恩思义"；后是撰写楹联并书写"天地启宏慈，赤子苍头同感戴；古今垂旷典，九州万国被恩荣"。将"有凤来仪"赐名"潇湘馆"；将"红香绿玉"改作"怡红快绿"，赐名"怡红院"；将"蘅芷清芬"赐名"蘅芜院"；将"杏帘在望"赐名"浣葛山庄"。题正楼曰"大观楼"，东面飞楼曰"缀锦楼"，西面斜楼曰"含芳阁"。更有"蓼风轩""藕香榭""紫菱洲""荇叶渚"等名。题写四个字的匾额数十个，如"梨花春雨""桐剪秋风""荻芦夜雪"等名。此外挥笔题一绝句：

> 衔山抱水建来精，多少工夫筑始成！
> 天上人间诸景备，芳园应锡大观名。

除此之外，宝钗、黛玉、探春等姐妹们都练字写字，尤其是贾探春。元妃省亲回宫之后，即命探春将那天所有的题咏依次抄录妥当，自己编次（第二十三回）。后来，当在外做官的贾政要回家时，怡红院便忙碌起来，准备迎接贾政的检查。大家担心宝玉的功课和临帖书写的字不够，都来帮他。"探春宝钗二人每日也临一篇楷书与宝玉，宝玉自己也加工"。宝钗、探春非常自信地当着王夫人的面说："太太不用着急，书虽替不得他，字却替得的。我们每日每人临一篇给他，搪塞过这一步儿去就完了，一则老爷不生气，二则他也急不出病来。"不仅宝钗和探春每天帮宝玉临一篇小楷，黛玉也不声不响地送过来一卷临摹的与宝玉写的十分相似的钟、王蝇头小楷（第七十回)。第三十四回,宝玉派晴雯给黛玉送去两方旧手帕,黛玉左思右想,一时五内沸然,由不得馀意缠绵,便命掌灯,也想不起嫌疑避讳等事,研墨蘸笔,便向那两块旧帕上挥毫书写了三首诗。这是小说对书法意义的表达:当人的感情到达一定程度的时候,就会情不自禁挥毫疾书,以表达胸中的激情,这时候的字也就写得格外好。中国书法史上的第二行书颜真卿的《祭侄文稿》就是充满悲愤之情书写的千古名作。

在贾府,不仅是宝玉、黛玉、宝钗、探春等主子姑娘能写字,字写得好,而且,地位低下的香菱学了诗,也天天学写字、学书法,见了笔砚,便巴不得写起来(第六十二回)。《红楼梦》全书都在渲染学习书法的氛围。这里有必要说明的是:写字和书法并不是同一个概念,它们有所区别,不能把写字等同于书法。但是,写好字是基础,只有在规范正确的书写基础之上,才能进入书法艺术的范畴。贾宝玉书写的"绛芸轩"匾额,就已经具备书法艺术所追求的个性和意境。

(二)牌匾楹联里的文化元素

书法在《红楼梦》中呈现的另一种方式,就是贾府大院里的牌匾、楹联之中,蕴含着丰富浓郁的文化元素,这正是中国书法所独具的民族特色。《红楼梦》里的牌匾和楹联,无论是楼堂廨宇,还是园林名胜,其书写者大多是帝王将相、文坛名人。一方面,彰显了主人家的高贵威严和功德品行;另一方面,也昭示着家族的文化传承和高雅情趣。当你和林黛玉一起进入荣国府大堂时,第一眼就会看到一块九龙青地大牌匾,匾上写着斗大的三个大字"荣禧堂",后面署一行小字:"某年月日,书赐荣国公贾源",钤有皇帝的印玺"万几宸翰之宝"。堂上挂一副对联,乃乌木联牌,镶着錾银的字迹:"座上珠玑昭日月,堂前黼黻焕烟霞"。一行小字落款:"同乡世教弟勋袭东安郡王穆莳拜手书"。从落款上看到了皇帝题写的匾额和王爷手书的楹联,难道你不会感到一种高贵和威严?在这里,观赏者不仅可以感到优美汉字的赏心悦目,还可以从书法作品中感觉到其中的内涵:撰文者、书写者，以及与赠送者的交情。再看第五十三回，宁国府除夕祭宗祠，宁府西边黑油栅栏内五间大门，上悬一块匾，书"贾氏宗祠"四个字，旁书"衍圣公孔继宗书"。两旁一副长联："肝脑涂地，兆姓赖保育之恩；功名贯天，百代仰蒸尝之盛"。也是衍圣公所书。何谓"衍圣公"？北宋仁宗以来，皇帝加封孔子后代为衍圣公，后历代沿袭。清代也钦赐衍圣公大量土地财产等，圣裔公爵世袭罔替，累世相传。进入院中，抱厦前上面悬一块九龙金匾，书"星辉辅弼"，乃先皇御笔。后有一副楹联："勋业有光昭日月，功名无间及儿孙"。五间正殿前，上悬一闹龙填青匾，书"慎终追远"四字。旁有一副楹联："已后儿孙承福德，至今黎庶念荣宁"，俱为御笔。在这样的书法作品中，我们看到了贾府和皇帝之间的关系，贾府和朝廷其他皇亲高官之间的关系。试想，在王公贵族那种森严的侯门大院和深宅殿堂，有哪一种艺术形式能够比精工装饰后的书法作品更能展示主人家的庄重和尊严，更能体现主人家诗礼簪缨之族的文化底蕴呢？有了这些书法作品，你还有必要用言语来向别人介绍"我们家和皇帝的关系好""我们家是世代书香门第"吗？

不仅如此，大观园内各个景观、庭院的匾额和楹联，也营造了古代园林艺术浓郁的文化氛围。第十七回，在贾宝玉大观园试才题匾之前，贾政就说："偌大景致，若干亭榭，无字标题，也觉寥落无趣，任有花柳山水，也断不能生色。"我在写这篇小稿之前，专门去北京西城区菜园南街，重游了于1984年为拍摄电视剧《红楼梦》而建设的大观园。看到庭院、山石等景观之上用书法装帧的匾额和楹联时，就有一种赏心悦目的感觉，正如贾政所说，如果把园内书写的匾、联移出园去，偌大的园林就毫无意趣可言了。大观园的匾额，如果把后来补题的"凹晶溪馆"和"凸碧山庄"加上去，有17处之多，贾宝玉题的楹联有5处。即便书中并没有详细介绍这些书法作品的书写者是谁，但你看到每一处景点、每一座庭院的匾额和楹联之后，内心都会充满美的感受。需要提醒的是，在这里的匾额、楹联中，并没有看到前述殿堂匾、联那样有书家的落款署名，度其原因，是大观园里的景观太美,匾额、楹联对园林景观起到了画龙点睛之妙,书法家的落款或署名反而没有意义了。

(三)颜鲁公墨迹的深刻寓意

书法是什么?《现代汉语词典》解释说,书法是"文字的书写艺术,特指用毛笔写汉字的艺术"。我觉得这个定义并不完整。其一,书法应该是"汉字"的书写艺术,而不是"文字"。除汉字以外的文字书写是不能称为"书法"的,所以"书法"仅仅是汉字书写的特指。即便是有中国汉字渊源的日本、朝鲜,他们所称的书法,也仅限于他们文字之中借用的汉字部分。其二,书法不仅仅是"写"的艺术,这种"写"也被赋予了丰富的文化内涵。没有文化内涵的"书写艺术"也不能称之为"书法"。也就是说,一幅书法作品,除了书写的墨迹线条之外,必须表达思想。韩愈提倡"文以载道",有思想的文字才叫文章。所以也应该这样说:"书亦载道",书法应该表达思想。如果没有思想,单纯用毛笔书写出来的文字,仅仅是字而已,而不是书法。何炳武先生有一句话说得很精辟:"书以文载道,文以书传世。"[1]唐代书法批评家张怀瓘说:"文章之为内,必假乎书,书之为征,期合乎道,故能发挥文者,莫近乎于书。"[2]我国古代流传下来的那些著名碑帖,都是书以载道的经典。《红楼梦》里叙述的书法,正是贯穿着这种"载道"的理念。我们读《红楼梦》,除了在第七回看到描写贾宝玉的通灵宝玉正反两面"莫失莫忘,仙寿永昌;一除邪祟,二疗冤疾,三知福祸"和薛宝钗金锁上"不离不弃,芳龄永继"的篆体字外,没有看到其他书法样本,所以没有对书法作品的直观感受,不可能从笔画、结构、章法等方面来欣赏。但是,《红楼梦》对书法的叙述,更多是引导读者去领会书法之中"载道"的意义。

---

[1] 何炳武:《书法与中国文化》,世界图书出版公司,2012:81。
[2] 张怀瓘著,石连坤评注:《书断》,浙江人民美术出版社,2012:1。

贾探春称得上是贾府的另一个书家。我们现在分析一下贾探春在大观园秋爽斋房内的一副对联：

烟霞闲骨格，泉石野生涯。

红学家们解读这副对联，往往都是从字面上的意思着手，即古代文人隐士浪迹山林、悠然自得的闲情逸致，却很少联系这一联书法作品背后隐藏的思想意图。书中作过特别交代：在米襄阳《烟雨图》的左右挂着一副对联，"乃是颜鲁公墨迹"（第四十回）。第三十七回探春在写给宝玉创办诗社的倡议书中就特别说明，这副唐代大书法家颜真卿的墨迹是宝玉送给她的。这就值得推敲了：曹雪芹除对林黛玉为宝玉临摹字帖交差而作过交代，称其所临的是钟、王小楷之外（第七十回），再就是荣禧堂和贾府宗祠的匾联，有书写者署名和皇帝御笔，对大观园的题匾、楹联，以及书中人物所书写的诗词、信札等，从没有标明过是谁的墨迹、谁的字体，为什么唯独对秋爽斋这一副对联要注明是颜鲁公的墨迹呢？为什么不用当时流行的董其昌和赵孟頫的字呢？这里面大有讲究。如果联系中国书法发展的历史，大致可以知道，源远流长的中国书法，到明代的时候，可谓繁荣昌盛，书家辈出，其中有一个人物叫董其昌。清朝入主中原之后，圣祖康熙皇帝对董其昌的书法独爱有加，以致董书一时洛阳纸贵，文人学子几乎都以董书为干禄正体、求仕便捷。到乾隆年间，"朝野渐觉纤弱的董字与承平日久的气象不相适应，于是圆腴丰润的赵子昂书法又代之而起"。[①]

董其昌何许人也？明代万历年间劣迹斑斑的官僚恶霸书画家，他在朝廷做尽坏事，被迫辞职回到乡里后，巧取豪夺，欺压乡民，抢夺民女，引起民愤，董家数百间亭台楼榭被乡民焚烧。董其昌利用他的文章和书画之才，在东林党和奸臣魏忠贤的政治斗争中得宠，后来官至礼部尚书兼翰林

---

① 钟明善：《中国书法史》，陕西人民美术出版社，2017：257。

院学士，走上政治巅峰，82岁时在乡人的唾骂声中死去。另一个大书法家赵孟頫，是宋太祖赵匡胤十一世孙，秦王赵德芳嫡派子孙。南宋灭亡后，他接受元世祖忽必烈的诏命，入京为官，在元朝官至高位，邀宠受恩。虽然字写得好，但是气节却差。明代书法家李庆桢把赵孟頫的书法称为"奴书"。①吴克敬在他的著作中说，赵孟頫已经"做了元人统治者豢养在皇宫里的一条御用走狗"。②清代前期的书法家傅山，认为董、赵的书法"巧""媚""轻滑""圆转流丽"。傅山对唐代书法家颜真卿则表现出了特别的崇敬之情，从他的《作诗示儿孙》中可以看出，书法家的人格人品是第一位的："未习鲁公书，先观鲁公诂。平原气在中，毛颖足吞虏。"③傅山对于当时董、赵书风的鄙视，我相信对于晚辈的曹雪芹一定是有影响的。董其昌和赵孟頫这两个人物的书法居然在清朝前期和中期大行其道的现象，作为包衣出身，一身正气的作家曹雪芹是无法理解而心存愤恨的，因而将探春住处的对联特别标明是颜鲁公的墨迹。颜真卿是唐代中期著名的政治家、书法家，不仅书法气势磅礴、端庄雄伟，而且一生光明磊落、忠义有节，面对叛军大义凛然、从容赴死。不论人品书品，颜真卿一直都是我国历朝历代士大夫学习的楷模。

当我们了解了《红楼梦》成书时代朝野书法的现状之后，再来看曹雪芹唯独要在探春住处挂一副颜鲁公墨迹的对联的原因，就好解释了：因为贾探春恰恰是贾府众多女孩中一朵带刺的玫瑰花。她由姨娘所生，出身低微，但却勤奋好学，自强自尊；抱负远大，敢做敢当；疾恶如仇，不畏强势；格调儒雅，超凡脱俗。把颜真卿的书法墨迹挂在探春的房里，曹雪芹要表达的思想还不明白吗？由此，我想起当代书法家、艺术评论家张瑞田先生说过的一句话：中国书法对人的精神世界的陶冶是直接而深刻的，"它

---

① 甘中流：《中国书法批评史》，人民美术出版社，2016：318。
② 吴克敬：《书法的故事》，故宫出版社，2012：149。
③ 甘中流：《中国书法批评史》，人民美术出版社，2016：448。

穿越了历史时空,表达着人的精神状态和生存理想"。①那么,我们读《红楼梦》,是不是也应像曹雪芹那样甄别历代书家的人品和书品,表达人的精神状态和生存理想,弘扬伟大人物的爱国精神和中国书法的文化传统呢?

---

① 张瑞田:《砚田人文·论书法家的基本素质》,中国言实出版社,2019:19。

十、《红楼梦》演绎的中国神话

神话是人类文明史上的伟大创造，同时也是文学发展的渊源。郑振铎先生在翻译《希腊神话与英雄传说》时说："不懂得希腊神话简直没法去了解和欣赏西洋的文艺。"[1] 同样，"不了解中国神话，也就不能完全读懂中国小说"。[2] 中国古代神话主要承载于《楚辞》《山海经》《淮南子》等书中，虽然零乱分散，但是也十分丰富，充满人伦哲理，关注自然生命，充分体现着中华独有的民族精神。盘古开天辟地、女娲抟土造人、女娲炼石补天、夸父逐日、羿射九日、嫦娥奔月、精卫填海等神话传说，都是历代文学家创作的源泉。中国古代神话小说艺术成就最高的是《西游记》。其他如《封神演义》《镜花缘》等也都是人们熟悉的神话名著。鲁迅先生借古代神话传说创作了著名的神话小说《故事新编》。所以也可以这样说：如果不知道中国古代神话，也就无法了解和欣赏中国的文学。

《红楼梦》是中国文学史上一朵演绎神话的奇葩。作者依据上古"女娲

---

[1] 郑振铎译著：《希腊神话与英雄传说》，云南人民出版社，2011：1。

[2] 刘勇强：《中国神话与小说》，大众出版社，2009：47。

炼石补天"神话,别出心裁地创造了"补天遗石"神话以及天上与人间紧密联系的"木石前盟""太虚幻境"神话,还创造了两个无所不能的神话人物一僧一道,极大地丰富了小说的文学意蕴。

(一)神圣女娲的补天遗石

曹雪芹选择女娲炼石补天神话作为《红楼梦》小说的开篇。上古神话中的女娲神话,其主体是女娲。《说文解字》解释:"娲,古之神圣女,化万物者也。"女娲神名最早见于屈原《楚辞·天问》:"女娲有体,谁执匠之?"《红楼梦》一书为什么要援引女娲补天神话呢?其一,女娲是炼石补天的救世之神。虽然《红楼梦》在第一回就指出"朝代年纪,地舆邦国""失落无考",但是在很多地方都指出书中所处的时代是"末世","天柱折,地维缺",需要补天救世。如第五回探春的判词:"生于末世运偏消";凤姐的判词"凡鸟偏从末世来"。曹雪芹是否想借女娲补天神话来挽救处于末世的贾府呢?其二,女娲一身兼有创世、造人、补天、媒神四种神职。尤其是主持男女婚姻、主司生殖的媒神。①女娲的媒神功能寓意为处于末世女子们爱情婚姻的悲剧。

神圣女娲的第一个功绩是抟土造人。《楚辞·天问》中说:"传言女娲人头蛇身,一日七十化。"到了北宋时期的《太平御览》,对女娲造人进一步作了描述:"俗说天地开辟,未有人民。女娲抟黄土作人,剧务,力不暇供,乃引绳于絚泥中,举以为人。"这是女娲的第一个功绩。先是用手一个一个地抟,很费事,后来便用大绳子搅和泥土,抛洒出来一个个泥点,便造成很多人。

神圣女娲的第二个功绩是炼石补天。西汉时期的《淮南子·览冥训》记载:

---

① 梅新林:《〈红楼梦〉神话新解》,见《红楼梦学刊》,1992(3)。

> 往古之时，四极废，九州裂；天不兼覆，地不周载；火爁焱而不灭，水浩洋而不息；猛兽食颛民，鸷鸟攫老弱。于是女娲炼五色石以补苍天，断鳌足以立四极，杀黑龙以济冀州，积芦灰以止淫水。苍天补，四极正；淫水涸，冀州平；狡虫死，颛民生；背方州，抱圆天……

在古老的时候，撑天的四根柱子折断了，天塌下来，盖不住大地，大地出现裂缝，到处塌陷，载不住万物，地上大火熊熊燃烧蔓延，洪水滔滔一片汪洋，猛兽鸷鸟为害生民。于是女娲神便出来炼五色石修补苍天，斩断大鳌的四足重新树立顶天的四柱，杀掉猛兽鸷鸟和妖魔鬼怪，用芦灰封堵住了洪水。经过女娲的整治，天下恢复安宁，宇宙得以重建。屈原在《楚辞·天问》中又问："康回冯怒，墬何以东南倾？"水神共工为何发怒，大地为何向东南倾斜？在其他的神话资料中回答了这个问题：

> 当其（女娲）末年也，诸侯有共工氏，任智刑以强，霸而不王。以水乘木，乃与祝融战，不胜而怒，乃头触不周山崩，天柱折，地维缺。（司马贞补《三皇本纪》）

> 天倾西北，故日月星辰移焉；地不满东南，故水潦尘埃归焉。
> （《淮南子·天文篇》）

那时女娲在天子位的末年，诸侯共工氏欲用巧诈酷刑以称霸天下而不是用王道获得天下。他在水上乘战船挑战火神祝融，战败之后恼羞成怒，便用头撞，把位于西北的不周山撞崩了，导致擎天柱折断，大地一角缺损。天便向西北倾斜，日月星辰移动；东南大地塌陷，洪水尘埃都朝这里灌注。这是造成四极废、九州裂、宇宙混乱的原因。

同是援引女娲神话故事，明朝小说家许仲琳在著名的神话小说《封神演义》中，把女娲演绎成了祸害商朝天下的根源，妲己就是女娲派遣到商朝破坏成汤天下的千年狐狸精。可见作家的骨子里流淌的是红颜祸水那一套。曹雪芹反其道而行之，援引女娲炼石补天神话，创造了一块"补天遗石"，即便这一块石头是补天余下来的，他也为自己不能参与补天而自怨自愧，发誓要为女子歌唱，为女子作传。为了避免叙述中的错漏，我把书中记述的这一段精彩的神话故事的原文抄录如下：

> 原来女娲氏炼石补天之时，于大荒山无稽崖炼成高经十二丈、方经二十四丈顽石三万六千五百零一块。娲皇氏只用了三万六千五百块，只单单剩了一块未用，便弃在此山青埂峰下。谁知此石自经锻炼之后，灵性已通，因见众石俱得补天，独自己无才不堪入选，遂自怨自愧，日夜悲号惭愧。
>
> 一日，正当嗟悼之际，俄见一僧一道远远而来，生得骨格不凡，丰神迥异，说说笑笑来至峰下，坐于石边高谈快论。先是说些云山雾海神仙玄幻之事，后便说到红尘中荣华富贵。此石听了，不觉打动凡心，也想要到人间去享一享这荣华富贵；但自恨粗蠢，不得已，便口吐人言，向那僧道说道："大师，弟子蠢物，不能见礼了。适闻二位谈那人世间荣耀繁华，心切慕之。弟子质虽粗蠢，性却稍通；况见二师仙形道体，定非凡品，必有补天济世之才，得物济人之德。如蒙发一点慈心，携带弟子得入红尘，在那富贵场中，温柔之乡里享受几年，自当永佩洪恩，万劫不忘也。"二仙师听毕，齐憨笑道："善哉，善哉！那红尘中却有些乐事，但不能永远依恃；况且又有'美中不足，好事多魔'八个字紧相连属，瞬息间则又乐极生悲，人非物换，究竟是到头一梦，万境归空，倒不如不去的好。"
>
> 这石凡心已炽，那里听得进这话去，乃复苦求再四。二仙知不可强制，乃叹道："此亦静极思动，无中生有之数也。既如此，我们便携你去享受享受，只是到不得意时，切莫后悔。"石道："自然，自然。"那僧又道："若说你性灵，却又如此质蠢，并更无奇

贵之处。如此也只好踮脚而已。也罢，我如今大施佛法助你助，待劫终之日，复还本质，以了些案。你道好否？"石头听了，感谢不尽。那僧便念咒书符，大展幻术，将一块大石头登时变成一块鲜明莹洁的美玉，且又缩成扇坠大小的可佩可拿。那僧托于掌上，笑道："形体倒也是个宝物了，只是没有实在的好处，须得再镌上数字，使人一见便知你是奇物方妙。然后携你到那昌明隆盛之邦，诗礼簪缨之族，花柳繁华地，温柔富贵乡那里去安身乐业。"石头听了，喜不能禁，乃问："不知赐了弟子那几件奇处，又不知携了弟子到何地方？望乞明示，使弟子不惑。"那僧笑道："你且莫问，日后自然明白的。"说着，便袖了这石，同那道人飘然而去，竟不知投奔何方何舍。

女娲补天神话奇伟瑰丽，动人心魄，体现了神圣女娲在宇宙洪荒，天崩地裂的巨大灾害面前挺身而出，拯救生民的大无畏精神。鲁迅先生曾以女娲为题材，写过神话小说《补天》。曹雪芹受女娲"补天"精神的感悟，将处于"天倾西北""地陷东南"的末世和"赫赫扬扬，已将百载"的贾府由盛到衰的过程，通过"石头"的经历展现出来。在此，补天神话的主角就从女娲变成了补天剩余的那块石头。中国艺术研究院学者卜喜逢解读："在整部《红楼梦》中，从情节上看，这块女娲所炼之石，经历了由仙界至凡间，再重归大荒山的经历；从形体上看，又有由石至玉、由玉至石的变化。在整个过程中，石头都是贯穿全书的一条主线，一直在提醒着读者，这是一个关于石头的故事。曹雪芹通过对女娲补天神话的加工改造，使这个神话完成了主角的转变，由女娲变成了石头，同时也完成了目的的转换，从补天之石转化为记录之石。"[1]所以，这本书的另外一个名称就叫《石头记》。依本人看，石头的经历未必不是《红楼梦》作者自己人生经历的写照。作

---

[1] 卜喜逢：《红楼梦中的神话》，文化艺术出版社，2019：24-25。

者在开篇就开宗明义地说自己"曾历过一番梦幻之后,故将真事隐去,而借'通灵'之说,撰此《石头记》一书"。在神话之后作者便有一偈,是对这则神话意义的诠释:

> 无才可去补苍天,枉入红尘若许年。
> 此系身前身后事,倩谁记去作奇传?

青埂峰下的这块补天遗石,由一僧一道展示佛法而变成了一块鲜明莹洁的美玉,与女娲所炼补天的五色石颜色一致,又由一僧一道带到西方太虚幻境向警幻仙姑处挂号交割后,由神瑛侍者夹带着下凡历世,最后又通过一僧一道的接应而复归青埂峰下。

(二)"木石前盟"是爱恨之源

《红楼梦》通过补天遗石交代了全书的来龙去脉之后,则通过甄士隐的白日梦,引出第二个神话"木石前盟"。甄士隐是哪里人?当初共工怒触不周山的结果是"天倾西北""地陷东南",甄士隐正是东南一隅的姑苏人士。那一天,士隐白天在书房小憩,朦朦胧胧做了一个梦,梦见一僧一道,且行且谈:

> 只听道人问道:"你携了这蠢物,意欲何往?"那僧笑道:"你放心,如今现有一段风流公案正该了结,这一干风流冤家,尚未投胎入世。趁此机会,就将此蠢物夹带于中,使他去经历经历。"那道人道:"原来近日风流冤孽又将造劫历世去不成?但不知落于何方何处?"那僧笑道:"此事说来好笑,竟是千古未闻的罕事。只因西方灵河岸上三生石畔,有绛珠草一株,时有赤霞宫神瑛侍者,日以甘露灌溉,这绛珠草始得久延岁月。后来既受天地精华,复得雨露滋养,遂得脱却草胎木质,得换人形,仅修成个女体,终日游于离恨天外,饥则食蜜青果为膳,渴则饮灌愁海水为汤。只

因尚未报酬灌溉之德，故其五内便郁结着一段缠绵不尽之意。恰近日这神瑛侍者凡心偶炽，乘此昌明太平朝世，意欲下凡造历幻缘，已在警幻仙子案前挂了号。警幻亦曾问及，灌溉之情未偿，趁此倒可了结的。那绛珠仙子道：'他是甘露之惠，我并无此水可还。他既下世为人，我也去下世为人，但把我一生所有的眼泪还他，也偿还得过他了。'因此一事，就勾出多少风流冤家来，陪他们去了结此案。"

绛珠草，是一种深红色的草。有人解释为灵芝。清代方成培的剧本《雷峰塔》里，白蛇到嵩山南极仙翁处"盗仙草"一出，所求仙草就是灵芝，有驻颜不老和起死回生的功效。绛珠草生长在西方灵河岸边、三生石畔，只因神瑛侍者常以甘露灌溉，这绛珠草才得以久延岁月，脱得草木胎质，修炼成人。绛珠草为报甘露灌溉之恩，便也随神瑛侍者下凡为人，以了还泪报恩之愿。"瑛"是如玉一般五彩斑斓的石头。侍者以"神瑛"命名，体现了赤霞宫的气象森严和富丽堂皇。先前青埂峰下的那一块鲜明莹洁的美玉，由一僧一道在警幻仙姑处交割之后，由神瑛侍者夹带着这块石头下凡历世，也就是凡间贾宝玉"衔玉"而生的那一块宝玉。

把《红楼梦》读到这里（第二回）的时候，可能还并不认识这两个"下世"的神话人物在书中的地位，但是当我们通读了全书之后，才恍然大悟：这两个从西方宫殿走出来的人，正是小说的主人公。一个是神瑛侍者下凡，一个是绛珠仙草转世。都是仙界人物，一个施以甘露之惠泽，一个还以一生的眼泪。这便是《红楼梦》中主人公贾宝玉和林黛玉缠绵悱恻、痛切心骨的爱情基础。

"木石前盟"显然是作者刻意创造的神话。脂砚斋在此有一段眉批："以顽石草木为偶，实历尽风月波澜，尝遍情缘滋味，至无可如何，始结此木石因果，以泄胸中悒郁。古人之'一花一石如有意，不语不笑能留人'，此之谓耶？"同时，作者还安排了另一个"金玉良缘"的故事来和"木石前盟"并行发展，让薛宝钗这么一个在"人世间"成长起来的封建淑女，也带着癞头和尚送的金锁走进爱情的悲剧。"金玉良缘"和"木石前盟"的悲情构成了《红楼梦》全书故事发展的主线。

如果说宝黛爱情悲剧就是《红楼梦》主题的话，那么，"木石前盟"神话还展现了《红楼梦》另外一个重大的主题——感恩。绛珠仙草流尽一生所有的眼泪，都是为了偿还神瑛侍者的甘露之恩。

（三）太虚幻境揭秘人物命运

"太虚幻境"是曹雪芹为《红楼梦》设计的一个庞大的神话场景。作为小说，作者对于太虚幻境的描写，可能从《列子·周穆王》中穆王"神游之境"得到灵感：一个从西方来的会变戏法名叫化人的人，有一天请周穆王到他那里去玩。穆王拉着他的衣袖，腾空上升，在半天云里停下来，走到化人居住的宫殿，看到了这里的金碧辉煌。穆王在这里享受了人间所没有的招待。他低头看自己的宫殿，感到很寒碜。一番游玩之后，穆王要求化人带他回去。化人用手把穆王一推，穆王就从半空中坠落下来。原来这是一场梦。[①]贾宝玉神游太虚幻境，也是白天在秦可卿房里午睡时做梦进去的。经过了一番游历和见闻，在面临深有万丈的迷津之前，吓得失声大叫而惊醒。

作为神话，太虚幻境源于中国古代神话中的"昆仑之虚"。《山海经》多次提到"昆仑"山，如"昆仑之虚""昆仑之丘"等。昆仑之虚是古代诸神的聚集之地，特别是至高无上的女神西王母在此居住。《山海经·大荒西经》中说："西王母穴处，名曰昆仑之丘。"西王母所居穴处也称瑶池。联系到古代神话小说，《西游记》中有个唐僧取经的西天；《封神演义》中有个元始天尊居住的"玉虚宫"。《红楼梦》里的太虚幻境便是类似于昆仑之虚西

[①] 袁珂：《中国古代神话》，华东师范大学出版社，2017：285。

王母所住的瑶池。警幻仙姑则是类似于西王母的人物：美丽绝伦，无所不能。第五回《警幻仙姑赋》描述：

> 方离柳坞，乍出花房。但行处，鸟惊庭树；将到时，影度回廊。仙袂乍飘兮，闻麝兰之馥郁；荷衣欲动兮，听环佩之铿锵。靥笑春桃兮，云堆翠髻；唇绽樱颗兮，榴齿含香。纤腰之楚楚兮，回风舞雪；珠翠之辉辉兮，满额鹅黄。出没花间兮，宜嗔宜喜；徘徊池上兮，若飞若扬。蛾眉颦笑兮，将言而未语；莲步乍移兮，待止而欲行。美彼之良质兮，冰清玉润；慕彼之华服兮，闪灼文章；爱彼之貌容兮，香培玉琢；美彼之态度兮，凤翥龙翔。其素若何，春梅绽雪。其洁若何，秋菊被霜。其静若何，松生空谷。其艳若何，霞映澄塘。其文若何，龙游曲沼。其神若何，月射寒江。应惭西子，实愧王嫱。奇矣哉，生于孰地，来自何方；信矣夫，瑶池不二，紫府无双。果何人哉？如斯之美也！

好一个"瑶池不二，紫府无双"！好一个"应惭西子，实愧王嫱"！这便是曹雪芹设计的《红楼梦》中的瑶池——太虚幻境；《红楼梦》中的西王母——警幻仙姑。

《红楼梦》中的神话故事，都有表达寓意的分工。补天遗石是故事发生的缘起，木石前盟则是全书爱情故事的铺垫。有意思的是，神话大都是通过凡人进入"梦幻"来演绎的。贾宝玉在秦可卿的卧室午休时进入梦幻，迷迷糊糊走进"太虚幻境"。这个梦主要是为读者阅读全书服务的。

首先，告诉读者引贾宝玉进入太虚幻境的目的。警幻仙姑说：

> 你等不知原委。今日原欲往荣府去接绛珠，适从宁府经过，偶遇宁荣二公之灵，嘱吾云："吾家自国朝定鼎以来，功名奕世，富贵流传，已历百年。奈运终数尽，不可挽回者。故遗之子孙虽多，竟无可以继业。其中惟嫡孙宝玉一人，禀性乖张，用情怪谲，虽

聪明灵慧，略可望成，无奈吾家运数合终，恐无人规引入正。幸仙姑偶来，望先以情欲声色等事警其痴顽，或能使他跳出迷人圈子，然后入于正路，亦吾兄弟之幸了。"如此嘱吾，故发慈心，引彼至此。先以彼家上中下三等女子之终身册籍，令彼熟玩，尚未觉悟；故引了再到此处，令其再历饮馔声色之幻，或冀将来一悟，未可知也。

其次，通过贾宝玉看到的仙境、册籍和经历的"饮馔声色之幻"，向读者预告书中人物的命运和贾府最后的结局。第五回描绘了太虚幻境仙界的美轮美奂。赞美警幻仙姑的一篇赋，写的是美人，同时也写出了仙姑所居之地的美景：鸟惊庭树，影渡回廊；春梅绽雪，秋菊被霜；澄塘映霞，月射寒江。而这个神话写警幻仙姑和太虚幻境的美丽，也只是铺垫，重要的是仙姑向贾宝玉展示"金陵十二钗"正册、副册、又副册，演唱十二支红楼梦曲，向宝玉也是向读者展现天下优秀人才特别是优秀女子的档案。现在很多《红楼梦》续书和《红楼梦》探佚的文章和著作，都是根据第五回太虚幻境提供的线索来探索人物最后结局的。太虚幻境除了在第五回得到完整的展现之外，《红楼梦》全书也多次出现太虚幻境神话的线索。

再次，太虚幻境恰如玉帝、王母所在的天庭、瑶池一般具有至高无上的权威，照应《红楼梦》全书。不仅贾宝玉走入正途需要警幻仙子规引，而且宝玉的云雨之事也是警幻所训。警幻仙子还掌管着人间的生杀大权，神力无边！第一回，甄士隐梦见的一僧一道要将石头夹带其中去凡间经历，需要"到警幻仙子宫中，将蠢物交割清楚"。神瑛侍者和绛珠仙草下凡，需要去警幻仙子案前挂号。第十二回，跛足道人给病危之中的贾瑞治病，交代"风月宝鉴"为"太虚幻境"空灵殿警幻仙子所制。第六十六回，尤三姐给柳湘莲托梦，也说是奉警幻之命，"前往太虚幻境修注案中所有一干情鬼"。第六十九回，尤二姐梦见三姐对自己说了一番话，其中有一句："你速依我，将此剑斩了那妒妇，一同回到警幻案下，听其发落。"

可见,太虚幻境在《红楼梦》一书中具有何等重要的地位!

(四)一僧一道:人神之间的纽带

说《红楼梦》是一部现实主义的写实作品,是指书中所写的主题是对现实的关切,包括所谓"索隐派""考证派"等所指的内容,更多的研究认为《红楼梦》写的是以贾府为典型的中国封建家族的衰亡史。而我想说的是,《红楼梦》是一部反映现实生活的神话作品,当现实中的问题找不到答案的时候,便用"梦幻""历幻""幻境"的神话来诠释。甲戌本脂砚斋有一段眉批:"全用幻。情之至,莫如此。今采来压卷,其后可知。"如果说三个神话贯穿《红楼梦》全书的话,那么一僧一道则是把三个神话连接起来的两个神话人物。

一僧一道具有"补天济世之才,得物济人之德"。《好了歌》便是一僧一道唱出的冷静观照人生的劝世之歌。在全书开头,是两个生得"骨格不凡""丰神迥异"的茫茫大士、渺渺真人进入读者的视野。后来是空空道人抄录《石头记》,改书名为《情僧录》。进入正文之后,常常伴随着红楼人物出现在书中的则是癞头和尚和跛足道人。"一僧一道"神通广大、无所不能。他们把"补天遗石"带到红尘开始了历世之旅,导演了一出撼天地、泣鬼神的宝黛爱情悲剧。

一僧一道是补天遗石的导引者和启蒙者。当初女娲补天时在青埂峰下丢弃的那块石头,自经锻炼之后通了灵性,"因见众石俱得补天,独自己无才不堪入选,遂自怨自叹,日夜悲号惭愧",是茫茫大士、渺渺真人的"高谈快论"打动了石头的凡心。一僧一道是石匠,是制作师,通过幻术,把那石头变成扇坠大小、可佩可拿、鲜明莹洁的美玉,这才有了日后的贾宝玉衔玉而生。一僧一道同时也是石头下凡历幻的始作俑者,是他们到警幻仙姑案前备案申请,由神瑛侍者夹带玉石到"富贵场中、温柔乡里",历经了凡间世态的"悲欢炎凉"。

石头即通灵宝玉,是贾宝玉的命根子,而一僧一道则是通灵宝玉的保护神。从贾宝玉出生，到贾宝玉成长，以及最后悬崖撒手遁入空门，都是一僧一道全程操控。第一回，一僧一道鼓动神瑛侍者夹带石头下凡。第二十五回，马道婆施魔魔法将贾宝玉和凤姐迷惑，一僧一道及时赶到，清除了沾污石头的粉渍脂痕，挽救了叔嫂的性命。八十回以后的续书在神话创造上与前八十回原著还是一脉相承的。第九十四回，宝玉失玉，整天迷迷糊糊，浑浑噩噩，以至在迷糊中与宝钗成婚。直到一百十六回，和尚送玉回来才使宝玉死而复生，恢复正常。尽管续作者在这一次石头失而复得，"失"与"得"的情节设计得很牵强，但到了一百二十回时，一僧一道把宝玉重新带到太虚幻境的结尾还是比较精彩的：贾政扶贾母灵柩到金陵返回途中，见到雪中的宝玉在船头光头赤脚，身披大红猩猩毡斗篷向贾政下拜。未等宝玉说话，船头上一僧一道便来催促："俗缘已毕，还不快走！"三人便飘然登岸而去。

不仅如此，一僧一道与《红楼梦》人物可谓如影随形，要么通过梦境告知凶险信息，如通过甄士隐白日入梦告知家庭变故之险（第一回）；要么直接指导人物行为，如给黛玉治病，欲化黛玉出家（第三回），给薛宝钗开海上方冷香丸（第七回），并给宝钗送金锁（第八回），送"风月宝鉴"为贾瑞治病（第十二回）；要么渡脱人物出世，如引渡甄士隐（第一回），引渡柳湘莲（第六十六回）。

《红楼梦》中的神话，是《红楼梦》之所以精彩的重要组成部分。补天遗石下凡历劫、木石前盟绛珠报恩还泪、太虚幻境曲演红楼梦是相联系的三个神话。一僧一道则是整个《红楼梦》全书的纽带，是三个神话中间的沟通者。神话大师袁珂说，文学艺术作品靠了神话才更加显得美丽年轻。[①]这话一点不错！《红楼梦》中的神话，丰富了小说的趣味性，表达了将真事隐去的苦衷。中国古代神话体现出来的是一种超级力量或宇宙秩序。古人把这种力量或秩序视为"天命"。曹雪芹则把女娲补天的遗石作为对这种天

---

① 袁珂：《中国古代神话》，华东师范大学出版社，2017：13。

命或秩序的反抗。既然不能"补天",就去"为人"吧。实际上,补天遗石是这种超级力量或宇宙秩序的一个破坏者,不是那个时代的主流,因而也不被理解。

十一、《红楼梦》里的戏剧

(一)《红楼梦》中的家庭戏班

《红楼梦》的成书时代,是我国戏曲的繁盛时期。我们读《红楼梦》,不仅要了解书中写到的一些剧本剧目,也应了解当时戏曲演唱的存在形式。《红楼梦》从多个角度反映了当时封建社会的生活,其中对戏剧演唱活动的描写,真实地再现了明清时期上层社会的文化时尚。

清朝统治者是从北方过来的,他们原来住的地方生存环境恶劣,文化生活贫瘠,他们过去所看到的、听到的是血腥的打杀。一旦进入中原,掌握了权力,接触了汉族文化,听到了闲情雅致的戏曲之后,便被感染和同化而沉溺其中,在八旗宗族之中出现了大批戏迷,甚至康熙皇帝自己也设台看戏。上行下效,贵族家族也都在自己的家里培养不对外商业演出的戏班子。《红楼梦》第五十五回,贾母说:"薛姨太太,这李亲家太太,都是有戏的人家,不知听过多少好戏的;这些姑娘们,都比咱们家的姑娘见过好戏,听过好曲子。"见证了当时官宦人家养戏班子已是时尚。贾府也离不开看戏。据陈大康教授考证,《红楼梦》前八十回出现"戏"字达两百多次。①《红楼梦》中对贾府从戏班子的采买到戏班子的排练、演唱和日常生活，都有详细的描写。为了迎接元妃省亲，贾府先是建设了大观园，然后派专人到姑苏采买了十二个女孩子来，请聘教习，置办乐器、行头等事，将薛姨妈她们家住的梨香院腾出来维修之后让女孩子们在此进行排练学习，并安排家中曾经演唱过戏曲的老妪带领管理。在第十八回，贾妃省亲时戏班子便派上正式用场：

> 那时贾蔷带领十二个女戏，在楼下正等得不耐烦，只见一太监飞跑来说："作完了诗，快拿戏目来。"贾蔷急将锦册呈上，并十二个花名单子。少时，太监出来，点了四出戏：第一出《豪宴》，第二出《乞巧》，第三出《仙缘》，第四出《离魂》。贾蔷忙张罗扮演起来。一个个歌欺裂石之音，舞有天魔之态，虽是妆演的形容，却作尽悲欢情状。刚演完了，一太监执一金盘糕点之属进来，问："谁是龄官？"贾蔷便知是赐龄官之物，喜的忙接了，命龄官叩头。太监又道："贵妃有谕，说：'龄官极好，再作两出戏，不拘那两出就是了'。"贾蔷忙答应了，因命龄官作《游园》《惊梦》二出。龄官自为此二出非本角之戏，执意不作，定要作《相约》《相骂》二出。贾蔷扭他不过，只得依他作了。贾妃甚喜，命"不可难为了这女孩子，好生教习"，额外赏了两匹宫缎，两个荷包并金银锞子、食物之类。

这十二个女孩子，其艺名依次为文官（正旦）、龄官（小旦）、芳官（正旦）、藕官（小生）、艾官（老外）、蕊官（按：早夭）、药（葯）官（小旦）、葵官（大花面）、豆官（小花面）、茄官（老旦）、宝官（小生）、玉官（正旦）。作为专门的戏班子，她们有角色的分工。元妃省亲进行了首场演出，

---

① 陈大康：《荣国府的经济账》，人民文学出版社，2019：321。

获得了好评，并且得到了奖励。后来她们就一直住在大观园，在贾府演唱。直到贾府开始衰落的时候，戏班子的女孩子们遭到遣散。古时候把戏曲演职人员称为优伶。优伶作为活生生的被买卖的人，在贾府顽强地生活着。

其一，十二个女孩子是贾府在姑苏人贩子市场上采买来的，是贾府社会地位最低的群体。第三十六回有这样一段叙述：贾蔷为了讨好龄官，买了一只装在鸟笼子里的雀子送给她。龄官说："你们家把好好儿的人弄了来，关在这牢坑里，学这个还不算，你这会子又弄个雀儿来，也干这个浪事。你分明弄了来打趣形容我们，还问'好不好'！"你看，龄官这个小孩子心底是多么清楚！第六十回，赵姨娘和芳官等女孩发生争执并相互厮打。在贾府，赵姨娘本身的地位就不高，芳官就说她"梅香拜把子——都是奴才"，但是赵姨娘仍然对芳官她们骂个不停，还动手打了芳官两个耳光："小娼妇养的！你是我们家银子钱买了来学戏的，不过娼妇粉头之流，我家里下三等奴才也比你高贵些！"探春劝母亲赵姨娘说："那些小丫头子们原是玩意儿，喜欢呢，和他玩玩笑笑；不喜欢，可以不理他就是了。他不好了，如同猫儿狗儿抓咬了一下子，可恕就恕；不恕时，也只该叫管家媳妇们，说给他去责罚。何苦自不尊重，大吃小喝，也失了体统。"在庶出的女儿探春眼里，这些小丫头子们也不过是"玩意儿"，就如同"猫儿狗儿"一样，和这些小丫头争执就失却了"体统"。

其二，作为一个个鲜活的生命，这些女孩子既有爱，也有恨，而且敢爱敢恨，个性十分鲜明。龄官对主子不奉承，对命运不屈服。她在皇妃面前的表演得到了高度的肯定，但是当贾蔷根据元妃的旨意要她再唱两出时，她却执意不唱非本角之戏，而是选择自己熟悉的曲目（第十八回）。第三十回，写龄官雨中画"蔷"，思念恋人贾蔷到了"痴"的程度。面对众星捧月的贾府第一公子贾宝玉时，龄官却不像其他人那样巴结奉承，态度冷淡，不想唱就不唱，反而大胆地依傍靠宁府生存的纨绔子弟贾蔷（第三十六回）。藕官为了祭奠死去的戏中"情人"药官，竟然违反规定在大观园内烧纸钱，还说出一通惊世骇俗的话："男人死了女人，也有再娶的，只是不把死的丢过不提，就是有情分了。"为了争取一点点儿尊严，女孩们不能忍受赵姨娘的压迫而不顾一切地起来反抗："豆官先就照着赵姨娘撞了一头，几乎不曾将赵姨娘撞了一跤。那三个也便拥上来，放声大哭，手撕头撞，把个赵姨娘裹住。""蕊官、藕官两个，一边一个抱住左右手；葵官、豆官，前后头顶住。只说：'你打死我们四个才算！'芳官直挺挺躺在地下，哭的死过去了。"（第六十回）

其三，随着贾府的衰落，十二个女孩子也一样摆脱不了悲惨的结局。第五十八回，在官宦之家"凡养优伶男女者，一概蠲免遣发"的大形势下，贾府也准备遣散优伶，当征求女孩子们的意见时，"当面细问，倒有一多半不愿意回家的：也有说父母虽有，他只以卖我们姊妹为事，这一去，还被他卖了；也有说父母已亡，或被伯叔、兄弟所卖的；也有说无人可投的；也有说恋恩不舍的。所愿去者止四五人"。我们从这里可以看出，这些在市场上被当成商品买来的女孩子，即便是出去做一个"自由人"，其生活也没有任何保障，还不如在贾府做奴才。书上说愿出去者只有四五个人，其实只有龄官、艾官、宝官、玉官四个人。药官在五十八回说她已经死去了不提。龄官在三十六回以后就没戏了，对以后的命运没作交代，不论今后是否和贾蔷结合，我想，凭她那样的性格，其结局也不可能好。梁归智先生认为龄官"一定是被贾蔷另外作了安排"[1]，本人对这个说法不敢苟同。第七十四回，抄检大观园之后，王夫人清除宝玉身边的少女，芳官、藕官和蕊官又被水月庵的智通和地藏庵的圆信骗走，出家做了尼姑，可想而知她们未来的命运会是什么样。

在《红楼梦》中，十二个女孩子的命运，也是金陵十二钗命运的缩影。尽管金陵十二钗从社会地位上来说，是不知比十二个女孩子高出多少的主子，但是曹雪芹要表达的，不论是封建社会末世的优秀女子，上层社会的夫人、奶奶，还是底层社会的优伶、丫鬟，同样都是"万艳同杯（悲）"，难

---

[1] 梁归智：《红楼梦里的小人物》，三晋出版社，2018：129。

以逃脱悲惨的结局。

另外,有一个当时戏曲界鼎鼎有名的梨园大腕琪官蒋玉函,作者写的笔墨并不多。蒋玉函在赖大请客的时候仅仅"串了两出戏"(第四十七回),就演唱的角色给了票友柳湘莲以表演的机会。蒋玉函在薛蟠请客的酒桌上,也只是根据规则每人唱了一曲酒令(第二十八回)。此外,在第九十二回,高鹗安排他唱了一出《占花魁》。所以我想,曹雪芹主要还是歌颂女子,"使闺阁昭传"。尽管蒋玉函在当时也是被王公贵族包养的优伶,但是他的结局比起贾府家庭戏班子的这些女孩子们来要好得多。

写到这里,我想起一本书《遇见莫扎特》[1],西方音乐家在那个时代的社会地位也很低,可见,18世纪全世界艺术家的社会地位基本相同。

(二)《红楼梦》戏剧的寓意

《红楼梦》写了大量的戏剧,其中演唱的曲目大部分都在当时流行,既反映了现实生活中人们热衷于看戏的时尚,又体现了作者用心良苦,利用戏剧的演唱,预示了红楼人物的悲剧命运和结局,所谓"草蛇灰线,伏脉千里"。所以我们读书的时候,一方面要了解这些戏曲表现的内容,另一方面也要看清作家背后的寓意。清人话石主人说:"红楼梦戏文皆有关会。"[2]有什么关会?他接着说:全书开场,即第十一回,贾敬生辰,先演出了一场《双官诰》,应该是关照荣宁两府的全局。第十七、十八回元妃省亲,唱了四出,应该寓意元妃的结局。第二十九回清虚观演出三本戏,应照应荣国府的兴衰。第五十四回元宵节《八义观灯》,写的是两府的繁华景象。

先看第十一回开场的三出戏。宁国府贾敬生日,请客排宴,唱戏祝寿。尤氏拿戏单让凤姐点戏,凤姐说:"太太们在这里,我怎么敢点?"邢夫人、王夫人道:"我们和亲家太太点了好几出了。你点几出好的我们听。"凤姐

---

[1] [英]保罗·约翰逊著,成铨译:《遇见莫扎特》,中译出版社,2019。
[2] 一粟:《红楼梦资料汇编(上册)》,中华书局,1964:183。

立起身来答应了,接过戏单,从头一看,点了一出《还魂》,一出《弹词》,递过戏单来,说:"现在唱的这《双官诰》完了,再唱这两出,也就是时候了。"(第十一回)

《双官诰》是清代剧作家陈二白的传奇。说的是冯三娘(名碧莲)守节教子,终于苦尽甘来,因丈夫和儿子的飞黄腾达而得到皇帝所封两份官诰(双官诰)的荣誉的故事。地方戏常演的《三娘教子》即由此传奇改编而成。《还魂》是汤显祖《牡丹亭》中的第三十五出。杜丽娘在梦中对书生柳梦梅倾心相爱,竟然伤情而死,化为魂魄寻找现实中的爱人,人鬼相恋,起死回生,终于与柳梦梅永结同心。《弹词》是清初剧作家洪昇《长生殿》的第三十八出。安史之乱皇帝西迁,人民流离失所。宫廷供奉音乐家李龟年也流落江南,以卖唱为生。善吹铁笛的李暮,在鹫峰寺大会上,与众人一起聆听李龟年的弹唱。老伶工慨叹国家兴衰,把唐明皇宠爱贵妃、失政致乱的经过,唱得声泪俱下,深深感动了听众,从此,李暮结识了这位前辈,向他学习,继承了《霓裳羽衣曲》的全谱。

话石主人说《红楼梦》开场演《双官诰》,应宁国府和荣国府全局,应该不错。贾府前辈在创家立业初期,得到皇帝的封官晋爵,才有今天的繁盛。《还魂》之意,应喻在贾府宁荣二公的庇荫下,"功名奕世,富贵流传"。《弹词》表明唐玄宗晚景凄凉,暗示了贾府的败落。

再看元妃省亲时演唱的四场戏:第一出《豪宴》,第二出《乞巧》,第三出《仙缘》,第四出《离魂》。《豪宴》是清初剧作家李玉创作的传奇《一捧雪》的第五出,写明代莫怀古因"一捧雪"玉杯,被奸恶之徒害得家破人亡的故事。《乞巧》是传奇《长生殿》的第二十二出,写唐明皇与杨贵妃于乞巧节(农历七月初七)夜祭牵牛、织女二星,密誓爱情生死不渝的故事。《仙缘》系汤显祖《邯郸梦》传奇第三十出,写仙人吕洞宾下凡度化卢生升天,替代何仙姑在天门扫花的故事。《离魂》系《牡丹亭》传奇第二十出,写杜丽娘因久等梦中情人柳梦梅不至而死的故事。脂砚斋在这些地方都有批语:《豪宴》伏贾家之败。《乞巧》伏元妃之死。《仙缘》伏甄宝玉送玉（按：后四十回续书并未写甄宝玉送玉事）。《离魂》伏黛玉之死。以上四出剧目都与元春归省的喜庆气氛相反，这是作家有意为之，以隐喻贾府及其主要人物的命运。所以脂砚斋有批："所点之戏剧伏四事，乃通部书之大过节、大关键。"

第十八回有一段花絮也大有寓意：龄官的演唱得到了元妃的好评，元妃命再唱两出。贾蔷命龄官唱《游园》《惊梦》。龄官执意不从，定要唱《相约》《相骂》。《游园》《惊梦》二出即《牡丹亭》传奇第十出《惊梦》，演出本分为二出，写杜丽娘春游花园，于牡丹亭小憩，梦见与意中人柳梦梅幽会，梦醒怅然。《红楼梦》后面多次提到这两出戏，如第二十三回、三十六回，可见作家的用意在于隐喻贾宝玉与林黛玉的爱情犹如空梦一场。龄官唱的《相约》《相骂》二出，是明代月榭主人《钗钏记》的第八出、第十三出。《相约》写史碧桃与皇甫吟约定婚姻之事。《相骂》写史碧桃的丫鬟芸香责皇甫家负约，与皇甫吟之母争吵之事。这是两出喜剧，脂砚斋批"总隐后文不尽风月等文"。

为宝钗过生日点的三出戏《西游记》《刘二当衣》《鲁智深醉闹五台山》，都有一种谑笑科诨热热闹闹让贾母高兴的舞台效果，但仍然可看到"赤条条来去无牵挂，那里讨烟蓑雨笠卷单行？一任俺芒鞋破钵随缘化"，贾宝玉最后"悬崖撒手"做和尚去的结局（第二十二回）。清虚观打醮，贾珍在神前拈戏，第一本是《白蛇记》，写汉高祖斩白蛇起义，建立汉朝。第二本《满床笏》，写郭子仪平安史之乱建功，一子八婿，满门皆贵。此剧隐喻贾府的鼎盛。第三本《南柯梦》写淳于棼梦至大槐安国，因战功被招驸马，显赫一时，后率师出征大败，醒后才知所谓"槐安国"及其"南柯郡"，不过是庭前大槐树下的两个蚁穴而已。这三个酬神剧，犹如贾府家史的三部曲，从发家到鼎盛再到衰落，犹如南柯一梦。

《红楼梦》写到的戏剧有28本，其中折子戏共40出。书中写演唱过的折子戏29出，比如龄官唱《牡丹亭》中的《还魂》《离魂》，《钗钏记》中的《相约》《相骂》（第十八回）；芳官唱《寻梦》（第五十四回）；葵官唱

《西厢记》中的《惠明下书》(第五十四回);等等。贾母是一个戏迷,不仅懂戏,而且懂音乐。薛姨妈说,戏也看过几百班,从没见过只用箫管的。贾母说:"先有,只是像方才《西楼·楚江情》一支,多有小生吹箫合的。这合大套的实在少。这也在人讲究罢了,这算什么出奇?"(第五十四回)贾母又指着湘云说:"我像他这么大的时候儿,他爷爷有一班小戏,偏有一个弹琴的,凑了《西厢记》的《听琴》,《玉簪记》的《琴挑》,《续琵琶》的《胡笳十八拍》,竟成了真的了,比这个更如何?"

另外,《红楼梦》中只提到剧目而没有演唱的有 8 出,如贾母批评的《元人百种》,《西楼记》之《楚江晴》(第四十二回、五十四回),黛玉调侃宝玉"还没唱《山门》,你就《妆疯》了"的《山门》。《红楼梦》中的每一出戏都包含着丰富的内容,都寄托着作者的思想和感情,只有仔细阅读,反复品味,才可理解其中之味。

(三)《西厢记》与《牡丹亭》

《红楼梦》写了大量的戏剧,我统计了一下,全书出现的剧本有 28 本,其中前八十回 25 本,后四十回 3 本。全书有 17 回涉及戏曲演唱及其曲目名单。出现频率最高的是两本戏——《西厢记》和《牡丹亭》。第二十三回的回目便是这两本戏:"西厢记妙词通戏语,牡丹亭艳曲警芳心"。这两本戏对曹雪芹的写作有多大的影响,你只需看它们在书中的分量。红学家胡文彬先生统计,《红楼梦》提及的《西厢记》书名、人名和诗词名句达 20 多处,其中第二十三回、第三十五回、第三十六回、第四十回、第五十一回、第五十四回尤为突出[①]。

《西厢记》的故事题材来源于唐代元稹的传奇《莺莺传》,也称《会真记》。有资料说写的是真人真事,书中的张珙就是元稹本人。书生张珙赴京

---

① 胡文彬:《胡文彬点评红楼梦》,团结出版社,2006:123。

途中，在山西普救寺遇到流落在此的母女郑夫人与莺莺。当贼人围寺抢亲时，张珙设法解救。张生一见到莺莺便神魂颠倒，求红娘相助，与莺莺私订终身。后来张生考中状元，抛弃了莺莺。这是一个"始乱终弃"的故事。宋代以后，《莺莺传》广为流传。金代戏曲家董解元据此作《诸宫调西厢记》，剧本名可能是根据原作者元稹的诗《月明三五夜》而来："待月西厢下，迎风户半开。拂墙花影动，疑是玉人来。"故事的倾向性到老董这里彻底改变，他把崔莺莺、张生写成正面人物，同时丰富了丫鬟红娘的形象。王实甫在"董西厢"的基础上重新创作，全名为《崔莺莺待月西厢记》。全剧共五本二十折。剧本中的崔莺莺美丽聪明，谨慎幽静。在普救寺遇到张生之后对其一见钟情。她追求爱情幸福，但又囿于自己大家闺秀的身份，充满了顾虑、彷徨。张生才华出众，风流潇洒。他大胆地追求爱情，不顾功名利禄和礼教阻碍，勇敢地反抗。红娘则是一个从心底就反对封建礼教的底层社会人物。为玉成莺莺与张生的爱情，她机智、老练、爽朗、泼辣。母亲老夫人则是一个封建礼教的代表人物。起初为保性命，轻率地将莺莺许配给张生，事成之后又反悔变卦，表现出虚伪狡猾的性格。剧情便在这种矛盾的冲突中发展，让莺莺和张生一步步走向了反对封建礼教的道路。

尽管《西厢记》在当时社会上是可以演唱的，但是书却是禁书。《西厢记》在《红楼梦》中出现的形式，除了第五十四回葵官演唱一出《下书》之外，主要是阅读。

> 宝玉听了喜不自禁，笑道："待我放下书，帮你来收拾。"黛玉道："什么书？"宝玉见问，慌的藏之不迭，便说道："不过是《中庸》《大学》。"黛玉笑道："你又在我跟前弄鬼。趁早儿给我瞧，好多着呢！"宝玉道："好妹妹，要论你，我是不怕的。你看了，好歹别告诉别人去。真真这是好书！你要看了，连饭也不想吃呢！"一面说，一面递了过去。林黛玉把花具且都放下，接书来瞧，从头看去，越看越爱看，不到一顿饭工夫，将十六出俱已看完，自

觉词藻警人,馀香满口。虽看完了书,却只管出神,心内还默默记诵。(第二十三回)

林黛玉的胆子也够大,第四十回,竟然在酒席宴前脱口说出"良辰美景奈何天""纱窗也没有红娘报"。前一句是《牡丹亭》第十二出"寻梦"中的唱词;后一句是《西厢记》第一本第四折中张生的唱词:"侯门不许老僧敲,纱窗外定有红娘报"。被宝钗发现"教训"了一顿:不要读这些"不正经"的书,"移了性情"(第四十二回)。

《西厢记》是"真真的好书",读了自觉"词藻警人,馀香满口"。同时,汤显祖的《牡丹亭》也是曹雪芹喜爱的剧本。《牡丹亭》是明代著名戏剧作家汤显祖的代表作,全剧共55出,属于爱情悲喜剧。剧本写杜丽娘和柳梦梅的爱情故事。杜丽娘在游园赏景时,青春觉醒,在梦中与一青年在牡丹亭下相见,醒后相思成疾而死。三年后,广州书生柳梦梅赴京应试,路过南安,拾到丽娘画像,悦其美丽,终日把玩。丽娘幽魂出现,一见方知是当日梦中所见之人,因而令掘坟再生。丽娘复活之后,与柳梦梅同往淮安求其父母允许。父亲杜宝不仅不认鬼女贼婿,还上书皇帝。柳梦梅考中状元,上书自辩。丽娘也登朝申述,得到皇帝承认,最终夫妻团聚。《牡丹亭》针对程朱理学的迂腐和虚伪,高扬批判大旗,为故事注入了"情"胜"理"的新时代内容,使还魂的古老命题获得了新的生命。

《红楼梦》全书共有7回出现《牡丹亭》剧目,其中元妃省亲时,龄官演唱的《离魂》受到元妃的奖赏。第五十四回,芳官也为贾母演唱了《寻梦》。第二十三回,黛玉路过梨香院,听到墙内"笛韵悠扬,歌声婉转":

偶然两句吹到耳朵内,明明白白一字不落,唱道:"原来姹紫嫣红开遍,似这般都付与断井颓垣。"黛玉听了,倒也十分感慨缠绵,便止住步侧耳细听,又听唱道是:"良辰美景奈何天,赏心乐事谁家院。"听了这两句,不觉点头自叹,心下自思道:"原来戏上也有好文章。可惜世人只知看戏,未必能领略其中的趣味。"

想毕,又后悔不该胡想,耽误了听曲子。又侧耳时,只听唱道:"则为你如花美眷,似水流年……"林黛玉听了这两句,不觉心动神摇。又听道:"你在幽闺自怜"等句,越发如醉如痴,站立不住,便一蹲身坐在一块山子石上,细嚼"如花美眷,似水流年"八个字的滋味。忽又想起前日见古人诗中,有"水流花谢两无情"之句,再又有词中有"流水落花春去也,天上人间"之句,又兼方才所见《西厢记》中"花落水流红,闲愁万种"之句,都一时想起来,凑聚在一处。仔细忖度,不觉心痛神痴,眼中落泪。

刘梦溪先生说,《红楼梦》里这段情结是描写欣赏达致共鸣境界的绝妙文字。[1]不仅如此,曹雪芹在书中多次写到《牡丹亭》。第三十六回,宝玉想起《牡丹亭》的曲子,便去梨香院找龄官演唱,不料却碰了钉子,龄官不愿意唱。第四十二回,黛玉忘乎所以,脱口念出《牡丹亭》与《西厢记》中的句子,被宝钗一顿"教训"。第五十一回,宝琴十首怀古诗中的第十首《梅花观怀古》"不在梅边在柳边,个中谁拾画婵娟?团圆莫忆春香到,一别西风又一年"也是写《牡丹亭》的故事。第六十二回,香菱、芳官、蕊官、藕官、豆官等坐在花草堆里斗草,其中一个说:"我有'牡丹亭'上的牡丹花。"虽然这里说的不是剧目,但是,曹雪芹还是把它和《牡丹亭》戏曲联系起来,可见他对《牡丹亭》是多么钟情。曹雪芹之所以喜欢《牡丹亭》,固然是因为《牡丹亭》的唱词优美、表现新颖,而更重要的是它塑造了杜丽娘这么一个渴望爱情、执着于理想而反抗封建礼教秩序的少女形象,赞美了美好的人性。

曹雪芹在书中写了这么大篇幅的《西厢记》与《牡丹亭》,一方面说明他对这两本戏的喜爱,在艺术表现上产生共鸣;另一方面则是对宝黛爱情的铺垫,两本书同样举起了反对封建礼教的大旗。有人问,与这两本戏同

---

[1] 刘梦溪:《牡丹亭与红楼梦》,文化艺术出版社,2010:2。

时代同样出名的戏剧《桃花扇》为何没有在书中出现？中国政法大学柯岚博士在《红楼梦成书传世之谜》中解释：康熙时期《桃花扇》可以演出。雍正时期禁演，但剧本没有禁毁，可以读。到了乾隆时期，则完全被禁演了。所以书中没有出现《桃花扇》，这一点可以证明，《红楼梦》是在清朝文字狱最盛的乾隆时期完成的。①

---

① 柯岚：《红楼梦成书传世之谜》，中国民主法制出版社，2017：165。

十二、《红楼梦》的释道空间

（一）贾府与僧道联系多

读《红楼梦》，发现书中出现的和尚、道士特别多，贾府的人和这些寺庙有很多联系，甚至和尚、尼姑进入贾府非常随便。刘姥姥第一次进荣国府的时候，从前门到后门打听，由奴才引进，最后才得以见凤姐一面。可见一般人进贾府是很困难的。但是和尚、尼姑却不同。《红楼梦》到第七回的时候，很多人物都还没有出场，周瑞家的帮薛姨妈送宫花途中，就看到了水月庵的智能儿和惜春在一起玩耍。从她们的对话中可以看出这些尼姑和贾府的关系：

> 周瑞家的因问智能儿："你是什么时候来的？你师父那秃歪剌那里去了？"智能儿道："我们一早就来了。我师父见过太太，就往于老爷府里去了，叫我在这里等他呢。"

周瑞家的竟然敢调侃智能儿的师傅"秃歪剌"。秃是光头，歪剌就是不正经。只有在关系很熟的情况下，周瑞家的这么个佣人才能够对智能儿这么说她的"师父"。不仅如此,水月庵的尼姑竟然可以开口找凤姐说情办事(第十五回)。贾府的宗亲贾芸因为要找一份工作,不知想了多少办法才能接近凤姐,这里一个寺庙的尼姑一见面就托凤姐办事。第二十九回,贾府那么多人浩浩荡荡开到清虚观打醮,张道士和贾母以及贾珍凤姐都很随便,可见寺庙和贾府的关系是很亲密的。

  寺庙是佛教、道教两大宗教祭祀神灵和宗教人员生活的场所。一般而言,属于佛教的庙宇称为寺院,道教的庙宇称为宫或观,也有称庙和道院的。就佛教而言,东汉明帝时,官署称为寺,如太常寺、鸿胪寺等。皇帝接待西域高僧摄摩腾,最初就在鸿胪寺。鸿胪寺掌管宾客朝会礼仪。后来政府专门为摄摩腾建立了馆舍,叫白马寺,所以后世便把佛教的庙宇称作寺。建筑规模较小的寺叫院。尼姑是汉族对出家女子的俗称,正式的称谓叫"比丘尼",是梵语的译音。比丘尼住的寺院多称为庵。①由此可知,水月庵是尼姑住的寺院。

  道教的活动场所称宫、观也有一个过程。古代王侯之居称宫,宗庙也可称宫。自秦以后,宫成为帝王皇宫、行宫的专称。观则是皇城城门两旁的高楼,可登高望远,因此称观。相传周康王时,大夫尹喜曾于终南山北麓结草为楼,用以观星望气,物色真人,因名观楼。老子西游至函谷关,尹喜延请至楼观,请问道教,老子说《道德经》五千言以授之。道教庙宇称观由此首创。②

  《红楼梦》前八十回共涉及的庙宇宫观有14所,按照书中出现的顺序依次为葫芦庙、智通寺、铁槛寺、水月庵(俗名馒头庵)③、牟尼院、玉皇庙、达摩庵、清虚观、栊翠庵、玄墓蟠香寺、水仙庵、玄真观、地藏庵、天齐庙。从贾府与这些寺庙联系的紧密程度来看,主要有家庙铁槛寺、尼姑

---

① 周叔迦:《佛教基本知识》,北京出版社,2016:37。
② 王卡:《中国道教基础知识》,宗教文化出版社,2005:279。
③ 第九十三回把馒头庵和水月庵说成是两个不同的尼姑庵,显然前后相矛盾。

庵水月庵、大观园内的栊翠庵、清虚观和玄真观。后四十回有散花寺、元帝庙、桃花庙。

（二）形形色色僧道尼

《红楼梦》的成书时代，正是我国封建社会由鼎盛走向衰落的时代。这个时代，一方面，清统治者从笼络汉人的角度出发，对佛教、道教的防范较为宽松，特别是雍正时期和乾隆前期，皇帝自己也希望神仙方士能够提供治国理政和长生不老的药方。雍正皇帝既笃信佛教，又主张道教，并推行佛道儒三教一体。①另一方面，上有好之，下有效之，佛教和道教在民间也异常活跃，到处兴建道观寺庙，和尚道士、尼姑道姑遍布乡里。其实老百姓心里并不相信宗教，只是为了追求生活安定，得到心理的慰藉，也去寺庙烧香许愿。贾府的主子们也不例外，要经常去寺庙烧香还愿。王夫人初次见到林黛玉，就告诉她："我有一个孽根祸胎，是家里的混世魔王，今日因往庙里还愿去，尚未回来，晚上你看见就知道了。"（第三回）书中还有很多地方都有"还愿焚香"的描写。凤姐的女儿出麻疹好了后，"合家祭天祀祖，还愿焚香"（第二十一回）；宝玉到天齐庙烧香还愿就会到了王道士胡诌"妒妇方"（第八十回）；等等。

寺庙中有相当多的宗教（神职）人员并非相信宗教，而是进入寺庙、观宫逃避现实，或者治疗疾病，寻求解脱。甄士隐本来属于那个时代的中产阶级，过着快乐悠闲的小康生活，"家中虽不甚富贵，然本地也推他为望族了。因这甄士隐禀性恬淡，不以功名为念，每日只以观花种竹、酌酒吟诗为乐，倒是神仙一流人物"（第一回）。岂知甄士隐后来丢失女儿，家遭火灾，最后弄到生活无作，零落不堪，只有看破红尘，同着疯道人飘飘而去（第一回）。再如柳湘莲，"见三姐身亡，痴情眷恋，却被道人数句冷言，打

---

① 王卡：《道教文化100问》，东方出版社，2006：51。

破迷关，竟自截发出家，跟随这疯道人飘然而去，不知何往"（第六十九回）。《红楼梦》的主角贾宝玉，后四十回的结局也是做了和尚。"金陵十二钗"之一的妙玉，是小说中的重要人物之一，她出家则是因为身体的原因。林之孝家的告诉王夫人：

> 外又有一个带发修行的，本是苏州人氏，祖上也是读书仕宦之家，因自幼多病，买了许多替身，皆不中用，到底这姑娘入了空门，方才好了，所以带发修行，今年十八岁，取名妙玉。（第十七回）

妙玉在来京之前，曾在苏州的玄墓蟠香寺住过五年（第四十一回），来京后到大观园之前住在牟尼院（第十七回）。到大观园之后，栊翠庵便成了她的专属道观。

另外，也有很大一部分宗教人员是因为家境贫困，而把出家进寺庙作为一种生活来源的途径，这主要是一些无人抚养或无依无靠的孤儿。比如贾雨村借住过的姑苏城阊门外十里街仁清巷内的古庙"葫芦庙"，庙里一个小沙弥，后来成为贾雨村应天府衙门内的办事人员。这个小沙弥，即小和尚，当时应该是为求一口饭吃到庙里做和尚的。再如，元妃省亲时，大观园内需要小道士和小和尚诵经，在玉皇庙和达摩庵两处，买来十二个小沙弥和十二个小道士（二十三回）。①这些小道士小沙弥都应该是从小就被卖进寺庙里的穷孩子。元妃省亲时还从姑苏采买来十二个唱戏的女孩子，她们都是因为生活所迫，被家里卖出来的。后来抄捡大观园时，就有三个孩子被老尼拐骗到了寺庙，"芳官跟了水月庵的智通，蕊官、藕官二人跟了地藏庵圆信，各自出家去了"（第七十七回）。

---

① 第十七回说："采访聘买得十二个小尼姑、小道姑都到了。"第二十三回要把他们从大观园安排出去的时候说成"十二个小沙弥和十二个小道士"。前者是女性，后者是男性，书中并不一致。

（三）宗祠与家庙

贾府虽然和寺庙有很亲密的关系，但是真正直接经营或说管理的是家庙铁槛寺。第十五回说：

> 铁槛寺原是宁荣二公当日修造，现今还有香火地亩布施，以备京中老了人口，在此便宜寄放。其中阴阳两宅俱已预备妥贴，好为送灵人口寄居。

什么是家庙？"庙"是一个会意字。繁体字"廟"的上面是一个小篆"广"，即靠近山崖做的房子。下面是"朝"。《说文解字》谓"尊先祖皃也"。"皃，颂仪也"。清段玉裁注："为居之与朝廷同尊者。"①就是说，庙是供奉、祭祀、朝拜和朝廷一样尊贵的祖先的场所，上古时叫宗庙，唐代设私庙，到了宋朝时改为家庙。但是，家庙的设立需要一定的资格，一般平民不得设立家庙。《红楼梦》中的铁槛寺就是贾府的家庙。家庙的功能，除了供奉祭祀和朝拜祖先之外，还有一些婚丧嫁娶时的礼仪功能。《红楼梦》中就描写了家庙中的"寄灵"功能。所谓"寄灵"，就是将死者灵柩暂时寄放，待丧事活动中的礼仪完成之后再行安葬。在此"寄灵"的死者，一是贾瑞，二是秦可卿，三是贾敬。尤二姐吞金自杀后，贾琏本想把二姐的灵柩寄放到铁槛寺，但是凤姐在贾母面前一番说辞，贾母就说尤二姐不够资格，其灵柩不能停放在家庙。

家庙是供奉祖宗的，那么家庙和宗祠是什么关系呢？《红楼梦》在第五十三回"宁国府除夕祭宗祠"，非常详细地描写了贾府除夕祭祀宗祠的过程。宗祠虽然也属于供奉祖先的场所，但是和家庙有很大的区别。其一，家庙的设立一般是朝廷有爵位的家族才能设立。《红楼梦》中贾府的家庙就是

---

① ［清］段玉裁：《说文解字注》，上海古籍出版社，1988：446。

当初被封"公爵"的先祖宁国公、荣国公所修建。其二，虽然家庙和宗祠都可作为举办婚丧礼仪的场所，但是有家庙的家族，寄灵和丧葬礼仪一般在家庙举行，而不在宗祠。这从《红楼梦》中可以看出来。其三，家庙允许有田产，一般建在祖茔附近，这样家庙建设得离府邸较远。秦可卿去世前给王熙凤托梦说，即便是家族出了事，祖茔附近的田亩财产，官府是不没收的。而宗祠则离府邸较近了。书中描写贾府除夕祭宗祠时，我们可以看到贾府宗祠在宁国府西边另一个院子，黑油栅栏内五间大门，上面悬一匾，写着"贾氏宗祠"四个字，人来人往很方便。其四，宗祠还是宗族议事、聚会和处理纠纷的场所，尽管《红楼梦》中没有写这一类事情，但这些事在当时的家族宗祠经常发生。同时，宗祠还有负责珍藏宗谱、纂修宗谱的职能。其五，家庙属于佛教场所，一般由僧人管理，平时有烧香还愿以及和尚外出"化缘"等活动，这在铁槛寺秦可卿和贾敬的丧葬仪式中可以看出。宗祠则没有固定的宗教人员和神职人员。有的地方在宗祠举办婚丧仪式时，临时聘请类似宗教人员。从第五十三回还可看到，贾府宗祠平时是关着大门的，在除夕祭祖仪式开启之前才打开宗祠，打扫收拾：

> 且说贾珍那边，开了宗祠，着人打扫，收拾供器，请神主，又打扫上房，以备悬供遗真影像。此时荣宁二府内外上下，皆是忙忙碌碌。

（四）神圣非凡与邪恶肮脏

我读《红楼梦》一直在思考，曹雪芹写贾府和寺庙的关系，写贾府和僧道的关系，究竟要表达什么思想？从书里的字里行间看，有很多说不清理不明的矛盾心理。但是如果你认真地思考，你会发现，作者要表达的意思是：真正的和尚与道人神圣非凡，值得崇拜和歌颂。而现实中的假道假僧，则是邪恶肮脏的！

书的开篇是茫茫大士，渺渺真人，还有后来的空空道人，他们魔法无边,点化补天遗石,下凡历劫,但是他们却不在人间的寺庙居住,虚无缥缈,来无影去无踪。如果说他们是得道的神仙,像《封神演义》中的神仙,住在西天某座山上也未尝不可。但是,他们又经常在人间行走,无所不能,神圣无比。多次出入贾府的癞头和尚、跛足道人也是行无居所,没有驻足的庙宇。而且,被他们度化出家的甄士隐、柳湘莲也无影无踪。他们住在何方山头、哪个庙宇,书中从不交代。他们可是有血有肉的人啊!

《红楼梦》花不少笔墨,写了在寺庙发生的事件。其一,写家庙,秦可卿和贾敬两次在铁槛寺举办丧葬典礼的宏大排场,光鲜了贾府家族的脸面。其二,写城外玄真观:宁国府老爷贾敬和道士们胡羼(第二回),最后"吞金服砂,烧胀而殁"(第六十三回)。贾敬在道观死于吞金服砂,是荒诞,是无知,还是解脱或讽刺?其三,写尼姑静虚在水月庵向王熙凤行贿。王熙凤说:"我从来不信什么地狱报应。"(第十五回)在后四十回,有贾芹在水月庵中滥情风月。这些是寺庙掩盖下的虚伪,还是贵族主子的贪婪和腐朽?

如果说,曹雪芹写家庙、写道观、写尼姑庵,有一种对僧道的批判,那么,写清虚观打醮,则是为全书的高潮作铺垫,实际上也是对贾府的批判。打醮本来是道教的一种祈福仪式,即请道士设坛念经做法事祈祷平安,消灾除病。但是,贾府人马浩浩荡荡往清虚观开进,却没有看到祈福的仪式,看到的又是大排场:

> 单表到了初一这一日,荣国府门前车辆纷纷,人马簇簇。那底下执事人等,听见是贵妃做好事,贾母亲去拈香,正是初一日乃月之首日,况是端阳节间,因此凡动用的什物,一色都是齐全的,不同往日。
>
> 少时,贾母等出来。贾母坐一乘八人大轿。李氏、凤姐、薛姨妈每人一乘四人轿。宝钗、黛玉二人共坐一辆翠盖珠缨八宝车。迎春、探春、惜春三人共坐一辆朱轮华盖车。然后贾母的丫头鸳鸯、鹦鹉、琥珀、珍珠、珍珠,林黛玉的丫头紫鹃、雪雁、春纤,

宝钗的丫头莺儿、文杏，迎春的丫头司棋、绣桔，探春的丫头待书、翠墨，惜春的丫头入画、彩屏；薛姨妈的丫头同喜、同贵，外带香菱、香菱的丫头臻儿，李氏的丫头素云、碧月，凤姐儿的丫头平儿、丰儿、小红，并王夫人的两个丫头也要跟了凤姐去的是金钏、彩云，奶子抱着大姐儿另在一车。还有两个丫头，一共又连上各房的老嬷嬷奶娘并跟出门的家人媳妇子，乌压压的占了一街的车。

……

将至观前，只听钟鸣鼓响，早有张法官执香披衣，带领众道士在路旁迎接。宝玉下了马。贾母的轿刚至山门以内，贾母在轿内因看见有守门大帅并千里眼、顺风耳、当方土地、本境城隍各位泥胎圣像，便命住轿。贾珍带领各子弟上来迎接。

凤姐儿知道鸳鸯等在后面，赶不上来搀贾母，自己下了轿，忙要上来搀。可巧有个十二三岁的小道士儿，拿着剪筒，照管剪各处蜡花，正欲得便且藏出去，不想一头撞在凤姐儿怀里。凤姐便一扬手，照脸一下，把那小孩子打了一个筋斗，骂道："野牛肏的！胡朝那里跑！"那小道士也不顾拾烛剪，爬起来往外还要跑。正值宝钗等下车，众婆娘媳妇正围随的风雨不透，但见一个小道士滚了出来，都喝声叫："拿，拿，拿！打，打，打！"

到清虚观打醮，贾母说"不过没事来逛逛"，凤姐也说是"来闲逛逛"（第二十九回）。除看了几出戏之外，就没有什么仪式。当然书中点的几出戏也是大有讲究的，此处不赘述。但是我们却看到了书中另外的东西——清虚观的道长张道士，看看有多么大的名头：

贾珍知道这张道士虽然是当日荣国公的替身，曾经先皇御口亲呼为"大幻仙人"，如今现掌道录司印，又是当今封为"终了真人"，现今王公藩镇都称为神仙，所以不敢轻慢。

"道录司"是官方备案准设的道教主管机构，相当于现在的国家道教协会。可见清虚观不是一般意义的小道观。张道士和贾母的对话，呈现了清虚观和贾府关系的渊源。张道士能为宝玉做媒寻亲，搜罗小道们的礼物送给宝玉，特别是一只金麒麟，进一步表明了清虚观和贾府的关系。不过，正是因为来了一趟清虚观，才引起了贾宝玉和林黛玉之间的一场大风波，此处无须赘述。

（五）书里书外的寺庙宫观

《红楼梦》里的寺庙，有的是作者自拟的名称，有些则有所凭借。

作者自拟名称的寺庙，有的是配合书中人物性格和命运而拟，同时也寄托了作者的寓意。比如贾雨村在发迹之前曾寄宿在姑苏城阊门外仁清巷内的葫芦庙，靠卖文为生，也不知前途如何，糊涂地过吧，谁知等到重新出山审理薛蟠案子的时候，冒出当时葫芦庙的小沙弥来，这一下就不能"糊涂"了，"糊糊涂涂"地判了一宗杀人案，具有讽刺意味。智通寺也是作者自拟的庙名。贾雨村第一次罢官之后到维扬游历，偶至郊外走近一个破庙，脂砚斋在这里有一批语："谁为智者，又谁能通？一叹！"不过庙门旁的一副对联则值得深思："身后有余忘缩手，眼前无路想回头。"

铁槛寺名虽然也是作者自拟，但却大有来历，包含深意。宋人范成大诗句："纵有千年铁门限，终须一个土馒头"，含生命有定，寿限难违之意。明朝万历年间世人称大户为"门槛人家"，因而门槛一词有权贵豪门之意。冯其庸、李希凡主编的《红楼梦大词典》说，铁槛寺之"铁槛"二字则两意兼有：贾瑞、秦可卿、林黛玉、贾母、金鸳鸯以及王熙凤之灵柩都在此存放，正是前一意的体现；王熙凤在馒头庵（水月庵）受贿弄权拆散张金哥与长安守备之子的婚姻，害死两条人命之事，本是暗行于馒头庵的勾当，而第十五回的标题却大书"王凤姐弄权铁槛寺"，则是后一意的暗示。

除了作者自拟的寺庙外，书中大部分寺庙都有所依据。土地庙、玉皇庙、灶王庙之类，全国各地都有。周汝昌先生说，北京旧城区的庙宇有两千多座。据有关资料，地藏庵在北京有四座，玉皇庙在北京有五座。在北京东四牌楼北五条胡同，有旧碑篆"水月庵"三字。乾隆《京城全图》绘有水月庵多处，其一在左安门内打狗巷西。清虚观在上海延安东路、广东连州、山西平遥都有，现在都成了旅游景区，被列为国家文物保护单位。北京城内的清虚观，在旧鼓楼大街。①

《红楼梦》第八十回写到的贾宝玉烧香还愿的天齐庙，在《旧唐书·礼仪志三》中有说：唐玄宗开元三十三年，"封泰山神为天齐王"。泰山为东岳，故天齐庙即东岳庙。周汝昌先生有一篇文章作了详细的介绍。北京东岳庙位于城东朝阳门外，至今香火繁盛，名满天下。《红楼梦》中贾宝玉在天齐庙"不敢近狰狞神鬼之像"，现实中的东岳庙里确实有这样各种极为凶恶怪异的塑像，让人看了心惊胆战。而且东岳庙中的"七十二司"和《红楼梦》中的太虚幻境十分相似，有"薄命""朝啼""暮哭""春怨""秋怨"等诸司，掌管人们的生死命运。这和警幻仙姑掌管着尘世间女儿们的悲欢离合，存亡命运何其相似！②

---

① 冯其庸，李希凡：《红楼梦大词典》，文化艺术出版社，1990。
② 周汝昌：《东岳庙与红楼梦》，见周汝昌：《北斗京华》，中华书局，2007。

十三、阆苑仙葩,花气袭人

大观园是《红楼梦》中人物的主要活动场所,可谓阆苑仙葩,花气袭人。"袭人"是宝玉的贴身大丫鬟,原叫珍珠,是贾母身边的婢女。因贾母溺爱宝玉,担心宝玉身边的丫头不好使唤,就把她安排到了宝玉的房里。又因她姓花,宝玉就根据陆游的诗句"花气袭人知骤暖,鹊声穿树喜新晴",起了这么个名字"花袭人"。贾政一听说"袭人",就感到这个丫鬟的名字起得刁钻古怪,差一点又改了回去(第二十回)。不过,我这里用"袭人",不是写宝玉的大丫鬟袭人,而是用"花气袭人"来形容大观园里满园的鲜花和扑鼻的芳香。

近年来,有不少研究《红楼梦》中园林植物的成果问世,如康晓静、赵世伟两位先生编著的《梦里仙葩,尘世芳华:〈红楼梦〉植物大观》,台湾学者潘富俊先生所著《阆苑仙葩,美玉无瑕:〈红楼梦〉植物图鉴》,吉首大学刘世彪教授所著《〈红楼梦〉植物文化赏析》,等等。这些成果展现了《红楼梦》中植物的丰富多彩和文化气氛的浓郁,开辟了红学研究的新领域。本人参考学者们提供的资料,对大观园中的花卉植物阐发一点阅读感想。

《红楼梦》中的植物能够确切指出名称的共有237种①之多，涵盖96个科，200个属②。大观园是《红楼梦》人物活动的主要场所，园中植物多达80余种，而且还注明了栽培的位置和种植方式③，其设计配置可谓匠心独具，充分展示了中国传统庭院观赏植物的文化底蕴和栽培原理。

（一）品种繁多，千姿百态

大观园中的植物花卉，其一是品种繁多，千姿百态，常年呈绿色，四季有花开。大观园是人工建设的园林，山石流水、亭台楼阁、曲径小路，别具特色。千姿百态的园林花卉，使园林充满了勃勃生机。大观园植物的设计配置充分体现了园林建筑的特点，应有尽有，恰到好处：既有木本植物，也有草本植物；既有常青植物，也有落叶植物；有阔叶类型的针叶植物；有攀缘植物和藤本植物；有乔木，有灌木；有水生，有旱生；等等。第十七回贾政带着众人巡行大观园时，书中明文提到的就有柳、桃、桑、榆、槿、柘、牡丹、荼蘼、木香、杏、芍药、蔷薇、芭蕉、海棠、竹、松、玉兰、碧桃、桂、枫、梧桐、梨、红梅、木芙蓉、荷、菊、石榴、葡萄、薜荔、紫藤、松萝、芦苇、菱、荇、稻、油菜等。此外还有苔藓植物与蕨类植物，等等。贾政在大观园建成时说，这么好的景致，亭榭楼台，无字无匾，即便是花柳山水，也断不能生色（第十七回）。其实这句话也可反过来说：如果只有楹联匾额，而没有花柳植物，那也索然无味，更不成园林了。请看十七回描写"蓼汀花溆"的一个小段，是不是美不胜收？

……转过山坡，穿花度柳，抚石依泉，过了荼蘼架，再入木

---

① 潘富俊：《阆苑仙葩，美玉无瑕：〈红楼梦〉植物图鉴》，九州出版社，2019：10。
② 康晓静，赵世伟：《梦里仙葩，尘世芳华：〈红楼梦〉植物大观》，中国林业出版社，2016：引言4。
③ 刘世彪：《〈红楼梦〉植物文化赏析》，化学工业出版社，2011：40。

香棚,越牡丹亭,度芍药圃,入蔷薇院,出芭蕉坞,盘旋曲折。忽闻水声潺湲,泻出石洞,上则萝薛倒垂,下则落花浮荡。众人都道:"好景,好景!"

(二)馆舍配花,主题庭院

根据馆舍的特点配置与主人个性相对应的花卉植物,形成了花卉主题式庭院。

贾宝玉的住处怡红院,以红色基调为主。院门外是红色的桃花和绿色的垂柳互为掩映,院中数株芭蕉和西府海棠,所谓"蕉棠两植",突出了"怡红快绿"的主题。走进怡红院,你会感觉到主人热心快肠,温暖如春。

潇湘馆是林黛玉的居处。数楹修舍,回廊曲径,凤尾森森,龙吟细细,翠竹掩映,突出的是潇湘竹,象征主人的孤傲高洁。

薛宝钗所住的蘅芜苑,贾政走到门口的时候就感到"无味得很",竟然"一株花木也无"。只见许多异草,"或有牵藤的,或有引蔓的,或垂山巅,或穿石隙,甚至垂檐绕柱,萦砌盘阶;或如翠带飘飘,或如金绳盘屈;或实若丹砂,或花如金桂,味芬气馥,非花香之可比"。可是贾政却不认识这些异草,还是宝玉一一指认,如薜荔、藤萝、杜若、蘅芜、茝兰、金䔲草、紫云,等等。蘅芜院的花草象征着宝钗的清幽淡雅,味芬气馥。

再看李纨的住所稻香村:"转过山怀中,隐隐露出一带黄泥墙,墙上皆用稻茎掩护。有几百枝杏花,如喷火蒸霞一般。里面数楹茅屋,外面却是桑、榆、槿、柘各色树稚新条,随其曲折,编就两溜青篱。篱外山坡之下,有一土井,旁有桔槔辘轳之属;下面分畦列亩,佳蔬菜花,一望无际。"这显然是城中乡村,田舍农庄的缩影。看到这里,贾政都起了"归农之意"。稻香村的设计体现了李纨远离世俗的寡居生活。另外还有探春的住所秋爽斋"前有芭蕉,后有梧桐",栊翠庵的红梅等,都具有主人的性格特色。

（三）鲜花有情，以花喻人

根据植物花卉的某种特性，赋予人思想感情和性格特征。在文学史上，诗人屈原大量用花草形容人物品格。这种将植物人格化的修辞手法，曹雪芹在描绘大观园中的植物花草时也普遍运用。斑竹是一种有紫褐色斑点的竹子。相传舜帝南巡时死于苍梧，其妃子娥皇和女英寻夫到湘江边痛哭，眼泪滴在竹子上留下了斑点，因而称为斑竹，又名湘妃竹。林黛玉的别号叫潇湘妃子，她对待爱情专一，多愁善感，动不动就哭，因而在潇湘馆的院子里便有象征林黛玉高尚爱情的斑竹。第六十三回"寿怡红群芳开夜宴"，宝玉生日，众姐妹及其丫鬟在怡红院用掣花签的方式为宝玉庆生饮酒。其中八人掣出了花签：宝钗为牡丹花，探春为杏花，李纨为老梅，史湘云为海棠，麝月为荼蘼花，香菱为并蒂花，黛玉为芙蓉花，袭人为桃花。作家在这里通过花卉揭示了这些人物的性格及其未来的命运。比如史湘云，海棠隐含着她潇洒不羁、豪迈旷达的性格。老梅则赋予了李纨霜晓寒姿的道德节操。这里想多说一点的是薛宝钗：

> 说着，将筒摇了一摇，伸手掣出一根，大家一看，只见签上画着一支牡丹，题着"艳冠群芳"四字……。

在大观园里，薛宝钗"品格端方，容貌美丽"，的确配得上"艳冠群芳"的牡丹。但是笔者发现，牡丹这个花种在《红楼梦》全书中只是一个虚拟的花朵，并没有实际种植。就像这里掣出的签一样，是"画着"的一枝牡丹。除第六十三回之外，前面有八处写有牡丹，但都没有见到实际生长着的花朵。第七回，是宝钗冷香丸中的"白牡丹花蕊"；第十七、十八和二十三回，是大观园中的建筑物，名曰"牡丹亭"；第三十六回，是戏曲名《牡丹亭》；第四十一回，是一种比喻："一朵牡丹花一样的……"；第四十二回、五十一回，是书名和词曲名：《牡丹亭》和《西厢记》；第八十二回，丫鬟们对话也是空对空："我有牡丹亭上的牡丹花"。就是说，大观园里种有80

多种植物，而园中却没有种牡丹！这说明什么呢？是不是一种象征，像薛宝钗这样标准的封建淑女，实际生活中是找不到的呢？

（四）文化品格，诗情画意

大观园里的植物花卉，蕴含着浓郁的诗情画意。从植物中看到人的品格，从花卉中品出诗的意韵。第一，以花为建筑物题匾撰联。第十七回，贾政带着一行人进入刚刚竣工的大观园。在曲径通幽处，贾宝玉为一座新亭题匾"沁芳"，并撰一联"绕堤柳借三篙翠，隔岸花分一脉香"。上联用"绕堤柳"，下联用"隔岸花"，看到了沿堤的翠柳，闻到了河岸的花香，正好与"沁芳"相映成趣。在元春命名的浣葛山庄，宝玉撰一联："新绿涨添浣葛处，好云香护采芹人"。上联有"浣葛处"，下联有"采芹人"，这恰恰是稻香村临水（"浣葛"）背山（"采芹"）的特色。宝玉为蘅芜院题匾"蘅芷清芬"，并撰一联："吟成豆蔻诗犹艳，睡足荼蘼梦亦香"。含苞待放的青春年华，在荼蘼花下做梦也是美丽的，真情实感，清新动人。第二，以花为题结社吟诗。第三十七回，探春创立诗社，命名海棠诗社。大家一起以白海棠为题作诗，并限韵限题，探春、宝钗、宝玉、黛玉各题一首，史湘云题两首。五个人作《咏白海棠》诗六首，寄托了各个作者对白海棠美丽姿容的赞美和冰雪般灵魂的欣赏，其实也彰显了女儿们冰清玉洁的白海棠精神。且看宝钗的诗句："淡极始知花更艳，愁多焉知玉无痕。"林黛玉诗句："偷来梨蕊三分白，借得梅花一缕魂。"第三十八回，以菊花为题共题《菊花诗》十二首，李纨的评价："通篇看来，各人有各人的警句。《咏菊》第一，《问菊》第二，《菊梦》第三，题目新，诗也新，立意更新。"把菊花诗这个古老的选题写得立意清新，别树一帜了！第五十回，《咏红梅花》三首更是别出心裁。三首诗由邢岫烟、李纹、薛宝琴三个人写，而且每个人分别写一字——"红""梅""花"。第三，以花彰显诗文典故。第十七回，贾政一行人到蘅芜院处，看到一地的花草，贾政说："有趣！只是大不认识。"宝玉却认识：那香的是杜若蘅芜，那一种是茝兰；这是清葛，那是金䔧草；

这一种是玉蕗藤，红的是紫芸，绿的是青芷。想来"《离骚》《文选》等书上所有的那些异草，也有叫作什么霍蒳姜荨的，也有叫作什么纶组紫绛的。还有石帆、水松、扶留等样，见于左太冲《吴都赋》。又有叫作什么绿荑的，还有什么丹椒、蘼芜、风莲，见于《蜀都赋》。如今年深岁改，人不能识，故皆象形夺名，渐渐的唤差了，也是有的"。典籍中的有些花草之名，现在的名字也都改变了。可见大观园中的植物都有来源的。看贾宝玉的一首诗《蘅芷清芬》：

蘅芜满净苑，萝薜助芬芳。

软衬三春草，柔拖一缕香。

轻烟迷曲径，冷翠滴回廊。

谁谓池塘曲，谢家幽梦长？

第一、二、三联是说香草藤萝，芬芳四溢；曲径回廊，轻烟翠滴。第四联则是用典：难道只有南朝诗人谢灵运做梦才能获得灵感写出"池塘生春草"佳句？言下之意是说，蘅芜院如此之美，也是能够做好梦写好诗的。探春等六个人《咏白海棠》诗六首、《菊花诗》十二首，以及五首小令《柳絮词》，每一首都有典故、都有出处，此不赘述。

（五）以花言志，以花抒情

第二十七回，林黛玉写了一首《葬花吟》。这首长诗五十二句，共三百六十八个字，具有强烈的抒情性。"一年三百六十日，风刀霜剑严相逼。""质本洁来还洁去，强于污淖陷渠沟。""一朝春尽红颜老，花落人亡两不知。"抒发了林黛玉对命运的抗争，唱出了一曲红楼女儿命运的悲歌！第七十回，林黛玉又一首长诗《桃花行》，沿用唐代乐曲名《桃花行》旧题写桃花，开头四点句说自己身在帘内看桃花，其实和桃花已经不远："桃花帘外东风软，桃花帘内晨妆懒。帘外桃花帘内人，人与桃花隔不远。"后八句抒发内心的感叹："若将人泪比桃花，泪自长流花自媚。泪眼观花泪易干，泪干春尽花憔悴。憔悴花遮憔悴人，花飞人倦易黄昏。一声杜宇春归尽，寂寞帘栊空月痕。"全诗语气伤叹，吟如哀音。但是，史湘云和薛宝钗则不同。史湘云的《柳絮词·如梦令》中："且住，且住，莫放春光归去！"是发自衷肠对春光的挽留，直抒胸臆。再看薛宝钗的《柳絮词·临江仙》最后两句："好风凭借力，送我上青云。"表达了宝钗一以贯之的志向——志存高远，出类拔萃。所以"众人拍手叫绝"。

以花抒情，以花喻人，在花卉植物中最体现文化蕴涵的是《芙蓉女儿诔》。"芙蓉"本身就是花。一是指水生植物荷花，一是旱地植物木莲。在大观园里，芙蓉既喻晴雯，又喻黛玉。在全部诔文中，出现的植物有喻美人的，如芙蓉、兰蕙、蘅杜、茝兰、葳蕤、莲瓣、兰芳。也有比喻邪恶，与美丽相对应的，如薋葹。"薋"是一种杂草，又名蒺藜，有刺。"葹"即苍耳，有毒。这两种草大观园中并没有种植。这两种草都是恶草，与毒鸟相同，在诔文中与鹰鸷、茝兰（一种香草）相对应——"鸠鸠恶其高，鹰鸷翻遭罦罬""薋葹妒其臭，茝兰竟被芟鉏"。以花喻事喻物的有：枫露、荆棘、蓬榛、麝月、檀云、衰草、蒹葭、楸榆、蓬艾、梓泽、桂岩、兰渚、柳眼、莲心、莲焰。比如"诼谣謑诟，出自屏帷；荆棘蓬榛，蔓延户牖"。这里"荆棘蓬榛"与"诼谣謑诟"相对应，指诬陷打击美人的现象就像荆棘蓬榛一样疯长蔓延。另外，以花作主语被修饰的有露苔、雨荔、烟萝、枪蒲。如"露苔晚砌，穿帘不度寒砧；雨荔秋垣，隔院希闻怨笛。"以露苔、雨荔渲染两句悲凉的气氛。

贾宝玉在写《芙蓉女儿诔》之前，就自言"远师楚人之《大言》《招魂》《离骚》《九辩》《枯树》《问难》《秋水》《大人先生传》等法"，或用实典，或设譬喻，随意所之，信笔而去。所以诔文中大量用典和以花喻人来寄托自己的爱憎。比如"茝""兰""蕙"。《离骚》有"杂申椒与菌桂兮，岂惟纫夫蕙茝"。"既替余以蕙纕兮，又申之以揽茝"。"扈江离与辟芷兮，纫秋兰以为佩"。《九歌》中有"沅有茝兮醴有兰，思公子兮未敢言"。《招魂》有"光风转蕙，泛崇兰些"。"兰膏明烛，华容备些"。恶草"薋葹"见于《离骚》:"资菉葹以盈室兮,判独离而不服"。诔文"连天衰草,岂独蒹葭"中的"蒹葭"即芦苇,见于《诗经·秦风》"蒹葭苍苍,白露为霜;所谓伊人,在水一方"。用以怀念故人。

  《红楼梦》里纷繁绚丽的植物世界,大观园里花气袭人的香草仙葩,寄托着红楼人物的内心情感,也表达了作者的精神世界和审美追求。爱书爱花的老师和同学,是不是也想走进大观园,体验一下花气袭人的审美感受?

十四、红楼中医，末世人参（生）

我原本对中医半信半疑。近年因为新冠病毒传播，中医竟然起到了巨大的作用，"连花清瘟汤"一时成为名药名方，闹得药店脱销，这才有了我对中医药的关注，再读《红楼梦》的时候，更感到这部著作的伟大。作者曹雪芹不仅是一位伟大的文学家，伟大的诗人，也是一位伟大的医生。李良松、郭洪涛在他们主编的《中国传统文化与医学》这本书中提供了一组数据：《红楼梦》中涉及医学的描写有291处，约5万余字，近占全书的十八分之一。书中使用的各种医学术语161条，涉及病症114种、方剂45首（含膏丹散方）、药物127种；涉及太医、御医、民间医生等各类医疗人员14人，记有完整的医案13个；等等。记述各种病症100余种，既有常见病、多发病，也有部分疑难危重病。且绝大部分病症，都从理法方药上作了描述。①全书涉及中医药体系的各个方面。本人一面读书，一面跟着曹先生学习中医中药。

---

① 李良松，郭洪涛：《中国传统文化与医学》，厦门大学出版社，1990：320。

（一）看医生如何诊断

中医对病人病情的诊断手段不同于西医。西医有一套体检程序，依靠抽血化验、拍X胸片、超声检查、CT扫描、核磁共振等精密仪器的检查，几乎可以把人体内部所有的脏器都看透。有了确切的检查结果，才对病灶施药，甚至开刀治疗。但是中医却不同。三千年以来，中医用的是自己的眼、耳、鼻、手，也就是所谓"望、闻、问、切"来对病人进行询问、观察和把脉，然后作出分析判断，给出药方。医术高明的大夫，并不需要把望、闻、问、切的手段都用上，就能一眼看出患者的病情而药到病除。

《红楼梦》第六回透露，"荣府中一宅中合算起来，人口虽不多，从上至下也有三四百丁"。这仅仅只是荣国府的人口，并没有算宁国府。这么多人生活，大病小灾是接连不断的。最先出场给贾府病人看病的是一个业余大夫——张友士（第十回）。

宁国府贾蓉的媳妇秦可卿得病久治不愈。贾珍的朋友冯紫英介绍并请了太医张友士过来。张友士尽管不靠行医吃饭，但是医术精湛。到贾蓉卧室之后，贾蓉还准备先把可卿的病情告诉一番，但是张太医却拦住说，待他把脉之后看他说的对不对，"再斟酌一个方儿"。

> 于是家下媳妇们捧过大迎枕来，一面给秦氏拉着袖口，露出脉来。先生方伸手按在右手脉上，调息了至数，宁神细诊了有半刻的工夫，方换过左手，亦复如是。诊毕脉息，说道："我们外边坐罢。"

对于高明的医生来说，有时候望闻问切四诊并不需要面面俱到，这张太医只用了切脉一项，就查出了秦可卿的病情。

王济仁是经常给贾府看病的大夫，也是给皇帝看病的御医。在书中未曾出场之前，就给黛玉配过药（第二十八回）。因袭人被宝玉误踢成伤而呕血,宝玉偷偷请王大夫来开过丸药。在第五十一回,胡庸医为晴雯看病,开了虎狼之药,宝玉又请王大夫过来重新诊脉开方。次日,王太医又来诊视,看没见好转,另加减汤剂。到了第五十三回,晴雯的病尚没好转,又连夜给宝玉补裘,加重了病情。宝玉又请王大夫来诊了脉,王大夫疑惑说道:"昨日已好了些,今日如何反虚浮微缩起来?敢是吃多了饮食?——不然就是劳了神思。外感却倒轻了,这汗后失调养,非同小可。"一面说,一面出去开了药方进来。宝玉看时,已将疏散驱邪诸药减去,倒添茯苓、地黄、当归等益神养血之剂。第五十七回,紫鹃试探宝玉对黛玉是否真心,而致宝玉疯了一般,请了王大夫过来,也只是"拿了宝玉的手,诊了一回",就得出了结论:急痛迷心。

第四十二回这一次,写得比较详细,把医生治病的环境也烘托了出来。贾母在大观园因和刘姥姥、众小姐们逛了一天,身体不适,便命人请了王太医来:

> 一时婆子回大夫来了。老嬷嬷请贾母进幔子去坐,贾母道:"我也老了,那里养不出那阿物儿来,还怕他不成!不用放幔子,就这样瞧罢。"众婆子听了,便拿过一张小桌子来,放下一个小枕头,便命人请。……王太医也不敢抬头,忙上来请了安。贾母见他穿着六品服色,便知是御医了,含笑问:"供奉好?"因问贾珍:"这位供奉贵姓?"贾珍等忙回:"姓王。"贾母笑道:"当日太医院正堂王君效,好脉息。"王太医忙躬身低头,含笑回说:"那是晚生家叔祖。"贾母听了笑道:"原来这样,也算是世交了。"一面说,一面慢慢的伸手放在小枕上。老嬷嬷端着一张小机放在小桌前,略偏些。王太医便屈一膝坐下,歪着头诊了半日,又诊了那只手,忙欠身低头退出。贾母笑说:"劳动了。珍哥让出去好生看茶。"贾珍、贾琏等忙答应了几个"是",复领王太医到外书房中。王太医说:"太夫人并无别症,偶感了一点风凉,究竟不用吃药,

不过略清淡些,暖着一点儿,就好了。如今写个方子在这里,若老人家爱吃便按方煎一剂吃,若懒待吃,也就罢了。"说着,吃过茶写了方子。刚要告辞,只见奶子抱了大姐儿出来,笑道:"王老爷也瞧瞧我们。"王太医听说忙起身,就奶子怀中,左手托着大姐儿的手,右手诊了一诊,又摸了一摸头,又叫伸出舌头来瞧瞧,笑道:"我要姐儿又骂我了,只是要清清净净的饿两顿就好了。不必吃煎药,我送丸药来,临睡时用姜汤研开,吃下去就是了。"说毕作辞而去。

古时候,医生为贵族家女士看病是不能见其尊容的,所以老嬷嬷要请贾母进幔子去坐,也就是用布帘子隔着让医生把脉,所以贾母说自己年纪大,生都生得他出来,没有关系,不用隔着。不过,上文说到张友士给秦可卿看病,是见到了秦可卿面容了的。四诊中虽然"望"不能见本人,但是可以观察周围的环境,望闻身边人的表情和对话。在这一段描述中,倒是为凤姐的女儿看病,望、闻、问、切四诊基本都用上了,把了脉,摸了头,又看舌头。通过王太医那种自信的口音,就知道他的医术很精湛。

另一个为贾府看病的医生是胡君荣,一个庸医。上文提到,在第五十一回,他给晴雯看病,并不知道晴雯是一个丫鬟,而且只看见了晴雯"那只手上有两根指甲,足有二三寸长,尚有金凤仙花染的通红的痕迹",于是乱开了一剂虎狼药,被宝玉检查出来,重新请了王大夫来再开药方。这一次因为宝玉的仔细,避免了一场药物中毒事故。另外一次还是酿成了大祸。

第六十九回,凤姐乘贾琏出差时将尤二姐忽悠到大观园内来,百般虐待。尤二姐受了一月的暗气,便恹恹得了一病,四肢懒动,茶饭不进,渐次黄瘦下去。贾琏回来以后便去请医生来看,偏偏王大夫谋了军前效力,便才请了胡庸医来给尤二姐看病。这胡君荣不仅是一个庸医,而且还是一个"色鬼",看到尤二姐的美色之后更是看不好病了:

……姓胡的太医,名叫君荣。进来诊脉看了,说是经水不调,全要大补。贾琏便说:"已是三月庚信不行,又常作呕酸,恐是胎气。"胡君荣听了,复又命老婆子们请出手来再看看。尤二姐少不得又从帐内伸出手来。胡君荣又诊了半日,说:"若论胎气,肝脉自应洪大;然木盛则生火,经水不调亦皆因肝木所致。医生要大胆,须得请奶奶将全面略露露,医生观观气色,方敢下药。"贾琏无法,只得命将帐子掀起一缝,尤二姐露出脸来。胡君荣一见,魂魄如飞上九天通身麻木,一无所知。一时掩了帐子,贾琏就陪他出来,问是如何。胡太医道:"不是胎气,只是瘀血凝结。如今只以下瘀血通经脉要紧。"于是写了一方,作辞而去。贾琏令人送了药礼,抓了药来,调服下去。只半夜,尤二姐腹痛不止,谁知竟将一个已成形的男胎打下来了。于是血行不止,二姐就昏迷过去。贾琏闻知,大骂胡君荣,一面遣人再去请医调治,一面命人去打告胡君荣。胡君荣听了,早已卷包逃走。

在中医望、闻、问、切四诊中,切脉是最关键的一项。我们从贾府太医们诊病的过程来看,其他几项可以省略,唯独切脉没有省。前文说过,古代医生为贵族家的女眷看病,最考验医生水平的是隔着帘帐给病人诊断,最多也只能把手伸出来让医生把脉。而在很多情况下,连这种最基本的诊脉都行不通。中医的脉诊技术可以追溯到《黄帝内经·脉要精微论篇》等经典著作中。有传说诊脉是由黄帝时期的名医扁鹊所创。扁鹊通过观察病人的脉搏跳动,来判断病情的轻重和病邪的位置。后来,这种方法逐渐演变成为中医诊断疾病的重要手段。在无法接触病人进行直接诊脉的时候,就出现了"悬丝诊脉"的传说。相传唐太宗贞观年间,长孙皇后怀孕超过预产期而不能分娩,为此太宗皇帝束手无策。大臣李勣推荐了当时的民间医生孙思邈给皇后治病。但是孙思邈却不能接近皇后。他一面向宫女们细问皇后病情,一面查阅先前太医们的病历和处方,然后取出一条丝线,命宫女把丝线的一端系在皇后的右手腕上,将丝线从绣帘内拉出来,孙思邈捏着拉出来丝线的一端，根据丝线的细微振动，诊断皇后脉搏的跳动，这就是"引丝切脉"。孙思邈向皇帝报告说：难产的原因是胎位不顺。孙思邈又命宫女将皇后的手扶近竹帘，在其中的一指上扎了一针便见效果，顺利产下一皇子。当然，这个传说故事应该是虚构的，因为查无所据。

古典小说中也有类似悬丝诊脉的故事。比如《封神榜》中闻太师为妲己悬丝诊脉，诊断出妲己是一个妖精。再如《西游记》孙悟空给朱紫国国王看病的故事。孙悟空假扮神医，以悬丝诊脉的手段探得国王病情，并以乌金丹治好了国王的病症。

2024年2月6日，看中央电视台的《中国中医大会》，我为之一振：其中披露咱们已经研究出了"中医四诊仪"，并用"中医四诊仪"为神舟十二号航天员返回地球时进行了身体检查。随着科技的进步，今后中医的诊断会进一步向智能化、数字化发展。这是曹雪芹未曾想到过的吧。

（二）金陵十二钗的体质特征

旅美学者林大栋博士出版了一本很有创意的书：《中医梦红楼——大观园女子健康诊断书》。他根据中医学的理论与实践，给贾府十二金钗分别做了一个体质测评。

在"金陵十二钗"正册的判词中，林黛玉和薛宝钗是合二为一的：

可叹停机德，堪怜咏絮才。

玉带林中挂，金簪雪里埋。

但是林薛两人的性格却是完全相反的。林黛玉身体娇弱："态生两靥之愁，娇袭一身之病。泪光点点，娇喘微微。闲静时，如姣花照水；行动处似弱柳扶风。心较比干多一窍，病如西子胜三分。"（第三回）根据全书对黛玉的描写，林大栋博士诊断她为气血两虚。又由于她是一个争强好胜的人，便知她不是阳虚，而是阴虚、气郁。典型的症状是爱钻牛角尖，想不开，生闷气。另外还有脾气虚。这一点从她饭后想睡觉的描写中可以看出。

严灿先生认为，林黛玉属于"悲忧伤肺"①。黛玉的日常调理是人生养荣丸（第三回）。

薛宝钗是一个冷美人。书上说她罕言寡语，端庄自重，恪守礼教，城府森严。她和林黛玉不仅在性格上是一个对照，而且在体质上也相反：黛玉偏冷，宝钗偏热。宝钗是一种湿热体质。湿是体内的水分，水在身上多了，就显得有一点发胖，所以宝玉拿她比杨贵妃。身体微胖，体丰怯热，所以要吃冷香丸。冷香丸是曹雪芹自拟出来的方子。周瑞家的问宝钗得的是什么病，她说"是从胎里带来的一股热毒"。周瑞家的又问："这病发了时，到底怎么着？"宝钗说："也不觉什么，不过只喘嗽些，吃一丸也就罢了。"（第七回）在第九十一回，宝钗因家里事多忙得生病发烧，治了七八天都不见有效，最后还是自己想起冷香丸来，吃了三颗，才得病好。

王熙凤也是贾府《红楼梦》一书中的主要人物，全书有一半以上的回次写到凤姐。凤姐的故事可谓精彩绝伦。她口齿伶俐，见风使舵；争强好胜，杀阀决断；追权逐利，心机算尽。可是她的身体却并不怎么好，可谓外强中干。林大栋博士诊断她是肝郁气结，气郁化火，血虚兼血瘀体质。凤姐生病，"是因为她原本气血不足，再加上年幼不知保养，平生又爱争强斗智，心力心血就更亏了。气血不足者自然肝血不足，肝血不足则容易导致肝郁，肝郁又造成肝气犯脾胃，脾气又不适，导致血液生化不足，而且肝郁气结容易气郁化火，这些结合起来最后造成小产了，也就是流产"②。

秦可卿是贾府的一个特殊人物。她是贾蓉之妻，贾母说她是重孙媳妇中第一个得意之人。她有黛玉和宝钗的"兼美"之貌，她临死前曾给凤姐托梦，提出了贾家"月满则亏，水满则溢""登高必跌重"的警世之语，提出了在祖茔附近购置田庄地亩的建议，同时也预告了贾府"烈火烹油，鲜

---

① 严灿：《明明白白学中医：医道医理篇》，广东科技出版社，2015：184。
② ［美］林大栋：《中医梦红楼：大观园女子健康诊断书》，中国中医药出版社，2021：175。

花着锦"的瞬息繁华。虽然是这么重要的一个人物,医术精明的太医张友士也并没有看好她的病。作者写她的笔墨并不多,到第十三回就去世了。张太医诊脉后说:"其左寸沉数者,乃心气虚而生火;左关沉伏者,乃肝家气滞血亏。右寸细而无力者,乃肺经气分太虚;右关虚而无神者,乃脾土被肝木克制。心气虚而生火者,应现今经期不调,夜间不寐。肝家血亏气滞者,应胁下痛胀,月信过期,心中发热。肺经气分太虚者,头目不时眩晕,寅卯间必然自汗,如坐舟中。脾土被肝木克制者,必定不思饮食,精神倦怠,四肢酸软。""据我看这脉息,大奶奶是个心性高强聪明不过的人。聪明忒过,则不如意事常有,不如意事常有,则思虑太过。此病是忧虑伤脾,肝木忒旺,经血所以不能按时而至。"(第十回)但是林大栋博士并不认为这个医生的医理是正确的,而认为是脾虚、血虚、肝气郁所致。①

林大栋博士还为其他女子的体质作了诊断:贾元春为痰湿气滞体质;贾迎春为肾阳虚体质;贾探春为整体平和体质,略肝郁有火;贾惜春为气郁体质;史湘云为平和体质,健康美人;妙玉为气郁体质,精神洁癖;李纨为中正平和体质;巧姐为气虚体质,营养不调。

(三)三个人三服药

中药有很多种剂型,如汤剂、丸剂、散剂、冲剂、酒剂、膏剂等。这些剂型在《红楼梦》全书中都能看到。比如,第二十五回,贾环故意将蜡烛推到宝玉的脸上,将宝玉烫伤。王夫人忙令取了"败毒散"来给宝玉敷上。第八十回,宝玉到城西门外的天齐庙烧香还愿之后会到王道士卖膏药。林黛玉吃的人参养荣丸属于丸剂。现在我们多看到的是在药店里销售的片剂、胶囊、冲剂等,都属于中成药。《红楼梦》中提到的中成药共25个。其中有15个皆有根有据,绝大多数名称可以在药书上找到出处,少数名称虽无直接出处,观其药方,也符合家常用药。仅冷香丸

---

① [美]林大栋:《中医梦红楼:大观园女子健康诊断书》,中国中医药出版社,2021:187。

为杜撰。王一贴的膏药有名无方。①在书中，我们看到的比较完整的中药处方有三个：

一是林黛玉常吃的"人参养荣丸"。《红楼梦》中并没有把这个丸药各个具体的药材介绍出来，但是这个方剂却是在一个经典的中医方剂十全大补汤稍微加减之后制成的。第三回林黛玉初进贾府，大家见她虽然年纪小，但举止言谈不俗，身体面貌虽弱不胜衣，却有一段风流态度，便知她有不足之症，就问她经常服什么药。黛玉说她从会吃饭的时候起便吃药，到如今了，经过了多少名医，总未见效，如今还是吃的"人参养荣丸"。丸剂是将药研成粉末以后加入赋形剂而制成的。人参养荣丸出自宋代《太平惠民和剂局方》，具有益气补血、养心安神的功效。也可制成汤剂，称人参养荣汤。汤剂是以水为溶剂，药材经过浸泡和煎煮，有效成分容易析出，吸收快，药效发挥也快。人参养荣汤的构成："四君子汤"（人参、茯苓、白术、甘草）加"四物汤"（熟地、当归、白芍、川芎），就构成了"八珍汤"，气血双补。再加黄芪、肉桂，构成"十全大补汤"。在此基础上去掉川芎，加五味子、远志、陈皮，就是"人参养荣汤"了，气血、阴阳和心神皆补。人参养荣丸是林黛玉长期吃的保健药。丸药吸收较慢，但药力维持的时间较久。所以宝玉对王夫人说："太太不知道，林妹妹是内症，先天生的弱，所以禁不住一点儿风寒。不过吃两剂煎药，疏散了风寒，还是吃丸药的好。"（第二十八回）

二是"益气养荣补脾和肝汤"。上文提到过张友士，张太医给秦可卿诊脉之后开出了一剂方药：益气养荣补脾和肝汤，这是《红楼梦》全书中开出的一剂比较具体的处方，包括药材名称和重量、炮制方法等。

人参二钱，白术二钱（土炒），云苓三钱，熟地四钱，归身二钱（酒洗），白芍二钱（炒），川芎钱半，黄芪三钱，香附米二钱

---

① 胡献国，郑海清：《红楼梦与中医》，湖北科学技术出版社，2016：25。

（制），醋柴胡八分，怀山药二钱（炒），真阿胶二钱（蛤粉炒），延胡索钱半（酒炒），炙甘草八分。引用建莲子七粒去心，大枣二枚。

这个方子的主要作用是补虚扶正，补脾和肝。其中人参、白术、茯苓、炙甘草补脾益气；熟地、归身、白芍、川芎滋阴补血，养肝和血；黄芪补气升阳；香附疏肝理气；生姜、大枣调和脾胃。诸药合用，补肝扶正，补脾和肝。但是，这样一副精致配方的药仍然没有救活秦可卿。

三是薛宝钗吃的"冷香丸"。第七回，薛宝钗告诉周瑞家的，说她的病又发了，咳喘，是从娘胎里带来的一股热毒。一个和尚给她开了一个海上方：冷香丸。其制作方法非常讲究：

> 要春天开的白牡丹花蕊十二两，夏天开的白荷花蕊十二两，秋天的白芙蓉蕊十二两，冬天的白梅花蕊十二两。将这四样花蕊，于次年春分这日晒干，和在末药一处，一齐研好。又要雨水这日的雨水十二钱，还要白露这日的露水十二钱，霜降这日的霜十二钱，小雪这日的雪十二钱。把这四样水调匀，和了药，再加十二钱蜂蜜，十二钱白糖，丸了龙眼大的丸子，盛在旧磁坛内，埋在花根底下。若发了病的时候儿，拿出来吃一丸，用十二分黄柏煎汤送下。

冷香丸虽然是曹雪芹杜撰的一个奇方，但在中医行家看来，也是有道理的。[1]第一，中药自古以来都讲究炮制方法，对药物采集的时间、地点、配制都有严格的要求，这样才能保证药效。第二，雨水、白露、霜降、小雪四个节气的水质轻清上扬，易于上达肺部起到治疗作用，而且自然水中的杂质少，易于发挥药效。第三，四种四时开花的白色花蕊，性味平淡，分别具有调经活血、止咳平喘、清热解毒、利肺化痰的功效。四种花蕊与蜂

---

[1] 胡献国，郑海清：《红楼梦与中医》，湖北科学技术出版社，2016：27。

蜜、白糖及四季之水配伍，可升清降浊、清肺泻热、定喘止咳。根据中医五行归经理论，白色属肺，咳喘属于肺病，故用白色花蕊直达肺经。又因黄柏是治肾要药，可滋阴并治疗下焦肾之热毒，肺肾互滋，下焦热毒清利，上焦肺热可解，喘热自愈。红学家胡文斌先生认为，曹雪芹之所以杜撰出这么一个海上方，是为了寓意薛宝钗的两面性人格：一是宝钗咳喘，属内热痰阻，痰是浊物，即内浊外清；二是热衷名位，自己选秀不成，则累劝宝玉求取功名，而外表平淡，住处如雪洞，平时穿旧衣，对人不苟言笑，谓之"冷美人"，即内热外冷；三是药方由四季花蕊组成，芳香四溢，以芳香掩浊气，同时也掩饰自己。①

（四）懂一点中医很重要

《红楼梦》中除了专业的太医之外，有两个人懂一点中医药，那就是贾宝玉和薛宝钗。

先说贾宝玉。第十三回，宝玉在梦中听说秦可卿死了，只觉得心中似被戳了一刀，哇的一声，直喷出一口血来。袭人等慌忙来扶，要去回贾母请大夫。宝玉说："不用忙，不相干，这是急火攻心，血不归经。"再看第五十一回，晴雯因为晚上出门穿衣太少而引起感冒发烧，偷着请了一个大夫来看病。这个大夫就是上文说到过的胡君荣胡庸医。他诊断晴雯是"外感内滞""风寒也不大，不过是气血原弱，偶然沾染了些，吃两剂药疏散疏散就好了"。宝玉把这大夫开的药方拿来看了一下，发现问题很大：上面有紫苏、桔梗、防风、荆芥等药，后面又有枳实、麻黄。连忙说："该死该死，他拿着女孩儿们也像我们一样的治法，如何使得？凭他有什么内滞，这枳实、麻黄如何禁得？谁请了来的？快打发他去罢，再请一个熟的来罢。"于是重新请来王太医王济仁。王济仁先诊了脉，后说病症，也与前头不同。方子上果然没有枳实、麻黄等药，倒有当归、陈皮、白芍等药。那分两较先

---

① 胡文彬：《红楼梦与中国文化论稿》，中国书店，2005：223。

也减了些。宝玉对麝月说:"这才是女孩儿们的药。虽疏散,也不可太过。旧年我病了却是伤寒,内里饮食停滞,他瞧了还说我禁不起麻黄、石膏、枳实等狼虎药。……你们就如秋天芸儿进我的那才开的白海棠似的,我禁不起的药,你们那里经得起?"

把宝玉和贾琏一对比,就可以看出懂得中医知识的重要性了。第六十九回,尤二姐已有身孕,因在大观园被凤姐折磨得生出病来,贾琏叫人去请太医,又把那胡庸医请过来了,他说尤二姐"不是胎气,只是瘀血凝结。如今只以下瘀通经要紧"。于是写了一方,作辞而去。贾琏令人送了药礼,抓了药来,调服下去。只半夜时间,尤二姐便腹痛不止,竟将一个已经成形的男胎打下来。二姐也血行不止,昏迷过去。如果贾琏像宝玉那样懂一点医学知识,把胡庸医开的方子检查一下,不就避免了这样一宗惨案吗!

贾宝玉懂得中医知识,在《红楼梦》中还有很多地方都有描写,比如第二十八回,在和王夫人讨论给黛玉配什么药的时候,宝玉就举出了多种药名:八珍益母丸、左归、右归、麦味地黄丸①、头胎紫河车、人形带叶参、龟大何首乌、千年松根茯苓胆等,并指出为君的药、为臣的药②,等等。

薛宝钗是一个真正的博学式人物,不仅人长得好看,不在黛玉之下,才气也不输黛玉,在大观园诗社第一场赛诗就得了第一名。而且,她的医药知识也很丰富。第八回,宝玉在薛姨妈处喝酒,他说:"不必烫暖了,我只爱喝冷的。"薛宝钗马上批评道:"亏你每日家杂学旁收的,难道就不知道酒性最热,若热吃下去,发散的就快,若冷吃下去,便凝结在内,以五脏

---

① 八珍益母丸、左归丸、右归丸、麦味地黄丸等出自明代张景岳著《景岳全书》,是六味地黄丸的变方。常用的滋补肾阴、填精益髓的六味地黄丸由熟地、山药、枣皮、泽泻、茯苓、丹皮制成。
② 根据中药方剂配伍中的作用不同,其中起主要作用的药称为君药,协助主药加强疗效的药称为臣药。

去暖他，岂不受害？"第三十四回，宝玉被父亲贾政毒打，宝钗在自己家里调制了治伤药，给宝玉送来，向袭人说："晚上把这药用酒研开，替他敷上，把那淤血的热毒散开，就好了。"第八十四回，薛姨妈一时因被儿媳金桂气得肝气上逆，左肋作痛。宝钗明知是怄气的缘故，但也等不及医生来看，先叫人去买了几钱钩藤来，浓浓的煎了一碗，给他母亲吃。钩藤是中医常用的平肝解郁类中药，宝钗可谓对症下药。

薛宝钗平时吃的"冷香丸"，虽然这个海上方是和尚开的，也就是曹雪芹杜撰出来的，但其复杂的炮制过程，包括雨水、花蕊的采集和药丸的制作，药末引子，黄柏煎汤内服等每一道工序都符合中药炮制的要求，宝钗虽然不能自己一手操作，但却很熟悉。而最能体现宝钗医学知识的，则是她对黛玉吃药的建议。

> 宝钗点头道："可正是这话。古人说，'食谷者生'，你素日吃的竟不能添养精神气血，也不是好事。"黛玉叹道："'死生有命，富贵在天'，也不是人力可强求的。今年比往年反觉又重了些似的。"说话之间，已咳嗽了两三次。宝钗道："昨儿我看你那药方上，人参、肉桂觉得太多了，虽说益气补神，也不宜太热。依我说，先以平肝健胃为要。肝火一平，不能克土，胃气无病，饮食就可以养人了。每日早起，拿上等燕窝一两、冰糖五钱，用银铫子熬出粥来，要吃惯了，比药还强，最是滋阴补气的。"

宝钗这个食疗方法很适合黛玉的症候。人参、肉桂虽然补神益气，但黛玉体质属阴虚，不宜太热。燕窝粥可以滋阴润肺，益气补中，平肺养胃。

（五）常备药与西洋药

《红楼梦》是现实主义作品，写的是人世间的生活，因而我们可以在贾府看到一些家庭常备的药物。平时有个发烧咳嗽、磕磕碰碰，不需要去请医生，自己就能处理。我们现代家庭也应常备点诸如酒精、碘酒、创可贴、感冒清之类的药物。

第四十二回，刘姥姥第二次来贾府，给贾府老老少少都带来了快乐。鸳鸯在送刘姥姥离开回家的时候，也送了一些家庭常备的药："这包子里是你前儿说的药，梅花点舌丹也有，紫金锭也有，活络丹也有，催生保命丹也有，每一样是一张方子包着。"

梅花点舌丹是由牛黄、珍珠、麝香等 14 种药配成的水丸剂，有清热解毒、活血消肿的功效，适用于口舌生疮、咽喉牙龈肿痛。

紫金锭是由麝香、冰片、朱砂等 8 味药炮制的成药，有辟邪解毒的功效，适用于头晕胸闷、腹痛吐泻、小儿惊厥等症。

活络丹，有大活络丹和小活络丹之分，前者组方的药材只有 6 味，炮川乌、炮草乌、地龙、炮天南星、乳香、没药味。后者的药材组方超过了 50 味。两者均具有祛风除湿、舒筋活络的功效。前者适用肢体疼痛、麻木拘挛。后者适用半身不遂、偏瘫，甚至猝然昏仆等。

第二十五回，宝玉被贾环用蜡烛烫伤后使用败毒散敷用，这也是常备药之一。败毒散即人参败毒散，多用于内服，这里用于外敷。组方有柴胡、甘草、桔梗、人参等 10 多味药。

此外，在书中还看到经常使用桂圆。第六回，宝玉做梦在太虚幻境被吓得大叫，迷迷糊糊，若有所思。丫头连忙端上桂圆汤来，宝玉呷了两口，遂起身整衣。在这里，可见桂圆汤是现存备好了的。第九十八回，宝玉和宝钗成亲，黛玉晕死过去。到了晚上，黛玉缓过神来，微睁开眼睛似要水喝。紫鹃端了一碗桂圆汤和梨汁，用小银匙灌了两三匙。这里的桂圆汤也是现存备用的。第一一六回，宝玉失玉后醒来，王夫人叫人端了桂圆汤叫他喝了几口，宝玉才渐渐定了神。桂圆就是我们平常所说的龙眼肉，具有补益心脾、养血安神的功效，用于气血不足、心脾虚损所致的症状，是滋补良药。林大栋博士就非常推崇桂圆，认为桂圆是补血安眠的好食材。他建议在龙眼肉里加一点凉润的药花旗参，中和一下龙眼的燥性，其比例是 10：1，即龙眼肉 10 颗、花旗参 1~2 片。此方名叫玉灵膏。林博士还建议，如果不觉得燥热,可直接将龙眼肉泡水喝。①

《红楼梦》成书的时代是清朝前期所谓康乾盛世,这时候资本主义已经开始萌生,不仅西方的宗教、思想开始传入中国,而且西方的商品也已经流入中国。例如,《红楼梦》中凤姐房里有自鸣钟和玻璃炕屏(第六回),怡红院里有穿衣镜(第四十二回),贾母给宝玉的"雀金裘"(第五十二回),贾母戴的老花眼镜(第五十三回、六十九回),等等。同时,西洋药物也流进中国。第五十二回,晴雯生病,服了王太医的药后,虽然稍减了烧,仍是头疼:

> 宝玉便命麝月:"取鼻烟来,给他嗅些,痛打几个嚏喷,就通了关窍。"麝月果真去取了一个金镶双金星玻璃的一个扁盒来,递与宝玉。宝玉便揭翻盒扇,里面有西洋珐琅的黄发赤身女子,两肋又有肉翅,里面盛着些真正汪恰洋烟。晴雯只顾看画儿,宝玉道:"闻些,走了气就不好了。"晴雯听说,忙用指甲挑了些嗅入鼻中,不怎样。便又多多挑了些嗅入。忽觉鼻中一般酸辣透入囟门,接连打了五六个嚏喷,眼泪鼻涕登时齐流。晴雯忙收了盒子,笑道:"了不得,好爽快!拿纸来。"早有小丫头子递过一搭子细纸,晴雯便一张一张的拿来擤鼻子。宝玉笑问:"如何?"晴雯笑道:"果然通快些。只是太阳还疼。"宝玉笑道:"越发尽用西洋药治一治,只怕就好了。"说着,便命麝月:"往二奶奶要去,就说我说了:姐姐那里常有那西洋贴头疼的膏子药,叫做'依弗哪',找寻一点儿。"麝月答应,去了半日,果然拿了半节来。便去找了一块红缎子角儿,铰了两块指顶大的圆式,将那药烤和了,用簪挺摊上。晴雯自拿着一面靶镜,贴在两太阳上。

这一段写得非常精彩生动,好像我们身临其境,亲身经历一样。鼻烟

---

① [美]林大栋:《中医梦红楼:大观园女子健康诊断书》,中国中医药出版社,2021:27。

具有芳香之气，它由香味较浓的烟叶和入一定的名贵药材，磨成粉末后装入密封容器备用。可以提神醒脑、驱秽避疫，可以治头痛、开鼻塞。可见晴雯正好对症使用，效果才好。所谓"汪恰"，是当时进口鼻烟的一个品版，属于上等好烟。这里说到王熙凤经常贴的"依弗哪"，亦是一种对头痛有特效的进口膏药。

从这里可看出，西洋药其实也是贾府常备的保健药。

（六）"末世""人参（生）"

《中药大词典》里的人参词条这样写：大补元气，复脉固脱，补脾益肺，生津安神。① 作为小说，《红楼梦》在人参的用法上有很大的讲究，赋予了其重要的意义。

《红楼梦》在第五回借警幻仙姑之口说："吾家自国朝定鼎以来，功名奕世，富贵流传，已历百年。奈运终数尽不可挽回。"就是说，贾府已经是运终数尽的时代。并且多次说道《红楼梦》中人物所处的时代是"末世"。第一回，说贾雨村"生于末世，父母祖宗根基已尽"；第五回，探春的判词是"生于末世运偏消"；王熙凤的判词是"凡鸟偏从末世来"。既然生于"末世"，就要寻求重生，寻求大补，这便是作者赋予人参在《红楼梦》中的意义。因此，在病人的药物中都有人参。如张大夫为秦可卿开出的"益气养荣补脾和肝汤"，第一味药就是人参。林黛玉吃的"人参养荣丸"，更不必说。人参没有治好秦可卿的病，没有治好林黛玉的病，即便用"独参汤"（十二回），也没能治好被凤姐设局而病入膏肓的贾瑞的病。"参"与"生"同音。对于生于"末世"的贾府个人的"人生"来说，"人参"的"大补"看来是无法救治的。那么，对于整个贾府家族来说呢？这要说到《红楼梦》又一独特的艺术特点："草蛇灰线"。

"草蛇灰线"是通过前文的某一线索或情绪，在后文的情结中暗示。前

---

① 苗明三，孙玉信，王晓天：《中药大辞典》，山西科学出版社，2017。

者称"伏笔",后者称"照应"。或者是一种"隐喻",前后相关,以此表达更加深刻的意义。①中药的使用也成为这种艺术形式的表现手法。第十一回,凤姐去看病中的秦可卿,凤姐说,你好生养病吧,你公公婆婆听见说你的病治得好,"别说一日二钱人参,就是二斤也吃得起"。后来张友士给秦可卿开的方子中果然有人参,贾珍说:"那方子上有人参,就用前日买的那一斤好的罢。"人参即便是在当时,也是价值很贵的药品。这个时候,正是贾府昌盛繁荣、鲜花着锦的时候。

到了第七十七回,凤姐染病,请大夫每日来诊脉服药;又开了丸药方来,配"调经养荣丸",有上等人参二两。王夫人取时,翻寻了半日,只向小匣内寻了几枝簪粗细的。王夫人看了嫌不好,命再找去,又找了一大包须沫出来,更不能用。又到邢夫人那里问,也说早已用完了。王夫人又亲身过来请问贾母。贾母这里竟还有一大包,皆有手指头粗细不等,但是医生说:

> "这一包人参固然是上好的,只是年代太陈。这东西比别的却不同,凭是怎么好的,如今就连三十换也不能得这样的了,但年代太陈了。这东西比别的不同,凭是怎样好的,只过一百年后,便自己成了灰了。如今这个虽未成灰,然已成了糟朽烂木,也无性力的了。请太太收了这个,倒不拘粗细,好歹再换些新的倒好。"王夫人听了,低头不语。

这里医生说"只过一百年后,就自己成了灰了",这不正是应了当时警幻仙姑说的那句话吗?荣宁二公嘱托:"吾家自国朝定鼎以来,功名奕世,富贵流传,虽历百年,奈运终数尽,不可挽回者。"(第五回)后来薛宝钗亲自去自己家的店铺里安排伙计到参行里购买人参原枝:

---

① 任世权:《〈红楼梦〉中的"草蛇灰线"析论》,见红楼梦学刊编辑部主编《微语红楼》,文化艺术出版社,2018:319。

于是宝钗去了，半日回来说："已遣人去，赶晚就有回信的。明日一早去配也不迟。"王夫人自是喜悦，因说道："'卖油的娘子水梳头'。自来家里有好的，不知给了人多少，这会子轮到自己用，反倒各处求人去了。"说毕长叹。

贾府的"人参"从一天可以吃两斤的昌盛时代，吃到了只有"糟朽烂木""卖油的娘子水梳头"的时代，人参已无力再食，人生也无法补益，衰落之势无可挽回！可以说，人参的丰缺，既是贾府女子们"人生"的悲欢、贾氏家族由盛到衰的象征，也是中国封建社会从鼎盛到末世的写照。

十五、漫读红楼梦,陆羽教烹茶

去天门市竟陵镇看茶经楼、看陆羽亭,我联想到了《红楼梦》贾宝玉的一句诗:"静夜不眠因酒渴,沉烟重拨索烹茶。"我对茶并不懂,只好请茶圣来教了。

陆羽《茶经·六之饮》说:"茶之为饮,发乎神农氏,间于鲁周公,齐有晏婴,汉有杨雄、司马相如,吴有韦曜,晋有刘琨、张载、远祖纳、谢安、左思之徒,皆饮焉。滂时浸俗,盛于国朝,两都并荆俞间,以为比屋之饮。""远祖纳",即陆纳,东晋时曾任吏部尚书等职。因同姓,陆羽尊称陆纳为自己的远祖。这段话说,从上古神农氏时,就开始有茶饮了。春秋鲁周公时期,茶已为人所知。汉代以来很多名人、文人、士大夫都爱好饮茶。到了唐代,饮茶之风盛行,东西两都,长安、洛阳,以及湖北四川一带,家家户户都饮茶。也有传说,茶是蜀人最先发现的,战国时秦国大将司马错灭蜀之后,将茶带到了中原。可见中国人喝茶具有悠久的历史。"开门七件事,棋琴书画诗酒茶";"开门七件事,柴米油盐酱醋茶"。不论文人雅士,或是凡夫俗子,都离不开茶。《红楼梦》这部百科全书式的著作当然写了茶。据段振离先生介绍:《红楼梦》120回,有112回说到了茶,全书有300多处写到了茶。①

（一）品茶栊翠庵

《红楼梦》写茶事最有代表性的是第四十一回贾母一行到栊翠庵品茶，可谓浓墨重彩。栊翠庵是妙玉修行的小庙，位于大观园东部大主山脉向南延伸处，离怡红院不远。院内有东福音禅堂、净室等，这里花木繁盛，尤其冬天红梅盛开如胭脂一般，寒香拂鼻。

> 当下贾母等吃过茶，又带了刘姥姥至栊翠庵来。妙玉忙接了进去。至院中见花木繁盛，贾母笑道："到底是他们修行的人，没事常常修理，比别处越发好看。"一面说，一面便往东禅堂来。妙玉笑往里让，贾母道："我们才都吃了酒肉，你这里头有菩萨，冲了罪过。我们这里坐坐，把你的好茶拿来，我们吃一杯就去了。"宝玉留神看他是怎么行事。只见妙玉亲自捧了一个海棠花式雕漆填金云龙献寿的小茶盘，里面放一个成窑五彩小盖钟，捧与贾母。贾母道："我不吃六安茶。"妙玉笑说："知道。这是老君眉。"贾母接了，又问是什么水。妙玉道："是旧年蠲的雨水。"贾母便吃了半盏，便笑着递与刘姥姥说："你尝尝这个茶。"刘姥姥便一口吃尽，笑道："好是好，就是淡些，再熬浓些更好了。"贾母众人都笑起来。然后众人都是一色的官窑脱胎填白盖碗。
>
> ……妙玉自向风炉上煽滚了水，另泡了一壶茶。宝玉便轻轻走进来，笑道："你们吃体己茶呢！"二人都笑道："你又赶了来撤茶吃！这里并没你吃的。"妙玉刚要去取杯，只见道婆收了上面茶盏来，妙玉忙命："将那成窑的茶杯别收了，搁在外头去罢。"宝

---

① 段振离：《红楼说茶：〈红楼梦〉中的茶文化与养生》，上海交通大学出版社，2011：前言。

玉会意，知为刘姥姥吃了，他嫌腌臜不要了。又见妙玉另拿出两只杯来，一个旁边有一耳，杯上镌着"𤫽瓟斝"三个隶字，后有一行小真字，是"王恺珍玩"；又有"宋元丰五年四月眉山苏轼见于秘府"一行小字。妙玉斟了一觚递与宝钗。那一只形似钵而小，也有三个垂珠篆字，镌着"点犀䀉"。妙玉斟了一觚与黛玉，仍将前番自己常日吃茶的那只绿玉斗来斟与宝玉。

这一节包括多重关于茶的信息：

第一，这里说了两种茶，一是六安茶，二是老君眉。六安茶是安徽名茶。据《援鹑堂笔记》："六安茶产自霍山，旧例于四月初八进贡以后，始得发售。茶山周围八百里，而以仙人街、黄溪涧、乌梅尖、濛童湾等处为佳。茶叶有蕊尖、贡尖、皇尖等名目，分白茶与明茶，有毛者不论粗细皆为白茶，无毛者曰明茶，皆老叶也。"[1]六安茶有毛尖、瓜片、银针等名品。老君眉是产于湖南洞庭湖中君山上的一种银针，由未开叶的肥嫩芽头制成，色泽鲜嫩，味道甘醇，香气高爽。《巴陵县志》载，老君眉也是贡茶。但冯其庸、李希凡编《红楼梦大辞典》说老君眉是安徽六安的银针茶。还有说福建武夷山也有老君眉。但我觉得还是洞庭湖中的小岛君山上所产老君眉可信一些。不过龚鹏程先生说这个老君眉是杜撰的，无非是想说贾母、妙玉等人对喝茶的考究，因为当时并无"老君眉"这种茶名。[2]当然，《红楼梦》中还写了其他的茶品，比如第八回宝玉喝的枫露茶；第六十五回写宝玉生日，林之孝家的叫人给宝玉"闷些普耳茶喝"。袭人、晴雯连忙说："闷了一缸子女儿茶，已经喝过两碗了。"女儿茶是普洱茶的别称。云南茶区的各族妇女是采茶的主体，她们采制的茶叶被称为女儿茶。第八十二回，写宝玉放学回来后去潇湘馆，林黛玉对紫鹃说："把我的龙井茶给二爷沏一碗。

---

[1] 冯其庸，李希凡：《红楼梦大辞典》，文化艺术出版社，2010：100。
[2] 龚鹏程：《红楼丛谈》，山东画报出版社，2012：109。

二爷如今念书了，比不得头里。"

第二，茶的性能。贾母为什么不喝六安茶呢？这就涉及茶的作用和类型了。茶叶有解酒去腻的功效。贾母一行刚刚吃过酒肉，油腻过重，但是却不宜喝未曾发酵的绿茶，恰恰六安茶就是这种茶。妙玉也是品茶的专家，她知道刚刚吃过酒肉的人适宜喝经过发酵以后的红茶，老君眉便是发酵后的茶，能够去油腻，帮助消化。第五十四回，贾府过完元宵节后，王熙凤为贾母准备的杏仁茶，其实应该算作一种饮料，主要原料是杏仁和冰糖，可以止咳平喘，润肠通便。第七十五回，尤氏去看望李纨，李纨吩咐下人"把昨日人家送来的好茶面子"对一碗来给尤氏喝。"茶面子"其实并不是茶，而是面粉，加糖用开水冲泡，叫"茶汤"。第三回，黛玉初进贾府。饭刚吃完，丫鬟就"用小茶盘捧上茶来"。黛玉还以为这是喝的茶，想着在自己林家的时候，饭后必过片刻时方吃茶，才不致伤胃。当她看别人接了茶后，又有人捧过漱盂来，才知是漱口的茶。漱口之后又捧上茶来，才是吃的茶。因为茶具碱性，除了含维生素之外，还有单宁和少量氟化物，具有抑菌抗菌和防治龋齿的作用。第五十四回，也是过元宵节后，贾母等众人宵了夜，也是"用过漱口茶，方散"。

第三，烹茶所用的水。陆羽很讲究煮茶用的水。《茶经·五之煮》说："其水，用山水上，江水中，井水下。"但没有说用隔年的雨水。煮茶之水可以分为天水和地水。陆羽此处说到的是地水。天水包括雨、露、雪、霜四种。古代空气中没有污染，因此比较起来，比地水纯净。这里妙玉给贾母煮茶用的就是"旧年蠲的雨水"，水质很好。这一回还写了，妙玉给宝钗、黛玉和宝玉的茶，黛玉问："这也是旧年的雨水？"妙玉冷笑道："你这么个人，竟是大俗人，连水也尝不出来！这是五年前我在玄墓蟠香寺住着，收的梅花上的雪，统共得了那一鬼脸青的花瓮一瓮，总舍不得吃，埋在地下，今年夏天才开了。我只吃过一回，这是第二回了。你怎么尝不出来？隔年蠲的雨水，那有这样清淳？如何吃得！"可见雪水比雨水更好。贾宝玉在第二十三回的《四时即事诗》中不仅写了茶："倦绣佳人幽梦长，金笼鹦鹉唤茶汤"（夏夜即事），"静夜不眠因酒渴，沉烟重拨索烹茶"（秋夜即事）；而且也写到了用雪水煮茶："却喜侍儿知试茗，扫将新雪及时烹"（冬夜即事）。

第四，茶之器。陆羽《茶经》专门用第四章写茶之器，包括采茶、制茶、盛茶、烹茶、喝茶等所要用到的工具，可见茶器的重要性。这里的茶器，一是茶盘。妙玉捧出来的是一个"海棠花式雕漆填金云龙献寿的小茶盘"，茶盘上"放一个成窑五彩小盖钟"，这里的"钟"同"盅"。二是茶碗、茶盅。妙玉拿出来的茶碗是"官窑脱胎填白盖碗"。茶盅则更加珍贵。"瓟斝""点犀䀉"和绿玉斗，还有妙玉觉得刘姥姥用了而嫌腌臜不要了的"成窑五彩小盖钟"。这些名贵稀有的茶具，彰显出妙玉家庭的富贵和品格的典雅。第十七回、十八回，大观园宝玉试才题对额，"有凤来仪"的楹联是"宝鼎茶闲烟尚绿，幽窗棋罢指犹凉"。"宝鼎"即为煮茶的容器。

（二）吃茶做媳妇

《红楼梦》第二十五回，我们看到了凤姐用茶礼对黛玉的调侃：

> 凤姐道："我前日打发丫头送了两瓶茶叶去，你往哪去了？"林黛玉道："哦，可是倒忘了，多谢多谢。"凤姐儿又道："你尝了可还好不好？"没有说完，宝玉便说道："论理可倒罢了，只是我说不大甚好，也不知别人尝着怎么样。"宝钗道："味道轻，只是颜色不大好些。"凤姐道："那是暹罗进贡来的。我尝着也没什么趣儿，还不如我每日吃的呢。"林黛玉道："我吃着好，不知你们的脾胃是怎样？"宝玉道："你果然爱吃，把我这个也拿了去吃罢。"凤姐道："你要爱吃，我那里还有呢。"林黛玉道："果真的，我就打发丫头取去了。"凤姐道："不用取去，我打发人送来就是了。我明儿还有一件事求你，一同打发人送来。"
>
> 林黛玉听了笑道："你们听听，这是吃了他们家一点子茶叶，

就来使唤人了。"凤姐笑道："倒求你，你倒说这些闲话，吃茶吃水的。你既吃了我们家的茶，怎么还不给我们家作媳妇儿？"众人听了一起都笑起来。林黛玉红了脸，一声儿不言语，便回过头去了。

我曾琢磨很久：凤姐开这个玩笑有什么依据？为什么黛玉吃了你们家的茶，就应该给你们家做媳妇？最近读了江苏文艺出版社刘艳春编著的陆羽《茶经》①之后找到了答案：古代的婚嫁迎娶是以茶为聘礼的。这本书介绍，明代郎瑛编著的《七修类稿》对于以茶为彩礼的意义作了说明："种茶下子，不可移植，移植则不复生也。故女子受聘，谓之吃茶。又聘以茶为礼，见其从一之义。"台湾大学欧丽娟教授在《大观红楼3：欧丽娟讲红楼梦》②中引用了清代福格《听雨丛谈》中介绍清代的"吃茶"风俗：

婚礼行聘，以茶叶为币，满汉之俗皆然，且非正室不用。近日八旗纳聘，而必曰下茶，存其名也。上自朝廷燕享，下至接见宾客，皆先之以茶，品在酒醴之上。

"从一而终"，是指茶树一旦种植下去就不挪移的忠贞特性，用茶礼来表示这样一种婚姻道德观念就再好不过了。据西岭雪《陆羽传》介绍：唐代文成公主入藏嫁给松赞干布时，就把茶叶作为嫁妆之一。这是后世以茶为礼的雏形。③由此我想到，我老家的天门、沔阳、潜江、监利一带的婚俗中也有这么一种仪式，叫"传茶吃蛋"。男方把新娘接过来当天办了婚礼之后已经到了晚上，很多亲戚朋友不像现在交通方便当晚就回家了，而是继续住在男方家里。第二天早上，新娘新郎会用礼盘托着茶品点心，和一杯红糖茶，送到亲戚面前。我见到礼盘里装的是农家自制的麦芽糖、面食点

---

① 陆羽著，刘艳春编著：《茶经》，江苏凤凰文艺出版社，2016。
② 欧丽娟：《大观红楼3：欧丽娟讲红楼梦》，北京大学出版社，2018：152。
③ 西岭雪：《陆羽传》，时代文艺出版社，2023：167。

心和一包红壳鸡蛋。《红楼梦》中把这类点心叫"茶果子"（第七回、十五回、十九回、五十四回）。当然，在婚俗中，亲戚们此时"吃"了蛋、喝了"茶"，是要回礼金的。不知道现在这个传茶吃蛋的礼俗在老家是不是还保留着。

吃"茶果子"或者"果茶"的风俗，除了因无结婚场景在《红楼梦》中没能体现之外，以茶待客、以茶祭祀等茶俗在《红楼梦》中都能读到。在第二十五回的这一段描写中，我们还看到茶是附属小国向朝廷进贡的礼物，凤姐说的茶就是暹罗进贡的茶。其实在当时，下级也是把本地最好的茶拿出来向皇帝进贡的，如当时的六安茶、龙井等都是贡茶。同时，以茶待客的风俗在《红楼梦》中也比比皆是。

第一回，甄士隐招待贾雨村，命"小童献茶"；第三回，林黛玉初进贾府，"归了座位，丫环送上茶来"；第十四回，王熙凤协理宁国府，安排工作："这二十人分作两班""每日在内单管亲友来往倒茶"；第十八回，元妃省亲，"茶三献，贾妃降座"；第三十三回，忠顺亲王府长官临贾府，贾政行了见面礼，"归座献茶"；客人进门献茶的礼俗，一直沿用至今并没变。

虽然以茶作礼已经成为常态，但是朋友亲戚之间，用"新"茶款待则更为亲切。第七十五回，贾琏向贾母的侍女鸳鸯说情，想把贾母的钱借出点以解决财务之危，便极力讨好鸳鸯："好姐姐，略坐一坐儿，兄弟还有一事相求。"说着，便骂小丫头："怎么不沏好茶来？快拿干净盖碗，把昨日进上的新茶沏一碗来！""进上的新茶"是向皇帝进贡的新茶。第二十四回，王熙凤也曾送给黛玉两瓶新茶；第五十五回，因为平儿是王熙凤的大丫头，大观园中的媳妇们为了讨好她，一个又捧了一碗精致新茶出来悄悄笑说："这不是我们常用的茶，原是伺候姑娘们的，姑娘且润一润罢。"第六十二回，袭人手捧着一个小连环洋漆茶盘，里面可式放着两钟新茶，给宝玉他们送去。

茶在《红楼梦》中还被用来联系恋人之间的感情。第二十六回，宝玉在潇湘馆和黛玉说话。紫鹃跑了进来。宝玉便命紫鹃"把你们的好茶沏碗

我喝"。第十五回,秦钟看上了小尼姑智能儿,智能儿也喜欢秦钟。宝玉便调侃他们两:

> 宝玉道:"有没有也不管你,你只叫住他倒碗茶来我喝,就丢过手。"秦钟笑道:"这又奇了,你叫他倒去,还怕他不倒?何用我说呢!"宝玉道:"我叫他倒的是无情意的,不及你叫他倒的是有情意的。"秦钟只得说道:"能儿倒碗茶来给我。"那能儿自幼在荣府走动,无人不识,因常与宝玉秦钟顽笑。他如今大了,渐知风月,便看上了秦钟人物风流,那秦钟也爱他妍媚,二人虽未上手,却已情投意合了。今智能儿见了秦钟,心眼俱开,走去倒了茶来。秦钟笑说:"给我。"宝玉叫:"给我。"智能儿抿着嘴笑道:"一碗茶也争,我难道手里有蜜!"

(三)茶名千红一窟(哭)

曹雪芹是写作的高手。他写了贾府生活中那么多茶和茶事,不会轻易放过以茶写人、以茶喻事、以茶表达自己情感的机会。所谓"假语称言",我们看第五回,贾宝玉那天在秦可卿的房间午睡,睡梦中来到了太虚幻境,鸟惊庭树,影度回廊。

> (警幻)说毕,携了宝玉入室。但闻一缕幽香,竟不知其所焚何物。宝玉遂不禁相问。警幻冷笑道:"此香尘世中既无,尔何能知!此香乃系诸名山胜境内初生异卉之精,合各种宝林珠树之油所制,名'群芳髓'。"宝玉听了,自是美慕而已。大家入座,小鬟捧上茶来,宝玉自觉清香异味,纯美非常,因又问何名。警幻道:"此茶出在放春山遣香洞,又以仙花灵叶上所带之宿露烹了,名曰'千红一窟'。"宝玉听了,点头称赏。

放春山遣香洞,仙花灵叶,宿露而烹,茶名曰"千红一窟"。"窟"与

"哭"同音，谐音"千红一哭"，与"千红一哭"同时出现的还有酒名"万艳同杯"，谐音"悲"。这是用茶和酒的命名来寓意贾府女子们的悲惨命运。这里所谓"放春山""遣香洞"也都是作者虚拟的山名和山洞名。曹雪芹在书中惯用谐音来影射所写之人之物。《红楼梦》是悲剧，不仅主人公林黛玉、薛宝钗等女子是悲剧性人物，而且第五回展示的"金陵十二钗"正册、副册、又副册中的众多女子，书中也都预告了她们的悲惨命运，"茶"和"酒"成了作者控诉那个时代的指称："千红一哭""万艳同悲"！

我们再来看，"金陵十二钗"又副册首页上人物——怡红院的大丫鬟晴雯。她的判词是"霁月难逢，彩云易散。心比天高，身为下贱。风流灵巧招人怨。寿夭多因诽谤生，多情公子空牵念。"（第五回）到了七十七回，王夫人搜检大观园，将病中的晴雯赶出了怡红院。宝玉偷偷去看望晴雯，在简陋阴暗的破房子内，晴雯口渴得厉害，要一口茶喝：

> 晴雯道："阿弥陀佛，你来得好，且把那茶倒半碗我喝。渴了半日，叫半个人也叫不着。"宝玉听说，忙拭泪问："茶在那里？"晴雯道："那炉台上就是。"宝玉看时，虽有个黑砂吊子，却不象个茶壶。只得桌上去拿了一个碗，也甚大甚粗，不像个茶碗，未到手内，先就闻得油膻之气。宝玉只得拿了来，先拿些水洗了两次，复又用水汕过，方提起沙壶斟了半碗。看时，绛红的，也不大成茶。晴雯扶枕道："快给我喝一口罢！这就是茶了。那里比得咱们的茶！"宝玉听说，先自己尝了一尝，并无清香，且无茶味，只一味苦涩，略有茶意而已。尝毕，方递与晴雯。只见晴雯如得了甘露一般，一气都灌下去了。

用喝茶作对比，大观园内外，一个天上，一个地下！烧茶用的是"黑砂吊子"，不像个茶壶；茶碗"甚大甚粗"，不像个茶碗，而且一股"油膻之气"；茶的颜色也是"绛红"的，不大成茶；茶无香味，"一味苦涩"。就是这样一种劣质茶，晴雯也如得了甘露一般！

晴雯是贾府底层奴婢的一个代表。《红楼梦》作者借茶写人，对晴雯喝茶的这一段描写，一方面反映宝玉和晴雯之间的真实情感，尤其是宝玉在把这种不像茶的茶送到晴雯面前时，还要自己先尝一尝之后那种无以言状的痛苦。另一方面，作家也抒发了自己的愤懑之情，把贾府对下人的残忍、把底层奴婢不堪忍受的恶劣的生存环境暴露了出来。这正是曹雪芹的伟大之处！

十六、从婚丧礼俗看贾府的衰落

《红楼梦》博大精深、包罗万象,但是你认真读过之后,却会发现这部书对两个方面未曾描述,缺少表现,而与之对应的方面则大写特写,唯恐少写。一个方面是描写日常生活中礼仪场景而不写结婚礼仪;另一个方面是写人物的死亡而不写人物的出生。

(一)写日常礼仪,不写婚礼

先看第一个方面,对日常生活中的礼仪场景,《红楼梦》写得非常具体,但是却不写婚礼。

从季节来看,有节日礼俗的描写,比如过年、正月十五元宵节,第五十三回"宁国府除夕祭宗祠 荣国府元宵开夜宴"就写得很具体。第十七回元妃省亲也是写元宵节,其回目是"荣国府归省庆元宵"。五月初五端午节前,贾府清虚观打醮(第二十九回)。八月十五中秋节赏月(第七十五回)等都有描写。

从人的生日来看,写宝玉过生日(第六十二回),写宝钗过生日(第二十二回),写凤姐过生日(第四十三、四十四回),写贾敬寿辰宁国府请客

(第十一回)。尤其是一些大场面的描写，可谓波澜壮阔。如第七十一回，写贾母八旬大庆：

> 定于七月二十八日起至八月初五日止荣宁两处齐开筵宴。宁国府中单请官客，荣国府中单请堂客。大观园中收拾出缀锦阁并嘉荫堂等几处大地方来做退居。二十八日请皇亲驸马王公诸公主郡主王妃国君、太君夫人等；二十九日便是阁下督府督镇及诰命等；三十日便是诸官长及诰命并远近亲友及堂客。初一日是贾赦的家宴；初二日是贾政；初三日是贾珍贾琏；初四日是贾府中合族长幼大小共凑的家宴；初五日是赖大林之孝等家下管事人等共凑一日。自七月上旬，送寿礼者便络绎不绝。礼部奉旨：钦赐金玉如意一柄，彩缎四端，金玉杯四个，帑银五百两。元春又命太监送出金寿星一尊，沉香拐一只，伽楠珠一串，福寿香一盒，金锭一对，银锭四对，彩缎十二匹，玉杯四只。馀者自亲王驸马以及大小文武官员之家，凡所来往者，莫不有礼，不能胜记。堂屋内设下大桌案，铺了红毡，将凡有精细之物都摆上，请贾母过目。先一二日还高兴过来瞧瞧，后来烦了，也不过目，只说："叫凤丫头收了，改日闷了再瞧。"至二十八日，两府中俱悬灯结彩，屏开鸾凤，褥设芙蓉，笙箫鼓乐之音，通衢越巷。宁府中本日只有北静王、南安郡王、永昌驸马、乐善郡王并几位世交公侯荫袭；荣府中南安王太妃、北静王妃并几位世交公侯诰命。贾母等俱是按品大妆迎接。
>
> ……

写丧葬礼仪。直接写丧事活动，可谓浓墨重彩。

一是秦可卿的丧事，从第十三回秦可卿给凤姐托梦写起，到传出死讯，大明宫掌宫内监戴权亲来上祭，贾珍用一千五百两银子为贾蓉捐得五品龙禁尉，再到王公大臣前来吊祭，再到凤姐治理宁国府，然后是盛大的出殡仪式，送殡途中宝玉谒见北静王，到第十三回"秦可卿死封龙禁卫"到第十五回"王熙凤弄权铁槛寺"止，洋洋洒洒有两回半的篇幅。且看一段：

> 那时官客送殡的，有镇国公牛清之孙现袭一等伯牛继宗，理国公柳彪之孙现袭一等子柳芳，齐国公陈翼之孙世袭三品威镇将军陈瑞文，治国公马魁之孙世袭三品威远将军马尚，修国公侯晓明之孙世袭一等子侯孝康；缮国公诰命亡故，其孙石光珠守孝不得来。这六家与荣宁二家，当日所称"八公"的便是。馀者更有南安郡王之孙，西宁郡王之孙，忠靖侯史鼎，平原侯之孙世袭二等男蒋子宁，定城侯之孙世袭二等男兼京营游击谢鲲，襄阳侯之孙世袭二等男戚建辉，景田侯之孙五城兵马司裘良。馀者锦乡伯公子韩奇、神武将军公子冯紫英、陈也俊、卫若兰等诸王孙公子，不可枚数。堂客算来亦有十来顶大轿，三四十小轿，连家下大小轿子车辆，不下百十余乘。连前面各色执事陈设、百耍、浩浩荡荡，一带摆三四里远。

二是贾敬的丧事。从第六十三回下半回起，虽没有像秦可卿丧事那样集中地写，而是写办丧事过程中同时段发生的其他事情，尤其是"家孝国孝"期间贾琏偷娶尤二姐。

写祭祖。最典型的是五十三回"宁国府除夕祭宗祠 荣国府元宵开夜宴"用了半回篇幅集中写贾府祭宗祠的场景，在大量的准备工作完成之后，祭祀仪式正式开始：

> 只见贾府人分昭穆，排班立定：贾敬主祭，贾赦陪祭，贾珍献爵，贾琏贾琮献帛，宝玉捧香，贾菖贾菱展拜垫、守焚池。青衣乐奏，三献爵，拜兴毕，焚帛奠酒。礼毕，乐止，退出。众人围随贾母至正堂上，影前锦幔高挂，彩屏张护，香烛辉煌。上面正居中悬着荣宁二祖遗像，皆是披蟒腰玉，两边还有几轴列祖遗

像。贾荇贾芷等从内仪门挨次列站，直到正堂廊下。槛外方是贾敬贾赦，槛内是各女眷。众家人小厮皆在仪门之外。每一道菜至，传至仪门，贾荇贾芷等便接了，按次传至阶上贾敬手中。贾蓉系长房长孙，独他随女眷在槛里，每贾敬捧菜至，传于贾蓉，贾蓉便传于他媳妇，又传于凤姐尤氏诸人，直传至供桌前，方传于王夫人。王夫人传于贾母，贾母方捧放在桌上。邢夫人在供桌之西，东向立，同贾母供放。直至将菜饭汤点酒茶传完，贾蓉方退出下阶，归入贾芹阶位之首。凡从文旁之名者，贾敬为首；再下则从玉者，贾珍为首；再下从草头者，贾蓉为首；左昭右穆，男东女西。俟贾母拈香下拜，众人方一齐跪下，将五间大厅，三间抱厦，内外廊檐，阶上阶下两丹墀内，花团锦簇，塞的无一隙空地。鸦雀无闻，只听铿锵叮当，金铃玉珮微微摇曳之声，并起跪靴履飒沓之响。

　　一时礼毕，贾敬贾赦等便忙退出，至荣府专候与贾母行礼。
　　……

　　《红楼梦》浓墨重彩写了这么多这么盛大的生日礼仪、祭祖和丧事礼仪场景，但是，在全书中却没有看到一处如此规模的婚礼场景。

　　这的确很奇怪。

　　婚礼在中国传统宗法社会中有着十分重要的意义。彭林教授在《中国礼仪要义》一书中说，婚礼的重要性，其一是伦理哲学的意义。儒家以人法天，自然万物乃是天阳地阴所化生，男女是社会的阴阳两极，是衍生亿万人类的渊源。人类社会的君臣、父子等一切人伦关系都是由夫妇的结合而派生出来的。所以夫妇是人伦之基，万世之始，而婚礼则是"礼之本"。其二是婚礼对于家国的稳定也具有重要的意义。自古帝王为政得失往往与其配偶的贤惠与否密切相关。儒家治理天下，说到底是治理男女民众。儒家把由男女而起的阳道与阴德、外治与内职的和顺看成盛德至治的标志。婚礼是通过庄重的仪式向世人公开宣布，某某和某某即将成为夫妻，并且受到道德的法律的保护。①因而婚礼在士大夫家族中具有重要意义。

婚礼既然重要，因而也就有一套显示重要性的程序和内容。这就是所谓的"六礼"，即纳采、问名、纳吉、纳徵、请期、迎亲。迎亲是婚礼的核心内容。在《红楼梦》中，虽然所写的是清朝的礼俗，但是清朝统治者在入主中原之后，基本上已经被汉族所同化，其礼制文化也大多沿用明朝，有些礼仪在清代发展得更加烦琐。所以《红楼梦》的礼仪场景不仅应该有丧事礼仪、祭祖礼仪，而更应该有婚俗礼仪。但是，我们从《红楼梦》全书中并没有看到一个完整的像秦可卿的丧事那样高调喜庆而隆重的婚礼场景。

宁国府的独子贾蓉，在其媳妇秦可卿去世之后，他的再婚续娶应该有一个婚礼，不论简单也好，大排场也好，总应该有。但是书中却只字不提。当到了第五十三回贾氏宗族除夕祭祖时出现一个"贾蓉之妻"，让读者感到很突然，莫名其妙。在此之前对贾蓉再婚压根就没有说明过，更没有写他们结婚是否举行过婚礼。

贾琏娶尤二姐做二房，虽然算不上明媒正娶，但是在当时一夫多妻制度下举行一个婚礼也未尝不可。所以在第六十五回作者在其回目上就直接定性为"偷娶"："贾二舍偷娶尤二姨"。在第二回，贾雨村娶原甄家丫鬟娇杏，封肃"当夜用一乘小轿，便把娇杏送进衙内去了"，也是在半夜里用一乘小轿抬过去的，这也太不近情理了。明末清初，有钱有地位的人迎娶姬妾是可以正大光明的。大文豪钱谦益娶妓女柳如是为妾，就是大张旗鼓地招摇过市，满世界的人都知道。但是在《红楼梦》里，这类结婚的场景却没有，大多写得偷偷摸摸，甚至不写。

写薛蟠打死人强买香菱为妾，用了不小的篇幅，而与夏金桂结婚，对其场景却一字不写，只是在几处叙述中顺便提了一下。第七十九回，香菱

---

① 彭林：《中国礼仪要义》，南京大学出版社，2014：138-139。

自言自语："好容易盼得一日娶（金桂）过来。"金桂："今日出了阁，自为要作当家奶奶……"薛蟠："……如今得了这样一个妻子……"其实书中已经交代，夏家和薛家也算是门当户对，同样是在户部挂了号的皇商，完全可以写他们有一场盛大婚礼的，或者变相交代一下哪天举行了婚礼。

还有更耐人寻味的是，荣国府小姐贾迎春出嫁。虽然孙绍祖是一个"人渣"，"子系中山狼"（第五回），但是结婚是人生的大事，也应该有一个排场吧？作者没有写，甚至连怎么把迎春送到孙家去都没有写。

《红楼梦》后四十回中，高鹗在写贾宝玉和薛宝钗的结婚场景时沿袭了前八十回的写法：偷偷摸摸，欺骗宝玉，调包娶宝钗，实在有违常识。贾府这么大一个家族，即便是"内囊已经上来了"，甚至被皇帝抄家了，荣国府著名的"衔玉而生"公子贾宝玉结婚，适当的礼仪排场是不可缺少的，这是最基本的"体统"，即便是穷人结婚，也是有礼仪的。

人的一生，结婚意味着喜庆幸福，意味着新生希望，也意味着欣欣向荣，对于家族来说，子女结婚也意味着家族的和谐兴旺、繁荣昌盛。但是，在《红楼梦》中的时代，贾府"功名奕世，富贵流传，已历百年"，运终数尽已经不可挽回了，所以只有写象征日渐衰落的祭祀、生日与死亡，而不写婚庆。读了《红楼梦》之后，你只会感到贾府这个家族正在走向衰落，而看不出喜庆和希望。这也许是小说家通过日常礼俗的描写来传达自己思想的一种方式吧。

（二）写死亡不写出生

第二方面，写死不写生。

《红楼梦》写死亡，各种各样的死亡，有直接写的，有间接写的，有大张旗鼓地写的，有一笔带过而写的。

如第二回，林黛玉的母亲贾敏去世。第四回，薛蟠强买香菱打死冯渊。

第十二回写贾瑞单相思凤姐，在凤姐设局的折磨下，最后看着"风月宝鉴"死去：

贾瑞收了镜子，想道："这道士倒有意思，我何不照一照试试？"想毕，拿起"风月鉴"来，向反面一照，只见一个骷髅立在里面，唬得贾瑞忙掩了，骂："道士混账！如何吓我！——我倒再照照正面是什么。"想着，便将正面一照，只见凤姐站在里面招手叫他。贾瑞心中一喜，荡悠悠的觉得进了镜子，与凤姐云雨一番，凤姐仍送他出来。到了床上，"嗳哟"了一声，一睁眼，镜子从手里掉过来，仍是反面立着一个骷髅。贾瑞自觉汗津津的，底下已遗了一滩精。心中到底不足，又翻过正面来，只见凤姐还招手叫他，他又进去。如此三四次。到了这次，刚要出镜子来，只见两个人走来，拿铁锁把他套住，拉了就走。贾瑞叫道："让我拿了镜子再走。"——只说这句，就再不能说话了。旁边伏侍贾瑞的众人，只见他先还拿着镜子照，落下来，仍睁开眼拾在手内，末后镜子掉下来便不动了。众人上来看时，已经咽了气，身子底下冰凉精湿遗下了一大滩精。

随之就是秦可卿在给王熙凤托梦之后死去。但是作者并没有像写贾瑞一样写秦可卿死时状况，而是花很大的笔墨写秦可卿的盛大葬礼。也是第十三回，秦可卿的丫鬟瑞珠，见秦氏死了，也触柱而亡。

第十四回，林如海病逝。第十五、十六回：因凤姐在铁槛寺弄权干涉人家的婚姻，张金哥用汗巾子上吊、李守备之子投河，两个男女青年为爱殉情。第十六回，秦钟因病而死。第三十二回，金钏投井而死。第四十四回，鲍二媳妇吊死。第五十一回，袭人之母死。第五十五回，赵姨娘兄弟赵国基死。第五十八回，老太妃薨；藕官烧纸祭药官。第六十三回，贾敬殡天：

忽见东府中几个人慌慌张张跑来说："老爷殡天了！"众人听了，吓了一大跳，忙都说："好好的并无疾病，怎么就没了？"家

十六、从婚丧礼俗看贾府的衰落

下人说："老爷天天修炼，定是功行圆满，升仙去了。"尤氏一闻此言，又见贾珍父子并贾琏等皆不在家，一时竟没个着己的男子来，未免忙了。只得忙卸了妆饰，命人先到玄真观将所有的道士都锁了起来，等大爷来家审问。一面忙忙坐车，带了赖升一干老家人媳妇出城。又请太医看视到底系何病。大夫们见人已死，何处诊脉来？素知贾敬导气之术总属虚诞，更至参星礼斗，守庚申，服灵砂等，妄作虚为，过于劳神费力，反因此伤了性命的。如今虽死，腹中坚硬似铁，面皮嘴唇烧的紫绛皱裂。便向媳妇回说："系玄教中吞金服砂，烧胀而殁。"众道士慌的回说："原是老爷秘制的丹砂吃坏事，小道们也曾劝说'功夫未到且服不得'，不承望老爷于今夜守庚申时悄悄地服了下去，便升仙了。这是虔心得道，已出苦海，脱去皮囊，自了去也。"

对于贾敬的葬礼，也写了很大的场面，而且还惊动了皇上，下旨"贾敬虽白衣无功于国，念彼祖父之功，追赐五品之职。令其子孙扶柩由北下之门进都，入彼私第殡殓。恩赐私第殡殓。任子孙尽丧礼毕扶柩回籍外，着光禄寺按上例赐祭。朝中由王公以下准其祭吊。钦此。"

第六十六回，则写尤三姐因恋柳湘莲不成而横剑自刎。

到了第六十九回，则写尤二姐因被凤姐诓骗至大观园，又被胡庸医误诊下药将腹中男胎打下，不堪凤姐虐待而吞金自尽。

第七十回，从王夫人口中得知，五儿已死。

第七十七回，具体写宝玉房里的大丫头晴雯，被王夫人赶出大观园而抱病屈死。

以上是前八十回中写到的已经死亡的人物，有的一笔带过，有的具体的描写，共有二十余人。另外，我们从第五回"金陵十二钗"正册、副册、又副册中，也能知道书中人物死亡的命运，包括香菱之死、黛玉之死、迎春之死、元春之死，等等，她们都是在青春年华时悲惨地死去。同时在后四十回中，尽管有些不符合曹雪芹原意，但我们也看到了一些人物的死亡过程，比如司棋和潘又安双双殉情；鸳鸯因拒绝为贾赦做妾，在贾母去世后自尽；夏金桂死；赵姨娘死；等等。我读《红楼梦》全书，几乎就是在读书中看着书中人物一个一个地死亡，这让人产生一种无可奈何的绝望与悲悯。

但是，《红楼梦》全书只一笔带过贾雨村续娶娇杏产一子外（第二回），再没有写一个新生儿的出生，没有一个新生命的到来。本来，荣国府是有两个新的生命可以降生的，但是作者却安排他们早早地胎死腹中。一个是尤二姐在已有身孕的情况下，贾琏请来庸医，把尤二姐的胎气诊成"瘀血凝结"，开了一剂"下瘀通经"的药，活生生把个胎儿打了下来（第六十九回）。另一个就是王熙凤，本已怀上第二胎，因在年关期间里里外外操劳太过，刚刚过完元宵节，一时不小心便流产了（第五十五回）。另外，贾宝玉和袭人也已经进入成人并同床共枕，但是却没见袭人怀孕。贾蓉和秦可卿婚后没有生育，后来再娶也没见生儿育女。薛蟠强买香菱做妾，后又娶夏金桂，作者并没有写这些新娶的妻妾生得一男一女。贾府的年轻男"主子"们个个妻妾成群，但是也没有像贾政贾赦这些老主子们一样生儿育女。

上文我们说到，人的结婚意味着喜庆幸福、意味着新生和希望，而生养儿女则意味着生命的赓续。对于一个家族来说，结婚生子，则意味着家族的永续和繁荣。贾府家族"功名奕世""已历百年"，能否"富贵流传"，在于后代是否人丁兴旺，能以继业。现在不仅没有规模盛大的结婚喜庆，更没有家族延续的新的生命降生，有的只是死亡。这恰恰是贾府无以挽回的日益衰落的症候。

十七、最新红学（相声）

逗：告诉你一个消息！

捧：什么消息？

逗：我最近在研究《红楼梦》。

捧：嘻，这算什么消息，我们大家都看过《红楼梦》。

逗：这你就外行了！看《红楼梦》和研究《红楼梦》是两码事。

捧：什么两码事？

逗：看就是读，叫欣赏。一读二过。

捧：那研究呢？

逗：研究就不同了，它要精读，在书中找出一些问题，一些在字面上看不出来的问题。

捧：还有看不出来的？

逗：那我现在就问几个问题，看你答不答得出来。

捧：你问吧！

逗：听好：《红楼梦》对我国当前改革开放有什么影响？《红楼梦》中有一种药差点儿就得了诺贝尔奖，是什么药？女娲补天的搭档是谁？《红楼梦》在科技上有什么发明？林黛玉为什么这么美？

捧：慢点慢点，这些我还真的答不上来！

逗：当然啦！不研究怎么答得上来？研究是一门学问。研究《红楼梦》叫"红学"。当年蔡元培，蔡元培你知道吗？

捧：北京大学的前校长啊！

逗：是啊！他就是以研究《红楼梦》出名的！他写了一本书叫《石头记索隐》，所以就出名了。

捧：人家早就出名了！

逗：后来又出了一个胡适，胡适你知道吗？

捧：大学问家，谁不知道呀！

逗：他也写了一本书叫《红楼梦考证》，批评蔡元培。蔡元培说《红楼梦》是反清复明，说《红楼梦》里的人物都对应着当时清朝的人物。胡适就说蔡校长啊，你真是个笨蛋，你在猜笨谜，《红楼梦》分明就是曹雪芹的自传啊！

捧：还有这样的事？

逗：后来研究的多了，就把蔡元培啊，王梦阮啊一批所谓的索隐派叫成"旧红学"；把胡适啊，俞平伯啊一批所谓的自传派叫"新红学"。

捧：这都是一些大学问家啊！他们怎么吃饱了没事做，就研究这些啊！

逗：这你就不懂了，这叫文化！中国的历史，只有深厚浓郁的文化作铺垫，才能让你景仰，让你自豪，让你兴奋！《红楼梦》就是这么一部伟大的作品——

捧：好了好了，我听不得你这么唱高调说空话。我就问，你是怎么研究《红楼梦》的？

逗：我研究《红楼梦》跟他们不同。

捧：怎么不同？

逗：我的研究叫"最新红学"。

捧：怎么讲？

逗：你看，索隐派被称为旧红学，自传派被称为新红学。我既不是新红学，也不是旧红学，我自成一派，就叫最新红学！

捧：那你的最新红学有什么成果？

逗：成果可多了。只是我的"最新红学"还没有公开发表。我正在考虑要不要开一个"最新红学"的发布会？

捧：那好啊，你能否跟我先说说。

逗：拿钱来，两万块！

捧：为什么给钱你？

逗：给你讲最新红学，你得付费呀！知识产权！一个小时1万元，两个小时两万！

捧：那我就不听了。

逗：别别别，对你算是私下交流，咱就免费吧！

捧：那还差不多。

逗：我发现啊，《红楼梦》对咱们当代中国有"一大贡献""两大发明""三个发现"——

捧：慢点慢点，先说说这一大贡献是什么？

逗：一大贡献是对中国1978农村改革的大贡献。

捧：没听说过。《红楼梦》怎么跟农村改革扯得上？

逗：你听说过还能叫最新红学？《红楼梦》在第五十六回"敏探春兴利除宿弊　贤宝钗小惠全大体"这一回，写了这么一个故事：贾府的总经理、大管家不是王熙凤吗？但是王熙凤生病了，怎么办？就请大嫂李纨和三小姐贾探春来代理。

捧：有这么回事。

逗：李纨这个人很老实，怕得罪人，对凤姐执政时期留下的很多问题视而不见。但是探春却不怕这些。除了减少小姐们的胭脂钱和公子哥们的开销之外，最大胆的举措，就是在大观园实行改革，把大观园的管理权与经营权分离，搞大包干，把花草、树木、竹林、稻田和河塘承包给在贾府上班的大妈大婶们，既让这些大妈得到了利益，又使大观园内的动物、植物、景观得到了维护和保养，节约了经费，让大家都能够享受到大观园的美丽景致。你说这是不是一项经济体制的改革？

捧：呵！真是这个样呢！大观园还真的有些像过去吃大锅饭的生产队啊！

逗：200多年以后，1978年，安徽省凤阳县小岗村的大叔们，认真研究了《红楼梦》，大受启发，他们跑到北京的大观园参观，回去就开始搞联产承包责任制。

捧：北京的大观园是20世纪80年代为拍电视剧建的，怎么扯得上？

逗：不管他们参没参观，反正他们是照着贾探春的办法搞起了改革，实行了大包干联产承包责任制，拉开了中国改革开放的序幕。你说这是不是《红楼梦》的一个贡献？

捧：这么说起来，也算是吧。那么两大科学发明呢？

逗：第一个发明，可以说是对世界药学宝库的贡献，人类的福音！当时的诺贝尔评奖委员会是准备给奖的，但是清朝政府不肯报材料。

捧：你这又瞎说了，诺贝尔奖是用瑞典化学家诺贝尔的遗产作为基金，在1900年才创立，而《红楼梦》是乾隆五十六年，也就是1791年，由高鹗、程伟元整理出版的，诺贝尔奖的创立比《红楼梦》写作的时间都晚了100多年呢！

逗：是吗，反正，不是诺贝尔奖就是另外一个什么贝尔奖，反正是个世界大奖。

捧：没听说！那我问你，是个什么药？

逗：中成药。我国科学家最有可能拿诺贝尔奖的就是中医中药发明奖了！2016年中国中医药科学研究院的屠呦呦教授发明的青蒿素不是得了诺贝尔奖吗？其实《红楼梦》里的中药方子有45种，方子中的中药有127种之多。这还不比青蒿素神奇吗？是完全可以申请拿国际大奖的药。

捧：既然这么神奇，你说说看，是什么药啊？

逗：这个药的名字，叫"冷香丸"。

捧："冷香丸"？嗯！稀奇古怪，书中真有这么个药。

逗：《红楼梦》中的第二美人薛宝钗，书中说她脸若银盆，眼同水杏，唇不点而含丹，眉不画而横翠。但是薛宝钗却得了一种病，很多人都不知道，是一种先天性遗传病，从娘胎里带来的"热毒"，如果得不到治疗，可能要危及生命。

捧：有这么严重吗？

逗：有啊。在第七回，薛宝钗就介绍了这个药，只要病发的时候吃一丸就有奇效。不仅效果好，而且吃了这个药以后，你会闻到一阵阵凉森森甜丝丝的幽香。但是，这个药的处方却离奇古怪。

捧：有些什么？

逗：你听我讲：春天开的白牡丹花蕊十二两，夏天开的白荷花花蕊十二两，秋天开的白芙蓉花蕊十二两。

捧：那肯定还有冬天的！

逗：你太聪明了！冬天开的白梅花花蕊十二两。将四样花蕊在第二年春天的春分日晒干，和药末子一齐研好。

捧：这么复杂？

逗：还没完呢！还要用雨水这一天的雨水十二钱，白露这一天的露水十二钱。

捧：如果雨水这天不下雨呢？

逗：全国那么大，总有个地方下雨啊！通知分公司的接雨水呀！如果那一天全国都没有下雨，就只能等来年了。

捧：这么难配的药啊！

逗：是啊！还有霜降这一天的霜十二钱，小雪这一天的雪十二钱。把这四样水调匀，和了药，再加十二钱蜂蜜，十二钱白糖，做成龙眼大的丸子，盛在旧瓷坛内，等发了病时吃一丸。立刻见效！

捧：真有这么奇特？就是这药方子太难凑齐了！

逗：你说这是不是发明？

捧：就算是吧！

逗：怎么就算是啊？当时评奖委员会都已经给清朝政府发了函件了，但是却没有评成。

捧：那评了没有？

逗：没有。

捧：为什么？

逗：清朝政府的人事部部长去审查"冷香丸"的发明人后，回来就不同意了。说这个发明人长得太丑，影响大清形象！

捧：是个什么样的人？

逗：一个无名无姓的癞头和尚！

捧：癞头和尚？这癞头和尚怎么个丑法？

逗：有诗为证啊：

鼻如悬胆两眉长，目似明星蓄定光。

破鞋芒鞋无处定，腌臜更有满头疮。

捧：嗐！这个样子还真不能参加国际会议！那第二大发明是什么？

逗：第二大发明是《红楼梦》透露了中国科学技术发展的最新进展，就是中国早就发明了激光！

捧：你这不是瞎说吗？我读《红楼梦》怎么没有看到？激光的发明是20世纪的事情。激光原叫"雷射"，意思是"光通过受激辐射"，它的原理在1916年被美国物理学家爱因斯坦发现。1964年我国科学家钱学森建议，将"光受激辐射"改称"激光"。200多年前的清朝都没有听说呢！

逗：那是你没有科学的头脑。《红楼梦》第五十四回明明白白地写着：荣国府过元宵节，贾母带着众多媳妇丫头、小姐听戏、喝酒、做游戏，由说书人击鼓传梅，那梅花落在谁的面前，就由谁讲故事。你听书上是这么写着："于是戏完乐罢。贾母命将些汤点果菜与文官等吃去，便命响鼓。那女先儿们皆是惯的，或紧或慢，或如残漏之滴，或如迸豆之急，或如惊马之驰，或如疾电之光。"你看，"疾电之光"是不是"激光"？

捧：这么个激光啊！你这是牵强附会！这里的"疾电之光"，是一个病字头的"疾"，是形容很快的意思，像电一样快的光！

逗：是啊，很快的光，不就是"激光"吗？我这里还要向你补充说明一下最新红学的原则。你不能这么刨根问底！

捧：什么原则？

逗：曹雪芹不早就说过吗？将真事隐去，假语村言啊！

捧：好吧，那就算你发明了。那么，你再讲三个发现吧！

逗：好！你仔细听。你知道咱们中国古代的一个神话叫"女娲补天"吗？

捧：这个三岁的小孩也知道啊？女娲是上古时期一位美丽的女神，炼白、绿、碧、赤、黄五色石而补苍天。

逗：知道就好！那么我问你，"女娲补天"是女娲一个人补的还是两个人补的？

捧：没听说有两个人补天。

逗：你不知道吧，这就是一大"发现"了！《红楼梦》第一回就告诉你，女娲补天用了三万六千五百零一块石头。那么多的石头，女娲一个人搬得动吗？所以还有一个人参加了补天，帮女娲搬过石头。

捧：还有谁？

逗："吴才"！

捧：什么？

逗：有一个姓吴名才的小伙子参加过补天！

捧：这有什么依据？

逗：有诗为证：

无才可去补苍天，枉入红尘若许年。

此系身前身后事，倩谁记去作奇传。

这诗里说"无才可去补苍天"。这个人叫吴材，姓吴名材。

捧：这么个"吴才"呀！

捧：那么第二大发现是什么？

逗：我今天都说完了，下次发布会怎么开呀？

捧：这不是我们私底下聊聊吗？

逗：那你还是要付钱！

捧：又付什么钱？

逗：都市场经济了，我这研究成果是要收费的。前面让你白听最新红学的研究成果，是给了你很大面子了。

捧：那我还是不听了吧。

逗：既然这样，我们还是作为私聊的形式告诉你吧。但是你不能把这个拿出去发到你的微信朋友圈啊，因为我还没申请知识产权的保护。

捧：这个你放心，我只是欣赏欣赏罢了。

逗：最新红学"三大发现"的第二大发现是——

捧：发现什么了？

逗：我先问你一个问题，中国历史上四大美女是哪几个？

捧：这你考不倒我。春秋时期的西施，西汉王朝的王昭君，三国时期的貂蝉，大唐盛世的杨玉环。

逗：那么她们怎么就成了出名的美女？

捧：这个不知道。那是为什么？

逗：因为她们有特异功能。

捧：特异功能？

逗：是啊，沉鱼落雁，闭月羞花！

捧：不懂。

逗：西施在越国的浦阳江边洗纱巾，水中的鱼儿看到她的容貌，都不游了，惊艳得沉到了江底。王昭君在蒙古大沙漠中，骑在马上弹琴，天上飞过的大雁，听到她弹的乐曲美妙，听得入了迷，忘记展动翅膀飞翔而落到了地上。貂蝉在中秋节赏月时，被月亮上的嫦娥看到了，嫦娥看到她比自己还美丽，就关闭月宫，遮住了月光。杨贵妃在花园中赏花，那牡丹花儿看到杨玉环太美丽而羞愧得低下了头。

捧：这些与《红楼梦》有什么关系？

逗：因为这些美女都有特异功能：能跟动物和植物进行交流。《红楼梦》中也有这样一个能够与动物、植物交流的美女。

捧：谁呀？

逗：林妹妹林黛玉呀！《红楼梦》在第二十六回写道：林黛玉心中越发来了气，越想越伤感起来，也不顾苍苔露冷，花径风寒，独立墙角边花荫之下，悲悲戚戚呜咽起来。原来这林黛玉秉绝代之姿容，具稀世之俊美，不期这一哭，那附近柳枝花朵上的宿鸟栖鸦一闻此声，俱忒楞楞飞起远避，不忍再听。正是：

花魂默默无情绪，鸟梦痴痴何处惊。

捧：是有这么一段描写！

逗：那书中有诗道：

颦儿才貌世应稀，独抱幽芳出绣闱；

呜咽一声犹未了，落花满地鸟惊飞。

捧：太美了！

逗：是吧？林黛玉这么呜呜咽咽地还没哭完，这声音便把那满树的花朵都惊叹得掉了一地，树林里休息的鸟雀，听到这美妙的声音也惊叹不已而展动翅膀飞起来！你说是不是有特异功能？

捧：这还真的是呢。第三个发现是什么？

逗：《红楼梦》里的人物大多有"二"。

捧："二"？

逗：主人公贾宝玉，他的上面还有一个亲哥哥叫贾珠，可惜英年早逝。他排行老二，人呼之为宝二爷。

捧：还有谁？

逗：贾宝玉的父亲贾政，也是排行老二，老大叫贾赦，所以大家称贾政为二老爷。

捧：确实如此。还有谁？

逗：贾琏。

捧：贾琏怎么是老二啊？

逗：是啊，这个我还没研究清楚。不过这书里面大家都叫他叫琏二爷，叫她老婆王熙凤为"琏二嫂子"。

捧：还有谁？

逗：他家有个仆人叫鲍二，鲍二的老婆叫鲍二家的。那天琏二嫂子过生日，琏二爷却勾引鲍二家的到家里鬼混，被琏二嫂子捉了个现行！

捧：真有这等事呢。还有叫"二"的吗？

逗：还有啊！贾芸！

捧：贾芸排行也是老二吗？

逗：贾芸找他舅舅卜世仁借钱，没借到，垂头丧气地走在回家的路上，迎面撞到一个人，这人睁大眼睛一看，说道：这不是贾二爷吗？他叫的就是贾芸！你知道这个人叫什么？

捧：叫什么？

逗：名字中带"二"的人：醉金刚倪二，就是刚才碰到贾二爷的那个人！

捧：嗐！他也叫"二"？

逗：还有呢！柳湘莲，人称柳二郎。

捧：柳二郎？

逗：第六十六回的回目就是这么写的："情小妹耻情归地府　冷二郎一冷入空门"。冷二郎，这个冷二郎就是柳湘莲，在家排行老二！

捧：还有没有？

逗：还有啊！二小姐贾迎春叫二木头，宁国府大总管叫赖二，离水月庵不远的农家有个女孩叫二丫头，贾府正宗嫡派公子贾蔷也被称为蔷二爷，贾蓉的二姨娘叫尤二姐。

捧：慢点，慢点，那你说说看，为什么《红楼梦》中这么多叫"二"的人？

逗：这还不明白，他们都有点"二"啊！

捧：这么个原因啊！

十七、最新红学（相声）

捧：你还有什么研究？再说说看。

逗：多着呢，不过今天就不说了，时间也不早了，等我开最新红学发布会的时候你去听吧！

捧：还真来劲啦！

十八、我读《红楼梦》四十年

（一）初读《红楼梦》淡然无味

我知道有《红楼梦》这么一部书，是因为四十多年之前在中学课堂上读到的一篇课文《护官符》，其中贾雨村这个人物让我印象深刻。"贾不假，白玉为堂金作马；阿房宫，三百里，住不下金陵一个史；东海缺少白玉床，龙王请来金陵王；丰年好大雪，珍珠如土金如铁。"金陵俗谚口碑，从那时起我一直都没有忘记。但是那个时候书店里还买不到《红楼梦》这部书，能够看到的只有一些革命历史题材的长篇小说，如《烈火金钢》《艳阳天》《林海雪原》《红岩》等。一直到了20世纪70年代末80年代初期，我已经高中毕业参加了工作，才买到一套由人民文学出版社出版的四卷本《红楼梦》。

初读《红楼梦》，其实是懵懵懂懂的。尽管它是一部用白话文创作的小说，但毕竟过去二百多年，很多语词避免不了当时的语境。同时我们这一代人的语文基础本来就没有打好，因而阅读古代文学作品的困难很多，在既无老师指导，又无辅导读物的情况下，只能依靠字典词典慢慢读下去。最近重翻当时读过的书，仍然可见页面上注满的拼音和解释。其实，书中有些字、词和物品到现在我也并没有搞清楚。特别是《红楼梦》诗词曲赋中的典故多，只能查词典才能读懂，而且很多又是生僻字，即便读的时候查了字典词典标注了音义，但因不属于常用字，过不多久也会忘记。再者，《红楼梦》不像已经读过的《烈火金钢》《林海雪原》这些书，故事情节曲折复杂，环环紧扣，让你读起来可以废寝忘食。初读《红楼梦》则不同，总是感觉唠唠叨叨，淡然无味，仅仅凭着自己的兴趣硬着头皮阅读。大约花了一个月的时间，终于通读下来。之后掩卷回顾，就只知琢磨书中几个热闹的场面和众多人物之间的关系。比如，第三回林黛玉初进贾府之时，贾宝玉发起痴狂病，把那玉狠狠地摔到地上，惹得贾母着急不已；第三十三回贾政暴打贾宝玉，闹得贾府天翻地覆的场景；等等。对于书中人物的关系，有时也在纸上画一个人物表来加以辨别。其实这样一类的人物表，现在到百度上一搜便有，但是那个时候并没有今天如此方便的互联网。至于《红楼梦》这部书究竟想表达什么思想，有什么样的艺术特色，我是不清楚的。回想自己的读书历程，有些书买回来读上几页如果感到索然无味，便读不下去，放回书柜了。《红楼梦》虽然不好读，但是就凭着自己对文学的兴趣，居然没有贸然放弃，而是坚持读下去。在阅读的过程中，每每有一点认识和发现，自己就会有一种成就感和进步感。

（二）再读《红楼梦》兴趣陡增

对《红楼梦》的故事情节和主要人物有了初步了解之后，就产生了再读的欲望，也在主观上有了留心，即从总体上把握这部书究竟说的是什么，它的文字是怎样布局结构的，它和其他文学著作的区别有哪些。

带着这样的问题去读，就会发现，全书有主线、有副线。主线是贾宝玉、林黛玉、薛宝钗之间的爱情故事，贯穿全书，他们之间的缠绵悱恻，演绎出了一场爱情悲剧。副线是由王熙凤、贾琏、贾珍、贾政、贾赦、贾母等人物演绎出来的贾府家族由盛到衰的历史悲剧。作者为了把这些故事连缀起来见证贾府的衰落，还设计了另外两组人物，一是具有神话志怪性质的癞头和尚与跛足道人，每每在书中人物出现危机的时候，这两个人便会出现，或是解危，或是引渡。第二则是刘姥姥，在前八十回两次进入贾府，在后四十回贾府遭受抄家之变以后，刘姥姥再进贾府并且援救了被卖入妓院的巧姐。这些人物和故事，如果仅仅发生在深宅大院之中，小说的主旨是难以表达的，因而作者别出心裁，精心设计了大观园这么一个主要人物活动的场所，让贾府的少男少女们在大观园里演绎了美丽的青春故事。旅美学者余英时说，《红楼梦》有两个世界，一个是大观园里的理想世界，一个是大观园之外的现实世界。黛玉和宝玉在沁芳闸桥边葬花的时候，黛玉说，把花放在水里不好，只一流到外面去就被污染把花糟蹋了。

把握了《红楼梦》全书的总体脉络之后，便对书中个性鲜明的人物也产生了兴趣，有了自己的认识。贾宝玉是与那个时代格格不入的人物，虽然宝钗说他杂学旁收，但他不肯读书，厌恶八股文章，鄙视官场，以致招到父亲的鞭挞。当然，以曹雪芹当时的思想局限，贾宝玉并不是人们所说的"反封建"斗士，而是希望有像北静王这样的"明君"，当这个"明君"无法出现的时候，曹雪芹茫然了，便毅然让贾宝玉做和尚去了。贾宝玉和林黛玉的爱情可谓志同道合，山盟海誓，以至于紫鹃的一个试探性玩笑就让他死去活来。林黛玉的性格当然也具有和贾宝玉一样的"反主流"意识，这在她的七言诗《五美吟》中可以得到证实。她的那种表现如说话尖刻、小心眼儿等，都与她父母双亡、寄人篱下的防范意识有关。林黛玉性格中最值得称赞的是真实执着，她对贾宝玉的爱情没有一点私心杂念。第九十八回写在宝玉娶宝钗那一刻，黛玉临死之前叫道："宝玉，宝玉，你好……"似乎这"好"字后面应是"狠心！"二字。其实黛玉是绝对不会说这种话的，她相信宝玉，不会怪罪宝玉，所以红学家们认为，这一情节虽然让很多读者动情，但却并不符合林黛玉性格发展的逻辑，也不符合曹雪芹的原意。这也是学界认为后四十回不是曹雪芹所写的主要原因之一。薛宝钗的形象更为复杂，她是曹雪芹创造的一个典型的封建淑女形象。她要求上进，要求"入世"，不仅劝宝玉读书取仕，立身扬名，同时也一样严格要求自己。

在《咏柳絮》词中就写道："好风凭借力，送我上青云。"她"罕言寡语，人谓藏愚；安分随时，自云守拙"。不像黛玉那样孤高自许，目无下尘，因而深得下人之心。她善于逢迎，避嫌远祸，凤姐说她是"拿定了主意，不干己事不张口，一问摇头三不知"。她的性格中充满了"做作"或"不真实"的成分，所以贾宝玉对宝钗的情并不是真正意义上的爱情。在宝、黛、钗三人的关系中，黛玉赢得了爱情，宝钗赢得了婚姻，到头来都是一场悲剧。

《红楼梦》在表现手法上和其他文学作品最大的差别，一是人物性格的复杂，不是好人就一好到底，坏人就从头到尾都是坏。王熙凤这个人物形象最突出。她年轻漂亮，聪明能干，决断杀伐，是一个女强人的形象。所以书中有一联称"金紫万千谁治国，裙钗一二可齐家"。红学前辈王昆仑有一段很精辟的话评论王熙凤："恨凤姐，骂凤姐，不见凤姐想凤姐。"但是王熙凤却又是一个阴险狠毒，聚敛钱财，毫无底线的"凤辣子"。正是她的胡作非为，加剧了贾府家族的败亡。贾琏是一个大"色鬼"，但是当贾雨村伙同其父贾赦强索石呆子的古扇子时，他却能说公道话：把人家搞得家败人亡。二是人物语言高度的个性化、口语化和生活化。从官场的套话到市民的直白，从姑娘小姐的庄重雅致到丫头仆人的粗俗快语，可谓绘声绘色、淋漓尽致。三是《红楼梦》叙事隐晦、意蕴深远；纵横捭阖、结构恢宏，值得读者认真精读、反复咀嚼。

（三）反复品读，常读常新

当我们把《红楼梦》读到这里的时候，已经不能满足于仅仅读这本书了，你会自然而然地找到《红楼梦》以外的一些所谓"红学"研究的书来读，这样也就进入了一个研究性的阅读之中。比如胡适的《红楼梦考证》、俞平伯的《红楼梦辩》、周汝昌的《红楼梦新证》、刘梦溪的《红楼梦与百年中国》、冯其庸的《红楼梦的思想》等一些红学专家的著作。这些书对你精读《红楼梦》大有裨益，让你可以进一步了解《红楼梦》的产生过程，

《红楼梦》版本的区别,作者曹雪芹的身世以及红学研究中的争论,等等,可以知道《红楼梦》作为一部伟大著作的传播途径与大众接受的过程。

《红楼梦》是一部百科全书式的巨著,是中华文化的一座宝库,当你阅读《红楼梦》到达一定深度的时候,你还会关注与《红楼梦》文化相关的研究,比如《红楼梦里的诗词》《红楼梦里的楹联》《红楼梦里的经济》《红楼梦里的园林艺术》《红楼梦茶文化》《红楼梦酒文化》《红楼梦医学》,等等。2000年初,我调到教育局工作,读了一些教育方面的书,同时也接触到教育的许多具体问题,忽然发现,《红楼梦》就是一部写教育的书!书中贾府的教育氛围实在很浓厚,上上下下都为贾宝玉的读书上进、求取功名而着急,就像现在的家庭,爷爷奶奶、爸爸妈妈都为孩子的高考着急焦虑一样。想到这一点,我便兴趣倍增,把《红楼梦》当着教育学著作来读,思考《红楼梦》人物与教育的关系,思考作家为什么要这么写而不那么写?在曹雪芹心中有没有理想的教育?等等。《红楼梦》是一部现实主义的伟大小说,作者对教育的观察和描写符合当时教育发展的特征,因而我觉得这种探讨很有意义。因此我便一边读书一边思考,并把思考的结果写成文字,投给有关报纸杂志和公众号发表,并且在中国教育学会主办的《未来教育家》杂志上开了一个《漫读红楼说教育》的专栏,一写就是四年。2020年9月,华中师范大学出版社出版了我的新书《红楼梦里的教育学》。

在《红楼梦》中,有一些大家耳熟能详的故事,里面就蕴含着深刻的教育问题,究竟是曹雪芹有意为之,还是作者在潜意识里就饱含教育的情结,这是值得深思的。

比如贾瑞之死,大家只知道是"王熙凤毒设相思局",可是却没有注意到这里面有对当时教育的极大讽刺:在贾府这个大家族里,和贾瑞一样同是王字旁的人物有贾瑞、贾璘、贾琛、贾珩、贾琼等,贾氏族中的这一类人多得是啊!但作者为什么偏偏"安排"贾瑞调戏王熙凤?是否是作者的刻意安排呢?其实啊,作者对科举考试深恶痛绝,需要选择贾瑞这么一个有教育之家背景的人物来展示——贾瑞的祖父正是贾府家塾的塾掌啊!

再如贾宝玉挨打。贾政说宝玉"在外流荡优伶，表赠私物，在家荒疏学业，逼淫母婢"。有这样的问题，固然该打，特别是前者，已经关系到贾府的安全。但是大家读书的时候有没有注意到这里面的教育问题呢？宝玉挨打很冤枉。第一，和琪官往来怎么就错了呢？北静王是贾宝玉的偶像，也是贾政非常尊敬的王爷，他就喜欢琪官，那红汗巾子不正是北静王送给琪官的吗？宝玉哪里知道忠顺王爷也豢养着琪官呢？这政治上官场上的明争暗斗对于小小年纪的贾宝玉，他懂吗？第二，"逼淫母婢"更加冤枉。结合刚刚接待忠顺王府长官咄咄逼人的场景，贾政已经"气的目瞪口歪"，缺少了理智，在这个时候贾环绘声绘色地口进谗言诬陷宝玉，火上浇油，贾政不调查不分析，立刻就相信了贾环说的真有其事。贾政如此冲动要打孩子的时候，能否做到冷静一下坐下来听听宝玉的诉说呢？封建社会贾政一类的家长恐怕从来就没有倾听孩子诉说的习惯，那么现代社会的父亲们是不是应该从中吸取教训呢？

四十多年来，总有人问我：你把《红楼梦》读了多少遍？我其实也不知道究竟读了多少遍，只不过有时间就翻一翻。但是我总是感到仍然没有把《红楼梦》读懂，每读一遍，总有常读常新的感觉，所以我还得继续读下去。

（本文原载《新课程评论》2021 年 2 月号）

后 记

前些年在写作《红楼梦里的教育学》时,一边写,一边读,同时也一边在想,《红楼梦》是一部百科全书式的巨著,不仅其中的教育思想贯穿全书,而且书中的诸多文化元素,如诗词、戏剧、楹联、书法等,都与教育密切相关。因此,在《红楼梦里的教育学》出版以后,我把这些想法整理成文,在自己的公众号"修远文化艺术"上发表。多年来一直关心和支持我对《红楼梦》研究和写作的青年才俊——北京源创教育研究院院长、源创图书创始人吴法源先生鼓励我,把这些文章收集起来再出一本书。起初,我把这本书的书名定为《红楼梦的文化底色》。《红楼梦》里的文化,尽管已经有不少著述发表,比如《红楼梦》茶文化、酒文化等。但是每个人读书的角度不同、思维的方式不同,写出来的文章也会不同,读者或许会在这些不同之处读到新意,有所收益。法源说,"文化底色"这个书名的学术性太强,况且我们也不是学者,在深宅大院里专门做学问,追根溯源,写出来的文章艰深晦涩,在今天这个快节奏时代,读者并不爱看。所以书名还是通俗一点好,就叫《〈红楼梦〉可以这样读》吧!就是说,我们不仅要读懂《红楼梦》,清楚其思想内涵,认识其文学价值,还可以开拓视野,延伸阅读,可读、可记、可议、可写,给老师和学生们提供另外一条阅读《红楼梦》的途径:这样读。感谢法源!

这些年来,我在对《红楼梦》的研读中,得到了很多朋友的支持,深受教益。这里要特别感谢的是,中国教育学会中学语文教育专业委员会原理事长、人民教育出版社编审顾之川教授。我们是同龄人,可谓亦师亦友。顾老师是语文大家,对我的研究和写作给予了热情的鼓励。在本书出版之际，顾老师不仅欣然同意撰写序言，还中肯地指出了书稿在结构、语言和风格等方面存在的问题，并且提出了修改建议。我按照顾老师的意见一一作了修改。在序言中，顾老师结合《红楼梦》整本书阅读对当前中小学生阅读整本书"究竟怎么读"提出的意见，非常重要、非常珍贵。

另一个要感谢的人是教育家型校长、翔宇教育集团总校长卢志文先生。原本是请他为本书也写一序言的，但是他却发给我一篇文章——《漫说红楼话灯谜》。说起来脸红，灯谜恰恰是我想写而觉得太难、力所不及而放弃的内容。卢校长是著名校长，同时又是灯谜高手，他曾出版专著《中华灯谜教程》，做过电视节目《中国灯谜大会》的点评嘉宾。《漫说红楼话灯谜》一文，可谓行云流水，斐然成章，从多个视角、多个方面论说了《红楼梦》灯谜的博大精深和奥妙无穷，为本书增添了耀眼夺目的光彩。我把这篇稿子作为"序二"交给了出版社。

中国艺术研究院红楼梦研究所所长、中国红楼梦学会会长孙伟科教授；资深教育媒体人，湖北教育传媒董事长、总编辑方腊全先生；有"当代张爱玲"之称的著名作家西岭雪女士，他们联袂向读者推荐本书，在此表示深深的谢意。

湖北省民办中小学幼儿园协会原会长、天门市江汉学校董事长武家仿先生，是我敬慕仰视、博学多才、齿德俱尊的良师，近20年来一直都在关心我的成长。4年前我那本《红楼梦里的教育学》出版之后，他觉得选题新颖、可读性强，便个人从出版社购买了100本书送人。2020年12月下旬，我应《江苏教育》杂志主编张俊平先生之邀，在一年一度的"教海探航"征文颁奖会上为老师们作一次"《红楼梦》与教育"的讲座。去南京之前，我把行程告诉了在南京的武校长，准备去看一下江宁织造府旧址。12月25日上午，我从北京乘高铁出发，中午到南京。一到酒店，武校长就过来看我，告诉我说他昨天已经先去江宁织造博物馆看了一遍，今天来给我当向导，不至于浪费时间，让我感激涕零！对于《〈红楼梦〉

应该这样读》这本书的出版，他同样给予了极大的鼓励和支持。在此向武先生表示衷心的感谢！

翔宇教育集团副总校长高力顺先生，长期以来对我的读书和研究关怀备至，对本书的写作和出版也给予了极大支持，在此表示衷心的感谢！

还记得 2000 年 7 月的一天，我和西北大学出版社社长马来先生在一次全国性的关于"三农"问题的研讨会上相识。我当时还在乡镇工作。他热情地约我写稿，为我出版了一本书《对农民让利》。那本书获得了国家新闻出版局当年推出的图书奖——全国农村读者喜爱的 200 本图书。这一次，我把书稿传给他后，不到一个星期就有了回复：同意出版。西北大学出版社责任编辑孙沁女士，为本书的出版付出了艰辛的劳动，中国书法家协会会员王涛先生为本书题写了书名，在此一并致以衷心地感谢！

张晓冰

2024 年 10 月 28 日